世紀文庫
文學015

泰山唱月

古　華　著

【代序】

泰山唱月

古華

還記得嗎？我給妳取過一個雅號：小月亮！

那是多年前，我隨你們一群青年作家，出席筆會，在膠東半島海濱度過了盛夏。最後一個節目是登泰山，觀東海日出。

是妳告訴我的，泰山為五嶽之首，自堯舜以來數千年間，朝朝代代都是帝王祭祀，朝拜的聖山。民國之後，才闢為旅遊勝地。

我笑了。妳背的是「泰山導遊圖」上的句子。妳卻不高興了：

笑哪樣？班門弄斧了，是不是？

我連忙晃手：小月亮，妳講話的聲音像唱歌一樣好聽，像妳的散文一樣優美呢。

鬼！明天就要分手了，別再挖苦人，行不行？

是的，明天就要分手了。妳個點蒼山下、洱海之濱來的白族女作家、小阿妹，成天像隻喜鵲似的，又唱又笑，大家喜歡還喜歡不過來呢，怎有挖苦一說。

來到泰山腳下，熱情的主人安排了兩種上山路線：一是坐電纜車直登南天門，一是攀爬三千三百級石階上南天門。結果是一些性急的年輕朋友坐電車冉冉而升，杳渺飄去。倒是我們幾位年事稍長的中年漢子，樂於一步一級，氣喘呼呼，渾身熱汗地朝著雲纏霧繞，彩霞常駐的南天門爬行。

我發覺妳也混在我們的行列裡，累得滿臉緋紅，像一朵妳家鄉大理的山茶。妳朝我撇了撇嘴，賭氣似地對我說：

跟著中年人，是想自己成熟得快一些，免得文字裡總脫不掉那股子稚氣……

我說，小月亮，與其老氣橫秋，不如留住青春的稚氣。妳知道，成熟了，離腐爛就近了。

鬼！你總是有許多的高論。

時值雨後放晴。石級兩旁，草木滴翠，水聲嘀嘀，山風鼓蕩；時而雲瀑倒掛，時而大霧迷濛，時而驕陽勁射，時而彩虹騰空……真是如登淨界，如臨仙鄉了。

妳像頭小花鹿似地，一路噔噔噔走在我們前面，然後在石階上坐著，看我們拙笨地一步一步爬行，露出得勝者的洋洋笑意。待我走近了，妳說：

他們好蠢，坐二十分鐘纜車上到南天門，不識泰山真面目！

我邊抹著滿頭滿腦的汗珠，邊苦笑著說：人，都滿足於自己的聰明，不是？

好哇，你個老古，又挑戰了？

妳從路邊拾起一根不知什麼人扔下的棍子，當拐杖遞在我手裡。妳也不再爭先前去。

是的，二十多天，妳常找我討論的一個話題，是自己的創作如何跳出粉飾太平、歌功頌德的窠臼。妳說，妳有許多真實的故事、悲慘殘酷的故事，沒法寫也不敢寫。妳說，妳沒有勇氣描寫殺人，描繪死亡之前的痛苦抽搐……

我則對妳說過，文學就是對生活的挑戰，或稱為權力的叛逆。生和死，從來都是永恆而偉大的主題。粉飾太平，必然出賣良知。歌功頌德，導致文章腐朽。避席畏聞文字獄，著書豈為稻粱謀！

妳說，老古，你的思想真反動，是危險人物哩。

我說，反動和進步，要看以什麼標準來衡量，誰人來評判。如果站在人性、良知的等高線上，我們今天的許多所謂進步、革命，恰恰正是反動的遮羞布，沒落腐朽的同義語。

妳瞪大了眼睛。妳感到一種精神的戰慄？妳沉默了。妳有好些天沒有理會我。後來妳才說我貌似老實，腦後卻生有反骨。

……說說笑笑，走走歇歇，花了整整三小時，我們才登上南天門。果然高處不勝寒，身上的熱汗叫撲面而來的冷風一吹，好一陣透心涼。天色不早了，我們在南天門一帶沒有久留，而去找我們的落宿處——毓皇頂賓館。

是一座屹立於泰山最高處的宮殿式建築物。房間早分配好了。使我吃驚的是，床上鋪著十餘斤重的厚棉被，床頭還擺有一件疊得四稜四正的棉大衣。四牆上都透出冷颼颼、溼漉漉的寒氣。床頭櫃的玻璃板下壓有一紙「賓客須知」，第一項竟是提醒賓客早晚出門，不忘穿上棉大衣！真是無分寒暑。

晚餐後，大家都很興奮。夜宿泰山之巔，與星月為伍，白雲相伴，這事本身就很能給人以刺激。妳小月亮更是個活躍分子，挨著門來動員大家出去遊山賞月。於是，我們一人穿一件大衣離了賓館。妳笑著說：

快來看呀，好一隊冬裝騎士！

山路上，見有許許多多的青年男女，身著棉猴，背負行囊，絡繹不絕地向著東面的山崖走去。熟悉本地情況的朋友告訴我，他們都是從濟南、天津、北京、上海、南京等地來的大學生，利用暑期遊泰山。他們都不住旅館，就在東面的山崖上坐上一通晚，守候淩晨三點多鐘，天際放亮，霞光瑰麗，紅日躍海……多麼可愛的年輕人，他們對於自己的追求，總有一分痴情的執著。

我們一行卻向著西向山崖的觀月亭走去。

混沌夜色中，整個泰山就像一座孤島，隱浮在白雲翻湧的大海上，又如一根巍峨天柱，聳立於天地之間。

月亮還沒有出來。我們在觀月亭上站成黑鴉鴉一群。忽然有人學著雲南口音問：

小阿妹，月亮姑娘不肯出山，咋樣辦？

大家還沒有笑，妳先笑了：

好辦！我們每人來唱一支各自家鄉關於月亮的民歌，把月亮姑姑從夜霧裡唱出來，怎樣？

真是一個聰明的提議，立即贏得一派熱烈的掌聲。

可是妳說，妳要唱最後一個，雲南民歌來壓軸。

好咧，俺先唱段信天游！

一位陝西作家自告奮勇，捏住鼻頭學女聲，哼了哼調子，唱道：

月亮走嘞，我也走嘞，我送阿哥到村頭嘞，到村頭！

阿哥趕驢走西口嘞，把妹丟在了深山溝，深山溝！
天上雲追月嘞，地上風吹柳，妹心掛在哥心頭嘞，哥心頭……

鄉土民歌，字字璣珠，聲情並茂，贏得一片喝采，叫好。

接下來是，一位河南作家唱了一段梆子調，雄健有力，底氣十足。

五音不全的我，也打了一支頗具野性的湘南山歌助興：

月亮出來像把梳，二十女子沒丈夫，
若還早知這等事，何不進山當尼姑？
月亮出來亮堂堂，對直照進妹的房，
妹的房裡樣樣有，多個枕頭少個郎！
月亮出來點天燈，哥吹木葉妹答音，
阿哥是根撥火棍，夜夜來撥妹的心！

我的山歌一打完，大家吹的吹口哨，拍的拍巴掌，吵鬧成一片。小月亮，妳卻偷偷扯了我的衣袖，輕輕說：

數你壞！數你壞！

不壞點，能有文學？

老古，明年八月中秋，我想請你去我們大理州……中秋節晚上，我們白族和彝族的小伙子、姑娘，都要在蒼山下、洱海邊對山歌……講不定，你還有好運氣哩。

好嘛！我曾經三下雲南……明年，我要不要打了離婚再去？

數你壞！你個壞鬼……

這時，一位江蘇女作家，別出心裁地以蘇州評彈古曲，唱前賢蘇東坡的〈水調歌頭〉：

明月幾時有，把酒問青天，不知天上宮闕，今夕是何年？我欲乘風歸去，又恐瓊樓玉宇，高處不勝寒。起舞弄清影，何似在人間！　轉朱閣，低綺戶，照無眠。不應有恨，何事長向別時圓？人有悲歡離合，月有陰晴圓缺，此事古難全。但願人長久，千里共嬋娟……

泰山之巔，朦朧夏夜，蘇州古曲，吳儂軟語，把大家引向曠壤無極、深邃無極的天地萬物之中。

小月亮，妳站在我的身邊，我彷彿看到妳眼裡有淚花閃亮。妳又輕輕對我說：

老古，你的那些關於人生和文學的壞話，我都記住了。恭喜，今後妳要「壞」得起來，妳就一定大長進了。

說著，已輪到妳壓軸的雲南民歌出場。恰在這時，西邊天幕上的潑墨似的濃雲，彷彿在漸次稀淡，消散。大家把妳讓到望月亭邊，也是萬丈懸崖邊沿。妳亮開了歌喉。妳唱的是一支大家都熟悉的歌謠。可妳用了長長的拖腔，綿綿不絕似地直有兩分鐘之久：

月亮出來亮汪——汪，亮汪——汪！
想起我的阿哥，——在深——山！
天上月亮雲中走嘞，雲中走嘞，
地上哪個阿妹——，想情郎！想情郎……

高亢激越，山轉水轉，風流雲湧，柔情無限，拔高時繞上青雲，迴旋時瀉下深澗。不待妳唱完，我就恨不能一把抱住妳小月亮！

說來也是神奇，就在妳的「亮汪汪、亮汪汪，想情郎、想情郎」的聲聲呼喚似的啼唱裡，遠處的峰巒之中，一顆巨大的白玉盤，那自有人類以來就成為純貞的愛情象徵、崇高的女性象徵的月亮，冉冉升起，彷彿剛從沉睡中醒來，還帶著惺忪睡眼……

妳停止了歌唱。也是停止了呼喚。

我們就像被釘在望月亭下了。我們珍惜著時光的寧靜，莊嚴肅穆的寧靜。我們忽然有了一種空靈感，藝術生命的空靈感……直待月亮升起有一竿高了，我們才不覺地把妳圍在了中央：

謝謝妳！白族姑娘，是妳用自己的歌喉，甜蜜激越的，也是倔強執著的歌喉，替大家於雲瀑霧海裡，喚出來親愛的月亮！

一九八九年九月三十日

泰山唱月

目次

第二輯　前賢篇

第三輯　益友篇

第一輯

苦果篇

春天，父親做了洞庭君

很久以來，我就想寫出我的春天故事。

皆因九歲那年的春天，穿黃布制服的大軍洪水一般向海邊退去了，穿灰布制服的大軍雨霧一般從北方壓了下來。就像父親對我們講的瓦崗寨，講的水泊梁山那樣，朝廷的官兵敗走了，綠林好漢們奪得了廣大的地盤。之後，天天晚上都響槍，就像父親說過的：黃巢殺人八百萬……

不久，父親被人帶走了。記得他背上揹著一卷青印花布被子。滿村子的人都出來觀看。我跟著兩個哥哥，哥哥跟著兩個姐姐，姐姐跟著母親，母親扶著爺爺奶奶，成了一支送行的隊伍。出了村口，押解父親的士兵把我們喝斥住。父親回轉身來，仍像平日那樣笑著，對爺爺奶奶，對母親，也是對我們五兄妹講：放心，我沒有罪，到區政府交代完了，就回。

父親笑得苦澀，笑得無奈。母親沒有哭，爺爺奶奶沒有哭，我們都沒有哭。都相信父親沒有罪，會回來。他只是一個讀書人，在大地方教過書，在縣政府做過事。父親回來就又會給我們講古，征東征西、掃北平南、《三國演義》、《封神榜》；還有岳家槍、楊家將、鬧天宮、八仙過海、柳毅傳書。父親的故事總也講不完。我最喜歡羅成和哪吒了。羅成揮一柄銀槍，哪吒踩兩隻風火輪……父親還愛講笑話，總是逗得全家哈哈連滾，笑得肚子痛。父親還愛拉胡琴，邊拉邊唱什麼〈蘇武牧羊〉，什麼〈漢宮秋月〉、〈王昭君〉。我們每回聽了都著迷。父親見多識廣，去過北方打日本，到過好多大口岸……父親沒有回來。

我十歲那年的春天，母親終於收到了父親從一座煤窰裡寄回的明信片，講自己只被判了四年刑，政府寬大，沒殺他。他現在沒有鞋子穿，沒有衣服換洗，被子也破了……母親總算放了心，只要人還在。人走世界走，人在世界在。一年來，村裡搞了土改，全家人都當了「官僚地主」，從祖居的庭院裡搬到四壁空空的土屋裡。母親天天晚上背著我們兄弟姐妹哭，蒙住被頭哭。接到父親的明信片，又哭。卻不許我們哭：哭哪樣？再有兩年，就回來。再苦，全家人分做三起去討吃，也要熬下來。

父親的布鞋，母親早做好了兩雙；父親的衣服，土改抄家時母親讓大哥大姐穿在身上才偷出來幾件；父親的被子破了，母親從自己床上扯出來去替換……父親的信裡，特別囑咐母親帶了我——他的滿崽娃去見一面，他好想。

春天，花照樣開，小鳥照樣唱，溪水照樣汩汩流，小蝴蝶照樣飛來飛去。還有蒿草上的露珠子照樣滴溜滴溜。大清早，我跟著母親上路。母親手裡挽個布包袱。她先一天去農會請了假，開了路條。父親服役的煤窰在縣城西。原先父親在縣政府做事，母親領我去過那縣城。四十華里青石板路，總是我自己走一程，再由母親揹一程，我打一把油紙傘遮蔭。到了縣城，我最喜歡騎上父親的肩膀玩，父親個子高，我更是高高在上。父親步子大，我更是一上一下地聳動著，像騎馬。母親笑著喊：騎高馬，騎高馬，騎了我寶崽闖天下。

十歲的我，不再要母親揹了，家裡沒有父親，沒有了笑聲，沒有了講古。母親老得好快，頭髮都白了，臉上也叫皺紋爬得密密麻麻。走路也不像原先那樣輕輕爽爽。好在一路上都還有涼亭，涼亭邊上也常有一眼綠汪汪的活泉。走到縣城時，已經日頭偏西。原先好威風的城門不見了，高高的城牆也拆做了菜地。母親領著我去找一家熟人問路。那人家原先對我們好親熱，這回卻沒讓我們母子進大門。但他仔仔細細告訴了去城西煤窰的路，從什麼灣，過什麼坪，經什麼鋪，到什麼山，就是煤窰了。也是一條青石板大路，還有二十里。

過村過店，鄉下人趕路，路就在嘴上。

日頭下山，母親領我進山。山邊、路上，四處都蒙著一層黑煤粉。我們看到了刺爪橫生的鐵絲網。崗樓前，站哨的士兵把我們喝住了。母親趕忙雙手遞上村農會的路條。士兵則仔細檢查母親帶來的布包袱。包袱裡有奶奶放進的十個煮雞蛋。士兵不許可，母親含著眼淚哀告也沒有用。

過了崗樓，又走了一條黑灰濛濛的路，來到一座冒著熱氣、飄著油香的飯堂邊，我們又被人攔住問話。問話的人武高武大，北方口音，一身灰布制服，肩上斜掛著盒子炮，正端個大碗在啃香噴噴的雞翅膀。母親又雙手遞上村農會的路條，以及父親的明信片。那人瞇縫起眼睛把我們母子兩個上上下下看了又看，才轉過身軀去，以他好洪亮、好威風的北方口音喊：

二〇五！二〇五號！二〇五號，媽拉個巴子，耳朵聾啦？

有！有……

你家屬來啦！十分鐘。聽明白沒有？給你十分鐘。

啊……是，是，上級管教。

隨著這聲「是，是」，一個全身墨黑的瘦高個子出現了，頭髮、鬍子也是黑蓬蓬的。只有牙齒是白的，眼珠子是黑白相間的。他身上就像掛了些爛布片，腰上捆了根粗草繩，露出的皮肉也是墨黑的。腳下拖了雙沒有後跟的鞋……

我不敢相信面前的這個人會是自己的父親。他連名字都被沒收了，變成了一個號碼。大約母親也懵了。我們都沒見過這樣髒黑破落的人。原先，父親總是衣著整潔，氣度儒雅，文質彬彬的呀。他們為什麼要把人變成魔鬼相呀？

我沒有撲上去，母親也沒有撲上去。那肩上斜掛著盒子炮的「上級管教」就在一旁監視著，有滋有味地撕咬著他碗裡的雞翅膀。他命令父母用官話交談，他要聽得懂。母親和我餓起肚子趕了一天路，他卻只給十分鐘。

母親身子晃了一下，手裡的包袱落到了地下，揚起了一陣黑塵。我扶住母親站穩了。母親想哭都哭不出：只一年功夫，就把個男人變成黑煤炭，黑煤炭！

全身黝黑的父親呆立著，睜著黑白分明的眼睛看看我，看看母親，咂嚅著嘴皮：十分鐘……你們趕了六、七十里……我在這裡還好，肚子還吃得飽。每日在地洞裡揹煤塊，來來回回爬……不曉得你們今日到，身上也沒洗一下……反正洗也洗不淨……肚子不餓就好……寶崽長高了。他爺爺、奶奶，還在不在？

母親淚水洗面，以土話回答：

兩老也劃了地主成分……天天牽了手出去討吃，都七十幾歲……他們修了一世的佛，周濟過多少人，到老來落得自己討吃……兩老講，他們會等著你，回去見一面……

喂！為什麼說土話？站在一旁的「上級管教」大聲喝斥了起來。

報告上級，他一個鄉下婦人，不會講官話，只會打土談……父親趕緊轉過身去，規規矩矩站好。

裝蒜，媽拉個巴子，裝蒜！你們倒是快點！

母親緊緊摟住我，曉得我十分害怕「上級管教」這又粗又硬的北方口音。

父親回轉身來，眼裡沒有淚水。他抬起頭，看著天上的血紅色的晚霞，滿臉堆的是苦笑：

你帶五個崽女，籮大米小，日子哪樣熬？

放心，老大仍在讀師範，學校講，只要和家庭劃清界線，就不會開除他。老二女崽在挑炭賣，老三也在挑炭賣。我領著老四、老五，有時打草鞋，扯筍子，挖葛根，有時也出去討……我會替你把崽女都拉扯大，等你回家……

有你這句話，我就活得下去……我曉得你的苦處。家裡窮得和大水洗過一樣……再苦，你不要改嫁，不要把崽女送人，不要散了這個家……

母親又忍不住哭起來。可旁邊就站著揹盒子炮的，她哭都不敢出大聲。我不管了，撲上去，抱住了父親那露出膝蓋的腿，叫了：

爸！我會聽話，我們都聽娘的話……我們會長大，等著爸回家，等著爸回家……

父親的雙手，摩挲著我的腦殼。幾滴冰涼冰涼的東西，滴在我的前額上，後頸上：告訴老大，他當了教師，一定要送寶崽讀書，送寶崽讀書……寶崽聰明，有天分……我曉得，在五個崽女中，父親最疼我這滿崽娃。父親還認定我聰明，有天分。大約因我聽他講故事最專心又最愛提問，許多故事我都記得住，背得出。

記住了。老大會送寶崽讀書……

母親也攏來了，也摩挲著我的頭髮。

寶崽，要讀書，要爭氣，要有出息……

這是父親的囑託，父親的祝福。我默默地在心裡記著，印著，刻著。

「上級管教」警告似地敲了敲碗，又威嚴地咳了咳嗽：時間到！時間到！聽見沒有？時間到！

母親慌忙放開我，從地上撿起那包袱，拍拍塵土，雙手交給父親：

你要的，都在裡邊了。要多寫信。哪怕只寫一句話。要讓全家曉得你人還在，在哪裡……人走世界走，人在世界在……

父親的雙手緊緊抱住了包袱，那樣子彷彿是抱住了母親和所有的崽女。他懇求地看了「上級管教」兩眼，准許再講兩句話。父親一直不敢講土話：

天快黑了，這樣遠的路，你們娘崽到哪裡去過夜？

母親則一直以「上級管教」聽不懂的土話回答：

你先前的那個勤務兵，在縣城開了一家伙鋪，答應給我們娘崽一夜鋪……他還講，那年你領了全家逃去海邊就好了。可你不信，大家勸……

好，好。不要跟人講這些了……連累人家……真想你再帶寶崽來，有乾薯片也帶點來……

我們披著殷紅的夕照，踩著血色的晚霞，離開了父親。母親一路上都在掉淚，在嘀咕：十個煮雞蛋都被沒收了……你父親想吃乾薯片，他肚子不飽……

回到家裡，母親領著小姐姐挨家挨戶去乞討，省下了一小布袋乾薯片。可是沒過多久，父親又寄來一張明信片，講是煤窰裡的勞改隊伍要大輪換，他們要開去北邊的洞庭湖修大堤，防洪澇……最後的乾薯片都沒有吃到。

我十一歲那年的春天，母親得到一紙由鄉政府轉給村農會的通知書……洞庭湖區發大水，參加防洪搶險的囚犯父親，被八百里洞庭的滔天濁浪吞沒了。我們家裡沒有了父親。我們眼睜睜的盼望成泡影：我們再聽不到父親的故事，父親的笑聲和琴聲，只剩了母親日夜的哭泣。

春天，父親做了洞庭君。爺爺奶奶則長眠在他們捐錢修蓋的冷廟裡。「寶宧要讀書，要爭氣，要有出息……」竟成了父親最後的囑託和祝福。也就是在這一年的春天，我告別了童年，走上了求學，失學，求業，失業，自殺，自救的生命旅途……

一九八九年五月四日

山溪之望

不怕見笑，我兒時有尿床的癖好。因為我總是做夢夢到大河大海。因為我的家鄉只有山溪水塘。尿溼床屁股蛋上總會挨上兩巴掌，但夢到大河、大海就尿將起來的那分流暢快感，也真是美不可言。

是父親打完日本鬼子回到老家，告訴我老遠的北邊有條大河叫長江。那江面寬過千畝田洞，深過參天古樹，跑著大過我們小山村的鐵殼船，鐵殼船上住著花花綠綠的男女，吹拉彈唱，快快活活，一路走到海邊去。

也是父親告訴我，離我們小山村老遠的東邊有東海，老遠的南邊有南海。東海有龍王，南海有觀音。有本事的聰明人，有錢的大老闆，都喜歡住在海岸上。海岸上大城連著小城，一到晚上那滿城燈火，就像滿天上的星子都聚落到地上！那城裡也住著許多窮人。富人窮人，都坐船出大海，去闖大世界。

跟著村前的小溪，一路走下去，走得到大海邊？

我曾經問過父親。父親撫著我的小腦瓜回答：

照說是可以的，村前的小溪穿過重重大山，跌下座座崖壁，匯入舂陵河；舂陵河又繞過大山大嶺，衝過無數險灘，匯入湘江。湘江水勢平闊，一路流經洞庭湖，匯入萬里長江。長江流往東海。東海之外是太平洋。孩子，你長大了，能像山溪一樣，一直走下去嗎？

我被嚇住了，也就明白了，真的跟著村前的山溪走，我很難走到海邊去。我是後來才慢慢懂得，父親要我效仿的，是山溪的那種百折不撓、不回頭、不停息的人生毅力。

父親跟我說過這話不久，穿黃軍服的隊伍洪水一般朝海邊退去了，穿灰軍服的隊伍滿天烏雲似的從北方壓了下來。父親被抓走了，因為他沒來得及退向海邊去。父親死在由穿灰軍服的士兵把守著的勞改隊伍裡。

我當了「反動家屬子女」。我不再尿床，小肩膀上壓上一根小扁擔，開始自己養活自己。人也真是個賤體。嬌生慣養多病症，瓦灶繩床卻康健。歲月艱辛，我更嚮往大海，總覺得海邊有自己的活路。家鄉的大山是我少年、青年時代的牢籠。我效仿山溪，一步一步，汗水和著淚水、血水，走出家鄉的崇山峻嶺，走到縣城，走到州城，走到省城、京城。三十三歲那年秋天我在上海吳淞口第一次看到東海。三十八歲那年夏天在北戴河第一次看到渤海。隔年在深圳和珠海第一次看到南海。之後年年都到海邊，看到過印度洋，大西洋，太平洋。五年前我來到太平洋西海岸上住了下來，浴沐在大海所生發出的氧離子裡。我想總有一天，我會坐上郵輪橫渡太平洋回家鄉去。那時家鄉不再是牢籠，不再把我監禁。

一九八九年六月

走出大山

感謝命運，使我如此富裕地佔有生活。

在日寇橫行、兵荒馬亂的一九四二年六月，我出生於五嶺山脈北麓——湖南嘉禾縣一座小山村。還沒滿月，母親就抱著我「走日本」，躲進了大山樅樹林。跟我一起不合時宜地落草到這個世界上來的還有位雙胞胎姐姐。因她只比我大了一個時辰，所以十歲之前，我一直覺得事有不公，不肯承認姐姐名分，自然要經常受到長輩們的數落，我也只當耳邊風。而全家人對於我這個「滿伢子」，吃喝拉撒尿床哭鬧，總是給予最大限度的寬容。

在我童年的記憶裡，卻總是離不開青山，忘不了綠樹，千巖競秀，溪澗爭流。我既是家裡最小的孩子，父母及祖父母都寄予厚望。記得我五、六歲時，他們開始當著客人的面問：寶城！你長大了要讀什麼大學？其時我正換乳齒，牙不關風，因常聽他們說到「武漢大學」，就順口答道：我要武漢大瘀學！這下子壞了，引得他們大笑不已，原來我們的鄉音稱大糞為

「大瘀」；「學」又跟「杓」同音，就成了「我要武漢大糞杓」了。這個笑話還傳遍了全村。我真恨死了笑話我的大人們。

童言本無忌，可我後來的命運卻是不幸而言中了：沒讀上大學不打緊，果真跟「大糞杓」打了十四年交道。

我像所有的山裡孩子一樣，小時候十足的頑皮淘氣：愛打了赤腳上山爬樹，愛光了屁股下河摸魚，愛在烈日下捉「陽眯眯」（蜻蜓），愛在雨水裡玩泥巴團。還愛跟村裡小夥伴們摔跤，比誰的力氣大，經常鼻青額腫、雙膝蓋受傷，並有鄰居拉了兒子上門投訴，真沒少給我母親大人找麻煩。母親當然總是堅定地站在我一邊，認定自己的寶寶有理，受了欺。事後又請鄰居喝茶，說些旁的好話，不傷街坊和氣。

我小時候還有個愛好，就是喜歡一個人偷偷地沿著小溪朝下走，傻呼呼地想走出大山去，看看山外邊又是個什麼樣的世界。可是我面前的重重青山呀，座座巖壁呀，數也數不盡，走也走不完。一會兒天陰了，一會兒天晴了，一會兒又白濛濛霧來了。那霧氣啊，團團滾滾，喃喃有聲，像一支神仙派來的大軍，頃刻間席捲了山山嶺嶺。人落進這霧裡，就像浮在了雲裡，飄到了天上。什麼都摸不著，看不見……只聽得見滿山裡的風聲、水聲、鳥叫聲。

難怪村裡大人們嚇唬我們說：有多少山峰，就有多少神仙，有多少樹洞，就有多少妖怪，還有山鬼，樹精，花仙，蛇王，水怪……於是走著走著，我就害怕了，就半路上打了回轉。而且是小跑著，比來時要快得多。我還勸慰著自己：才不到山外邊那鬼地方去呢！山外邊有什麼好？山裡有大樹有小鳥有野花野果，筍子蘑菇，最主要的山裡有個家，家裡有爸爸和媽媽。爸爸愛講古，什麼《三國》啦，《水滸》啦，《封神榜》啦，《西遊記》啦……在邊遠荒僻的小山村，在那些涼爽的秋夜，漫長的冬夜，聽老人講古，演說英雄俠義，劍客濟貧，好漢打天下，公子落難，小姐多情，於我們這些孩子是一種難得的娛樂；被一大堆虎頭虎腦的孩子擁戴崇拜，於講古的老人也是一種莫大的精神滿足。我大約是村裡聽老人講古聽得最入迷的小把戲。

母親和姑姑嬸嬸們則喜歡唱一種〈伴嫁歌〉。每逢村裡有女子出嫁，她們就要聚集在這女子家裡坐歌堂，唱上三天三晚。這自然也是村裡孩子們的節日。我們除了可以得到許多零食吃，就是一天到晚聽得到〈伴嫁歌〉：

團團圓圓唱個歌囉，唱個姐妹分離歌——，今日唱歌相送妹囉，明日唱歌無人和——，今日唱歌團團坐囉，明日歌堂丟冷落……

歌聲高亮好聽，哀怨動情，唱的聽的，都會掉淚。她們有時哭做一堆，有時又笑做一堆。順便提到一句，我的家鄉是湖南著名民歌之鄉。近三、四十年來，音樂工作者在我家鄉一帶收集、整理出的原始民歌詞、曲，有上千首之多。

或許正是老人講古、姑嬸們唱歌這些原始形態的藝術文化，不知不覺地在我幼稚頑劣的心田裡，播下了文學的籽實。同時這一來，就更促使我嚮往山外邊那遙遠而陌生的世界。那時我的一個很大的奢望，就是盼著遠走一次縣城，去看看縣城裡店鋪連著店鋪的街道，看看街道上那些跟我年歲差不多的男孩女孩。

可是我的這個遠走縣城的心願，卻一時難於實現。我九歲那年，父親被人帶走了，再沒有回來。我十一歲那年，他死在洞庭湖裡，活了不到五十歲。我們躲在一間破屋裡哭了一晚上，不敢哭大聲，不能給外邊放流動哨的農會民兵聽見。母親領著我們籮大米小五兄妹，天天巴望滿父親能回來挑起五張小嘴巴，從此願望成土灰。

求學讓位於求食，我第一次失了學。母親對我說：要麼你們學會自己養活自己，要麼我領你們走村串戶去討吃。小小年紀的我們選擇了第一種出路。把討吃讓給了年高七十的地主分子的祖父祖母。我們沒能力養活他們，兩老後來死在一間冷廟裡。跟父親一樣做了舊制度的祭祀品。我則開始跟著兩個姐姐學編草鞋賣，後來跟著鄰居上山砍竹子賣，扯筍子、擔柴禾賣。還給大山裡一戶人家放過半年牛。放的是一頭大水牯。那山裡茅草好深，常有老蟲出沒。我白天放牛，打柴，還管挑水。主人待我不錯，可以上桌跟他們一起吃飯。天一落黑我就想媽媽，心焦得厲害，直哭。我那時還不到十二歲。

我在大山裡越陷越深了。大山，四處巖壁森森，頂天立地，白雲都從它頭上掠過，老鷹都繞著它翻飛。它猙獰而威嚴，陡峭似刀劍，使得我放牧的茅草荒谷，從早到晚寒氣襲人，難得見到陽光。儘管我在小學堂讀書時天天都要唱：東方紅，太陽升……太陽卻不肯給我溫暖。我牽著牛，不敢離開半步。我不光是害怕草叢裡會突然冒出白額大蟲，更害怕四周圍的巖壁隨時可能擠過來，合攏來，塌下來……

半年後，我實在忍受不了大山給予的壓迫感，回到了家裡，回到了媽媽身邊，寧可跟著大人去挑煤炭賣。再苦再累也要跟在媽媽身邊。我又是從小被媽媽嬌慣壞了的「滿崽兒」。媽媽能給我一種安全感。由於媽媽總是把村裡的巷道打掃得很乾淨，農會民兵對她頗為寬諒，還有人在夜裡偷偷送豬血、蕎麥糖粑子等東西給我們打牙祭。兄弟姐妹從沒為吃東西吵架，總是讓我多吃點，是家裡的老規矩。

我跟著大人挑炭賣，每天天亮出門，天黑落屋。從一座大山爬上另一座大山。我能挑四、五十斤重，每天賺得回一升米。在賣炭人的隊伍裡，是沒人講古、打山歌的，太累了。見了樹蔭想歇腳，見到石板想睡下。後來我的左腳膝蓋又紅又腫，煤炭擔子放在半山上，再也下不了山。是鄰居大孩子把我送回了家。我只好重操舊業，打草鞋賣。這期間，我從一些人家借回一些書來讀，大多是些破舊發黃的武俠小說和公案小說——原先本是父親的書，被當作「勝利果實」分了的。二哥見家裡日子這樣苦，我不嶄勁打草鞋而偷著讀書，就常常挖苦、恥笑我。有一回他賣炭回來，我又在看書，他扁擔都沒放下就問：書裡的字都認得？我說有的生字不認得。他竟把他隨身帶著路上打中伙用的一雙髒筷子塞在我手裡。我問做什麼？他說給你挾生字扔掉呀！說罷哈哈大笑，逗得兩個一起打草鞋的姐姐也大笑。我站起身子就跟他打了一架。他不知是讓著我還是怎麼的，打架總打不贏我。另一回是他利用我從小貪嘴的弱點，從他的腳杆上揭下傷疤的黑痂，當桂皮送給我吃。我又跟他打了一架。他打輸了也不敢告狀，因為媽媽不罵我，會狠狠揪他的尖耳朵。不久媽媽覺察出了事有不平，對我說：「腳好了？還去挑炭賣！」

日子雖苦，我卻再沒間斷過勞動之餘讀書的習慣。且很快就上了「癮」。媽媽紅著眼睛說：「從前你父親是蛀書蟲，如今你又是蛀書蟲。」我還跟村學老師借到一些新書來讀。漸漸地曉得了俄國的高爾基、美國的愛迪生都只讀了三年書，都有過困苦的童年少年，都靠了不屈不撓的努力而成為作家、發明家的。我傻呼呼地想，或許某一天，我也要寫書，當作家……我太天真、太幼稚了。那時我要是把自己的這種「癩蝦蟆想吃天鵝肉」的痴心妄想講出來，哥哥姐姐一定會罵我神經病，而一起挑炭賣的長輩們則會笑掉他們的大牙。

當然也虧得有過五、六歲時那次把「武漢大學」說成「武漢大瘀杓」笑話的教訓，我才沒有第二次落為村裡人的笑柄。

到了一九五五年秋天，也就是我賣了三年煤炭之後，我的長兄終於從師範學校畢業參加了工作。全家人的生活才開始有了一點轉機。我考入了嘉禾縣第二中學，去到縣城讀書，實現了從山裡遠足縣城的願望。進了學校，我就如一匹在沙漠裡跋涉了很久而來到豐腴的草原上的瘦馬駒，每日裡如飢似渴地讀小說、讀報紙，什麼書都亂讀一氣。對國際新聞特別有興趣。語文和數學都是全班第一，還喜歡音樂和美術。班主任老師給我的評語是：「興趣過於廣泛，好閱讀，嫌雜亂。」一九五六年的蘇伊士戰爭使我熱血沸騰，緊接著的匈牙利事件卻使我感到困惑和惶恐。我開始學習寫詩，並在學校的黑板報上發表。但影響最大的一首詩，是我貼在教室後牆上，用來諷刺班上一位愛打扮、愛唱歌、外號叫「夜鶯」的女同學。那女同學的嗓子又尖又亮，經常在教室裡聲震屋瓦而非餘音繞梁。我寫道：

花紅紅，草青青，滿山野物在嚎春；
夜鶯鳥，鳥夜鶯，春的原野唱愛情；
唱愛情，似嚎春，莫在教室震耳聾……

這可好了！我的詩引來班上的男同學們圍觀，接著便惡作劇地齊聲叫嚷：「夜鶯鳥，鳥夜鶯！」「夜鶯啊，夜鶯……」一群十五、六歲的男生在一起，還有不趁機興風作浪的？且愛情對於我們正是個敏感、神祕又令人害羞的字眼。當那女同學明白了這詩是諷刺她的之後，馬上哭了鼻子，跑去找班主任告狀。班主任前來看了我的歪詩，嚴肅地找我談話：

羅同學！恩格斯年輕的時候也喜歡寫詩，可他究竟也沒有成為詩人，你懂不懂？我們中國沒有夜鶯鳥，牠生長在歐洲的原野上，你懂不懂？你先把你的作品揭下來，再去向你的女同學道歉！女同學只有笑起來才漂亮。

我的詩運真不怎麼好。班主任兩個「你懂不懂」，就把我給問住了。可我仍像山溪那樣好動，不恭順、愛打球、愛跑步、愛繪畫、愛郊遊。在全校作文比賽中得過第一名。就是個子長到一米七〇就打住了，是前些年挑煤炭賣被扁擔壓住了。我盼著初中畢業後，能考上州裡的中等專業學校，到郴州去看看火車飛機呢！到了縣城又想上州府，心大著哩。我曾經被媽媽笑話過。

過了不多久，學校裡開展了「反右派」運動，校園裡貼滿了白花花的大字報。人和人的關係惡化了，凡是教書教得好、受到學生愛戴的老師，包括向我指出「恩格斯也沒有成為詩人」和「夜鶯生長在歐洲原野上」的班主任，都被打成了右派。我同情他們被下放、被開除、被判刑的悲慘遭遇。

一九五八年暑假，我初中畢業，參加升學考試，作文題目是「我的理想」。我寫了想去月球上參加建造玻璃城鎮，為人類征服太空出力。雖然考試成績甚好，卻落了榜，原因是政治審查不過關：出身反動家庭，同情右派教師，拒寫入團申請。我第二次失了學。還不能留居縣城，幻想上月球的少年仍要回到深山老林裡去。這對於一心求學、充滿幻想的我，真是個可怕的打擊。母親已經遷來縣城替兄嫂帶孩子，二哥出走當了流浪漢，兩個姐姐出了嫁，我在大山裡沒有了家，沒有可以投靠的人。還是搭幫長兄出面，替我在山裡謀了個「民辦教師」

的工作，一邊教小學，一邊參加荒唐的大躍進運動，協助生產隊發射過多顆「鋼鐵衛星」和「糧食高產衛星」。

我當民辦教師的那村子，開門就是山，睜眼就是樹。夜裡常聽麂子叫，白天看得到野兔跑。真是「重重山，重重霧，重重青山雲斷路」了。那一座座山，一堵堵巖，就像豎在我腦子裡，插在我心頭上！十六、七歲的我，又成為大山的俘虜，做大山的奴隸了。我不再像小時候那樣，傻呼呼地跟著山溪朝下游跑。曉得那樣是走不出大山的。我懼怕大山又憎恨大山。常常在黃昏時分，一個人痴獃獃地坐在半山腰上，看夕陽西下，看落霞晚照，看霧靄升騰。暮色中，煙雲裡，一座座峰巒就像是些大海中的礁石，隱伏著無窮的兇險；又像一艘艘逆風頂浪的艦船，在波濤中沉浮顛撲……而我腳下的那條羊腸小道，更像一根飄泊無著的帶子，時隱時現。我不禁嘆息：或許我的乖張的命運，就如這道崇山峻嶺中的小路，千迴百轉，崎嶇坎坷，窮無盡期。

我打望著遙遠的山那邊，天盡頭。孤獨而寂寞。到縣城讀過一次書，就像品嘗了一次禁果。我想哭而終究沒有哭。這時候的生活已經能吃飽肚子，比十一、二歲跟著大人挑煤炭賣還常常挨餓要好一些。也就是在這時候，我開始學著構思小說，晚上回到油燈下寫出來，然後大起膽子往省城的報刊上投稿。可是寄出的稿子，總如泥牛入海，再無消息。

物質的飢渴，精神的飢渴，感情的飢渴，同時襲擊著我。我只有囫圇吞棗地閱讀一切能到手的書籍，不管是文學的、哲學的、政治的、歷史的乃至軍事的著作，用以打發山塘死水一般無聲無息的日月。命運似乎總在愚弄著我。我愛讀書，卻總是失學。我好動、好熱鬧、好幻想，卻總是把我鎖到這大山裡，忍受青春的寂寞和孤獨。

好在第二年的秋天，還是靠了在縣城教書的長兄的幫助，我考取了郴州農業專科學校。我又一次離開了大山。由於吃過兩次失學的苦頭，我學習甚為刻苦，各科成績優秀。可是時運不濟，剋星當頭，時值毛澤東的大躍進失敗之後的國民經濟大災難時期，我們農業學校的全體師生很快被下放到農村去「大辦糧食、大辦農業」。在農村勞動了一年之後，學校竟奉令停辦了，學生就地遣散。我被分配到一座群山中的小農場當了農工。

我第三次失了學。這是命運的安排，無力超越，無從擺脫。正如俗話所說：人要倒起楣來，門板都擋不住啊。天既不降大任於斯人，又為何讓我沒完沒了地歷經「餓其體膚，勞其筋骨」的折磨？我暗自罵天，天不接應；罵地，地無回聲。這時我已經十九歲，已經讀過不少古今中外的文學名著。應當說，這第三次失學給我帶來的痛苦，已不如第一次、第二次那麼劇烈。且我早已默默地堅持著小說寫作。雖然又一次深陷大山，也明白今後再難從中逃脫，但這回我卻暗暗下了決心，困獸猶鬥地揮起了拳頭。

大山！我要與你苦鬥。在這苦鬥中，我要麼獲勝，衝破你的石壁牢籠，走向寬闊的大千世界；要麼被你壓垮，成為你永遠的囚徒！

一九六二年秋天，也是當農業工人的第二個秋天，我終於在《湖南文學》上發表了兩篇小說：《杏妹》和《甜胡子》。這是我身處大山，自第二次失學以來自發投稿所得到的報償。一個山裡青年，頭一次看到自己的稿子變成了鉛字，那番激動，終生難忘。此後我陸續有些新作發表。但到一九六四年開展社教運動強調階級和階級鬥爭之後，我發表作品的權利隨之被取消了。這期間我的一個強烈願望，是想到省城長沙看看！我甚至想湊足一百塊錢（我那時的工錢剛夠吃飯及訂閱數份文學期刊，一百元錢幾乎是個天文數字），沿著湘江朝下走，湘江下游便是燈紅火綠的長沙城，水陸碼頭大口岸。

在五嶺山區的小農場裡，我一住一十四年。正是「南山塞天地，日月石上生。高峰夜留景，深谷晝未明……」在這一十四年的歲月裡，我是個地地道道的作田漢，熟悉了中國南方農村的每種農活，也熟悉了一個最底層的農民的中國。其間經歷了多災多浪的社教運動和全民瘋狂的無產階級文化大革命。文化大革命初期我被打成「黑鬼」，在毛氏紅衛兵所風行的「紅色恐怖」下，有過兩次輕生的經歷，幸而都被好心人及時救護，真是「天不滅曹」了。事不過三，此後我決心「苟全性命於盛世」，好把這個總也不讓我安生的世界看個究竟。

多謝命運給予我的磨難和考驗。我度過了艱苦的青春歲月，步入了充實而憂患的中年。對於大山，對於使我深陷其中的大山，終於有了較為全面的認識。大山有兩重性。一方面它是那樣的沉穩、寧靜，千千萬萬年的冰雪覆蓋、風雨奔襲、雷電轟擊，它都默默承受而不為所動。大千世界中，還能有誰比它更堅定、更倔強、更厚重、更雄奇？另一方面，卻是誰也比不上它的執拗、自信、封閉、保守、偏狹、僵化，它從不改變自己，更新自己，似一座歷史的堅固城堡，一座亙古相傳的石頭牢籠，習慣於把一切生命的自由，統統束縛、禁錮在自以為溫馨多情的懷抱裡……

俱往矣！今天我已經離開了五嶺山脈，已經去過了非洲的埃及和摩洛哥，並三次去過歐洲做客，現在又來到了北美。正如南唐李煜在〈清平樂〉一詞中所云：

> 雁來音信無憑，路遙歸夢難成。離恨恰如春草，更行更遠還生。

「七山一水兩分田」，我們中國是個多山的國度。我仍然是個五嶺山區的山裡人。我仍然沒有走出大山。智者近山，仁者近水。大山給了我倔強和執著，追求和勇敢。可惜生性頑愚，至今未能獲益於大山的智慧。我更警惕、更憂慮大山的偏狹和封閉，頑固和保守。況且五千年的古老文化，傳統觀念的刺籬鐵笆，封建道統的紅牆禁苑，習慣勢力的陳規積弊，有時於我，於我們所有的炎黃子孫，不也如一重重大山嗎？

因此我嚮往大海，熱愛大海的壯闊。能否真正走出大山？有待我用畢生的創作來實踐：路漫漫其修遠兮，吾將上下而求索！

一九八九年八月廿三日

女老師

大饑荒的一九六一年，我就讀的農業專科學校奉令「停辦」，學生就地遣散。十九歲的我，面臨著三種選擇：回老家去當公社社員，去山區農場當農工，因為我學的是果蔬專業，有可能被選拔去地委機關屬下的農場當果木工。

由於家庭出身「不好」，我最怕回老家去當「地主狗崽子」。我最想和同班同學們一起去做果木工。同學們也喜歡我。我脾氣隨和，愛講故事，愛拉二胡、吹口琴。每當有女同學要一放歌喉時，總是拉我去伴奏。還和一個女同學有種朦朧的傾慕。

地委農場來了人，對我們逐一政治審查。結果同學們都興高采烈地接獲了錄用通知，單單剔除了我一人。同學們紛紛替我去打聽、說情。後來大家明白了：因為我的父親是原國民黨官吏，死在共產黨的手裡，跟新社會有「殺父之仇」，不能錄用。

又一次嚴重的人生挫折。高小畢業升不了初中，初中畢業升不了高中。是第三次在政治審查的巨壁面前碰的鼻青額腫。

地委機關農場派大卡車接走了同學們。他們是唱著歌走的，不再需要我的二胡、口琴伴奏。我成了一隻失群的孤雁，被社會遺棄的賤兒。不過還可以去那山區農場報到。那山區農場的前身為勞改單位，較能收容我這類「出身不好」的青年學生。

孤身一人離開學校那天，留守處的女老師交給我一紙蓋有學校鮮紅大印的介紹信。上有我的姓名、性別、年齡、家庭成分、所學專業等。女老師並沒有授過我的課，不熟悉。她有意讓我認真看看介紹信。我立即看到「家庭出身」欄目下，填寫著「中農成分」！

老師，這個不是的……我惶恐了。但我又多麼渴望真的是這「中農」！勞動人民出身，前程似錦，不再當社會棄兒，不再做政治賤民。

女老師深深看了我一眼。臉上並無笑容。她還很年輕，蓄著女大學生的那種好看的運動頭。過了一會，她才說：

我了解你，在學校裡是個優秀生……你是我送走的最後一名學生。明天我也進城報到去了，這裡不再有人……中農！

不記得當時自己流淚沒有。我向女老師深深一鞠躬。挑著簡單的行李擔子，出了學校大門。

女老師忽又追了出來：

羅同學！我愛人在地區工程公司當頭頭，我明天也是去那裡報到……你要是在農場太苦，就到工程公司找我，我們再試試……

我到了山區農場，沒有再去找女老師。不是不想，而是不敢。我明白幫人竄改家庭成分，在當時是怎樣的政治大罪。不久，我以學校介紹信「謊報家庭出身」的事，即被農場政工幹部查獲，經歷多次大小場面的訊問、批判，我低頭認錯，接受喝斥、侮罵，但一口咬定：當初學校處於撤銷狀態管理混亂，我也不曉得是怎麼搞錯的……

我再沒有見到過那位女老師。

女老師，你在哪裡？你的學生一直深愛著你。

一九九〇年十月五日

暗戀西子

我們老家鄉下有句俗話：杭州女子蘇州漢，廣東女子黑煤炭。

那一年，她從北京氣象專科學校畢業，千里迢迢，分配來我們南方山區農場的小氣象站，日測風雲，夜觀天象。那一身從京城帶來的高雅俏麗風韻喲，一舉手，一投足，一顰一笑，在我們土頭土腦的山裡人眼睛裡，真是遠方飛來金鳳凰，天上仙女下凡塵了。可不是？我們的地方花鼓戲《劉海砍樵》裡，樵夫劉海哥不就平白的得到了一位狐狸精變做的仙姑？聽講天上的仙女，都是地上修煉千年的狐狸變做的，只是劉海哥那傢伙運氣好，我們運氣不濟就是了。

那一年，我從郴州城的農業專科學校肄業，下放農場脫胎換骨，洗心革面。鬼使神差的，卻在本省的文學刊物上發表了兩篇小說，稿費竟多過我汗巴流水辛苦一年的收入。於是我在山區農場裡有了點不三不四的名氣。其實，我更出名的是在生產隊裡拉胡琴。遠近芳鄰，凡有紅白喜事、民俗節慶，吹拉彈唱的鼓樂班子裡，就總也少不得我這首席胡琴。那些月白風清、蛙蟲齊鳴的夏夜、秋夜，農工們還常常圍坐在曬谷坪上，熅上糠殼熏蚊子，搖著蒲扇喝涼茶，邊聽我拉〈步步高〉、〈梅花三弄〉、〈漢宮秋月〉、〈除夕〉、〈光明行〉……悠揚的琴聲，既娛悅自己，也娛悅別人。也可算作我服務貧下中農，與他們打成一片的途徑。當我有哪天晚上，感到了胡琴演奏的極限而興趣缺缺，沒有出現在曬谷坪上時，還會有農工來催請的：快去快去，沒人拉琴，大家都悶。我卻實在不是拿架子，而是因為怎麼都拉不來〈病中吟〉和〈空山鳥語〉，弓法指法都達不到那一功。那是二胡獨奏者的聖殿，我這曬谷坪上的胡琴手，只好望聖殿而興嘆了。

有時我也拉一些流行的電影曲，什麼〈四季歌〉、〈馬路天使〉、〈秋水伊人〉、〈小二黑結婚〉等等。當然，電影插曲最好有人來伴唱。

大約是鄉村月夜的琴聲吸引了她。我發覺她也提了條矮板凳坐下來聽。她白天愛梳兩根長辮子，夜來愛披一頭過肩髮。她的眼睛亮晶晶，像那清水池塘裡的星星。我很為得意，自己的胡琴獨奏，有了這樣一位聽眾。我手裡的弓，拉得更來勁，弦上的指頭，滑動得更自如靈敏。我已經聽講了，她家住杭州西湖畔。西子湖畔出美人。她不像我們這些土巴佬，連省城都沒去見識過。她是見過大世面、跑過遠地方的了，從杭城到京城，又從京城來到我們這個南方大山裡的小村落。月光中，她確如一位我在老書上讀到的仙女似的：靨笑春桃，雲髻堆翠，唇綻櫻顆，榴齒含香，但行處，鳥驚庭樹，將到時，影度迴廊……

有天晚上，我又拉起〈四季歌〉時，她竟輕輕伴唱起來了，以她的杭州口音，吳越軟語，韻味十足。我減弱了琴聲，意在替她伴奏。她會意了，大方的亮開歌喉。不說玉落珠盤音繞梁，也是山間流水花爛漫……我彷彿看到她眼睛裡有瑩瑩水珠在閃亮。

唱完〈四季歌〉，她提了矮板凳起了身，她對我說了聲「斜斜儂」，就走了，回她的宿舍去了。素白衣裙，嫋嫋婷婷，在月色下漸行漸遠，朦朧淡去。那一刻，我明白了，琴聲、歌聲，勾起了她的鄉思。她想家了，想情郎了？不定一個人偷偷的哭鼻子去了。

連著好幾晚，她都伴著我的琴聲唱歌，時而站在我面前，時而轉到我身後。一個星期天上午，她邀我去她的住處吃西瓜，聊天。她住著一間單身宿舍。房裡只有一張單人床，一把木椅，一張三屜桌兼著梳妝臺。還有臉盆、白鐵桶等等。我來做客坐在椅子上，她就坐床沿。

她待人親切、大方。儘管農場裡的人背後議論她高傲得像隻金孔雀，走路身子筆挺挺，臉上掛著笑，眼望正前方，輕易不看人一眼。

她卻不像我們本地的那些女子愛害羞，愛紅臉，愛扭捏。她用一把裁紙刀對付一個大西瓜。人家是殺雞用牛刀，她是殺瓜用裁紙刀，樣子好玩又好笑。可她的小刀一下去，刀就蹦的一下裂開來，露出來鮮紅鮮紅的瓤。

乖乖！你們這裡的西瓜倒是又沙又甜，比杭州、北京的都強。

講不定還是我那生產隊種的。我們種瓜，以腐熟的豆渣、麻餅做底肥，從不施化肥。種西瓜要是施了化肥，味道就淡了，有時還發苦。

對了，你是學農的啦！比我還小兩歲？你會種瓜，我會吃瓜，不是？

她的眼睛會說話、會唱歌似的，帶著幾絲絲淘氣調皮的神色。她邊把西瓜剖解成一小塊、一小塊的，邊看上我一眼。看來她已經聽說過我的一些事情。

說實在話，我還從來沒有被這樣一雙波光閃閃的眼睛，在這樣近的距離內注視過。我心裡有點慌亂，臉上也感到發燙。原本，到她這裡做客，我是心上心下遲疑了好半天，鼓起勇氣才來的。

你是怎麼到這農場來的？學農的，不當科技幹部當農工，你一定有什麼麻煩了？

她的會說話、會唱歌的眼睛忽然罩定了我，神情裡有關切、納悶、好奇、憐憫等等複雜成分。我還隱約中感到了一種姐妹般的親情。

家庭出身不好，加上在學校裡只專不紅，走白專道路，同情右派老師……沒讓畢業，下放來這農場鍛鍊改造，要求我脫胎換骨，重新做人。

我如實招供似的，頗有一點「坦白從寬」的味道。其實我還有更嚴重的問題：書寫反動日記，懷疑三面紅旗。

她笑了，輕輕嘆著氣，帶著些些苦澀、惆悵似的。她這笑靨不同一般，顯得深沉，著實迷人。

白專道路，只專不紅，我也是呢。在氣象專校四年，沒有寫過一份入團申請。我看不得那些馬屁精，紅漆便桶。我還得罪了政治教員，一位在朝鮮戰場上失去一隻眼睛的復員軍人，戰鬥英雄……沒關係，我可以告訴你。他苦苦追了我三年，最後他跪著向我求婚。他說他在戰場上英勇殺敵，從沒下跪過。你講噁心不噁心？後來學校黨組織也出面做工作，說是只要答應了戰鬥英雄，我就可以留校任教，長住北京……我又不是一束鮮花，一件禮品，可以隨便敬獻給人？畢了業，我沒有被分配回浙江老家，而被發配到你們這南方大山區的農場……

她倒是不待我發問，就把她自己的麻煩也「招供」出來。大約是同病相憐吧，我原以為她高高在上，高得不可攀來的。

吃瓜，吃瓜。在這農場裡，你奏琴，我唱歌，也算是知音啦。

她從門邊的洗臉架上取來潔白的洗臉盆，擺在兩人之間的地上，用來接瓜籽、瓜皮和瓜汁。她已經學會了我們鄉下人吃瓜的辦法。一時間，我們確有了點兒惺惺惜惺惺的氣氛。

埋下臉去吃瓜時，無意中兩人的額頭相碰了一下。我趕快避開了。當我再次埋下臉去時，她竟故意用額頭來抵我，做那兒時牛鬥架的遊戲，真是好笑又好氣。

我胸口又一陣亂跳。「你奏琴，我唱歌」，什麼意思？我連想都不敢想下去。

你還想多知道一些我的麻煩嗎？她看著我，彷彿是用眼睛在問我。她的眼睛好亮好深，深亮得有點怕人。

當然，當然。我鼓起勇氣回望著她。

你喜歡我們浙江的越劇嗎？

當然。我還是個越劇音樂迷，會拉整本的《梁山伯與祝英台》。

是嗎？太好了。我就是想告訴你，我十一歲那年進過我們浙江省越劇院當小學員。老師們特別喜歡我，說我的扮相，我的音色，具備了做一名優秀演員的條件。半年時間，我就抛開臺詞本，唱得完全本《梁祝》、《白蛇傳》。可也只過了半年，我那知識分子的父母親，就硬是把我從越劇院抓了回去，趕到學校去讀書。不准我當「戲子」，而讓我當技術幹部……這可好了，在北京讀了四年書，被發配到大山區來，父母想見我一面都難……他們現在才後悔……

說著，她眼睛紅了，淚光閃閃。

我從臉盆架上扯了毛巾遞給她。我不知道該如何勸慰她。就讓她哭吧，哭出來，心裡或能輕鬆些。

此後，我和她彷彿有了默契，晚晚出現在曬谷坪上。算是苦中取樂。她會唱好多電影插曲，什麼〈緬桂花開〉、〈小河淌水〉、〈康定情歌〉、〈花兒為什麼這樣紅〉、〈馬兒啊，你慢些走〉、〈遠方的客人你留下來〉……當然，她最拿手的還是她家鄉的越劇選段，什麼〈草橋結拜〉、〈十八相送〉、〈長相思〉、〈化蝶〉……真正的珠圓玉潤，哀怨動人。她唱得著迷，我拉得入神。農工們則靜靜的享受著我們的義務演出。慢慢的，聽眾中開始有人輕輕議論：

鬼打起，他們不就是祝英台和梁山伯？

可惜拉琴的後生崽出身太壞，不然倒是孔雀金雞一對兒……

你怕真的是天上掉下來七仙女，要嫁我們山裡的作田漢？

對這些悄悄議論，她裝做沒聽見，我也裝做沒聽見。

她開始到我的住處來走動。常常是黃昏時分，去食堂打飯菜，順路。有時就打來飯菜一起吃。不免你看我一眼，我看你一眼。可我自知身分，心裡坦然。只是晚上也做夢，夢得不安分，看到仙女寬身出浴……我住的是集體宿舍，五個單身漢子共一間大屋。每人掛一頂紗布蚊帳，算是相互間有點障眼物。我的單人床和三屜桌擺在房角落。同室的工友們一空閒下來不是弄吃弄喝打平伙，就是玩撲克牌抓王八，很少留意我。我工餘時間除了拉拉胡琴，就只是看書寫字。他們對我這個「下放改造」的落難者頗為客氣，並保持著距離。在他們看來，「高傲得像孔雀一樣的杭州女子」來找我，無非是讀書人之間一時氣味相投。農場裡文盲瞎子多，杭州女子是難得有個講到一起去的人。

我萬萬沒想到，這時卻有一位農場的政工幹部來警告我。那政工幹部原是部隊文工團復員的，除了掌管全場工人的人事檔案，還負責職工的業餘文化生活。他對我瞪圓了眼睛冷笑著說：你就不撒泡尿照一照自己，你是個什麼人？狗膽包天的去勾引女氣象幹部，唱什麼情歌，什麼〈十八相送〉？早就有群眾反映了你的問題！像癩蛤蟆想吃天鵝肉？拉女幹部下水？後果自負！

真是青天霹靂。欲加之罪，何患無詞。可我能替自己辯解嗎？誰允許？哪個又會聽？在農場裡，生產隊裡，我本是個自卑感和自尊心都很強的人。自卑感使我事事被動，逆來順受，聽天由命；自尊心使我習於防範，謹小慎微，規避著一切危險。

我服從政工幹部的警告，開始自覺的疏遠她，拉開距離。有時碰了面也當沒看見，不再打招呼。晚上也不再去曬谷坪拉胡琴，天氣涼快下來了，晚上納涼的人也日漸少了。也好，也算是懸崖勒馬。與其到時候丟人現眼，吞食苦果，不如自己及早收斂。何況，人家杭州女子也未必就有念頭，除了拉琴唱歌解悶，還能有什麼？

對於我這態度上的「突變」，她許多日子都顯得莫名其妙，疑惑不安。看得出來，她一直想找個機會跟我談談，解解謎團。我卻有意避著，躲著。世事無情，謎團解了又能怎樣？社會現實有如一堵不可逾越的銅牆鐵壁，而我只是一枚不堪一擊的麻雀蛋蛋。

一天傍晚，我正拿了碗缽去食堂打飯菜，只聽得身後一陣輕捷的腳步聲趕了上來。是啊，沒錯，是她。不用回頭，準是她。我習慣的左右兩邊看了看，還好，沒有人盯梢，打野望。她追上了我，並沒有停下來，只在擦身而過的那一刻，扔給我一句話：

明天是禮拜天，中午你到我那兒，什麼都不要怕。你帶個西瓜來請客！

她走得快如一頭小鹿，我都來不及抗命、婉拒。

我心裡木木的。任何興奮的情緒都沒有了。整個晚上，我都是作難，犯愁：明天中午，去，還是不去？去，又會怎樣？不去，又能怎樣？誰又明令禁止過？最起碼，她沒有得罪我呀！一般朋友似的，去去又何妨？可人家會怎麼看？拉女幹部下水？癩蛤蟆想吃天鵝肉？黑烏鴉高攀金鳳凰？沒有的事，都是憑空臆造的。當然，自己也是想去的，喜歡跟她在一起，聊天說笑，聽她唱越劇，替她伴奏……每回替她伴奏，都是一種陶醉，兩相娛悅，心靈交融……她要我帶個西瓜去，生產隊的瓜田裡正好下來最後一批……

好容易挨到第二天中午。用網線兜裝了個大西瓜。臨出門，還硬是咬了咬牙：去了卻一段情，交代一個夢。可短短的一段路，總也左看看，右看看，提防著人盯梢，打野望。群眾的眼睛雪亮。在社會主義制度裡，出身不好的人，不做賊，心也是虛的。

她的房門早開著。房間收拾得乾淨整潔。她本來歪在床上看雜誌，見我敲敲門板進來，趕忙起了身，滿臉泛紅的從我手裡接下了瓜：

這樣大呀，兩個人怎麼吃得動？你呀，就是有點傻……

好像我從來沒有躲避過她，好像我天天都來她這裡探望。她一如往常的熱情親切。只是用她會說話、會唱著的眼睛將我從頭看到腳，再又從腳看到頭。她看得我雙腳想發跳，恨不能立時就逃走。可她那又亮又深的目光，罩定了我，彷彿施了定身法。

她總算移開了視線。她在三屜桌上鋪開舊報紙，仍用她的裁紙刀剖解大西瓜。還好，小刀一下去，瓜就裂開做兩半，露出來鮮豔豔的瓤。她利索的把半個瓜分解成不規則的大塊小塊，另半個移到一邊去，說是留著給我帶回去。

那隻潔白的臉盆又擺在了我們之間的地上。她挑了一塊遞給我。我也挑了一塊回敬她。兩人無聲的吃著。這秋老虎天氣，早晚涼爽，中午悶熱。門外樹上的知了，吱呀吱呀的唱個沒完沒了。吃到第二塊時，她將手裡已經咬了一口的瓜遞過來：

嗨！這塊最甜了……接住呀！

我驚懼了一下，才接到手上，又看了看那被她咬過的紅瓤。我低下，知道她以目光在催促著，要我回答「甜不甜」。我終於大口大口的咬著，吃著，只覺得好一陣頭暈目眩，這片瓜好香好甜，甜到心裡發苦，甜到直想哭。

她欣賞著我的吃相，滿意的笑著，兩腮上笑出來兩個酒窩，甜蜜得彷彿盛滿了酒漿……忽然，她用手絹揩了揩手，從床頭取過一個歌本來，遞給我：

這支曲子，你會嗎？蘇東坡的〈水調歌頭〉……

我接過一看，原來是支宋人古曲。照著譜子默誦了一遍，覺得不難：

你想唱？宋人古曲正是合著二胡伴奏。可我沒帶得胡琴來……

那不是？我早借來備著的。

牆上果然斜掛著一把二胡。我取下來，調了調弦，照著譜子試了試過門，她卻有板有眼、抑揚頓挫、韻味十足的揚聲唱起來了……

「但願人長久，千里共嬋娟」這最後一句，她反覆唱了三遍，直唱得聲若裂帛，肝腸寸斷。唱罷，她淚流滿面的向著我。我的心在悸動，在隱隱作痛，眼睛也在發辣發燙。

我們相對無言。中秋節快到了，她隻身一人，獨居在這邊遠的山區農場裡，能不思念杭州的親人？過了一會，她擦乾了眼睛，款款的說：

告訴你吧，每到晚邊，月光從那窗口進來，我就特別特別的想父母，想兄妹，想別的什麼人……有的人，離我很近，卻像相隔了千里……

她這話，我仍是半懂半不懂，也是裝做不懂。我放下手裡的胡琴，撿了片瓜遞給她：你剛才唱得真好，唱得我都要掉淚了。

那還不是你的琴拉得好？難得你一看曲子就會……真是知音難覓……

一時，她痴痴的望著我。忽然，她以潔白的玉齒、豐潤的嘴唇含了一塊紅瓤，說：給，給，這口兒先給你……

我渾身都戰慄了。這是我萬萬沒有想到的。紅唇皓齒，那樣純真，那樣迷人。她的臉蛋也紅得跟水蜜桃似的。她都閉上了眼睛……我卻趕快低下頭去。我害怕這熱烈的誘惑，害怕管束不住自己。我是多麼的想要湊上自己乾渴的嘴唇去，去拚命的吮吸，去滋潤，去享用。可我不敢，那後果不堪設想。場裡的政工幹部已經嚴厲的警告過我。他的形影隨時挺立在我面前。我自從父親當了反革命、母親當了的主婆那年起，遇事就總是先要想到後果。都成了習慣。一想到後果，就任何勇氣、慾望都自行收斂了。我心裡像被針錐著般作痛，眼睛裡也好酸好澀。很少流淚的我，淚珠卻如水珠，大滴大滴，落進瓷盆裡。

她大約看清了我的可憐可憎的表現，明白了，我是個膽小鬼，軟骨頭、木頭、石頭，混見白痴！我等著她的數落。她卻意外的冷靜，並沒有責怪我，而是扯過來她的洗臉毛巾，遞在我手上：

告訴我，我不恨你，你到底怕什麼？

我？我什麼都怕，真的，什麼都怕……

連愛都害怕嗎？

是的，都怕……只敢在心裡，在夢裡。

如果我鼓勵你呢？

你知道，我十歲那年就進過農會的牢房。你知道，我親眼看到父親被抓走，母親被遊鬥。你知道，我如今是被下放勞動改造。我極有可能要在這山區農場裡過一輩子。種一輩子田，趕一輩子牛屁股，最後也終老在這裡……你知道。

你不再講了……可憐你。我不知道，也不想知道。

那不成。我們不能迴避這山一般、石頭一般的事實。

你這人太聰明，又太悲觀……生活是溪水，有時漲，有時落，是可以改變的。你不相信？

在我？大約很難。因為我的父親是死在新社會的勞改隊裡，各級黨組織都認定我跟黨有殺父之仇，是所有壞出身裡最壞的。

這也太不講道理了！哪有把人家的父親關死了，反過來又講人家未成年的子女有殺父之仇，不共戴天？

你小聲點，好不好？多謝你。這是我頭回聽見有人鳴不平。但這太危險，關係到你的階級立場、敵我界限。

好。我不替你發牢騷了。解放都十四、五年了。你父親死那年，你才多大呀？

十一歲。我九歲那年他被抓走，聽講他教過書，當過偽保長、副縣長。

黨的政策是「出身不由己，道路可選擇」的呀。

可毛主席說，在整個社會主義歷史時期，階級和階級鬥爭，要年年講，月月講，天天講……這意思很明白，階級和階級鬥爭要一代一代相傳下去。你看在我們農場裡，有哪個出身不好的人，現在找得到對象？那些早年跟出身不好的人結了婚，如今為了子女的前途，也都想打離婚……我不明白，你為什麼喜歡接近我？

人以類聚啦。我還真的沒想過你那麼多。想像太多，活得太累。我也可以告訴你，我並不安心在這裡工作，更不想在這裡過一輩子。我做夢都想調回杭州老家去……跟人交往的事我不怕。誰算知音，我就喜歡誰。在這裡，我很孤獨，很寂寞，需要……哪怕是逢場作戲呢，何苦要憋在心裡？

多謝你對我講出心裡話。

男女感情，就非得想到婚姻、家庭、責任？

我可能一輩子也不會有那些。我也不想。我不能讓我的後代來繼承一分黑色的政治遺產。罪過，應當在我這一輩人承擔完。

你比我還小兩歲，就對生活這樣絕望？告訴你吧，我已經讀了你發表在刊物上的兩篇小說。你雖然寫得淺薄，但很有才氣。相信你會有好的前程……但是，你寫小說，才真正的危險哪！自古文人有幾個有好下場的？你就不怕了？

我只是寫些新人新事，評功擺好，歌功頌德。就像那石縫裡的小草，春來綠綠，秋來枯黃。

歌功頌德，儒術糜爛，文章腐朽。

乖乖，你這話，是哪裡來的？

我阿爸說的，他在大學裡教歷史……他喜歡勤學苦讀的青年人。不說這個了。對了，前年我從北京回杭州家裡過暑假，父親領我去遊過一次黃山。黃山，還有黃山松，你知道嗎？

五嶽歸來不看山，黃山歸來不看嶽。我只是在書本上讀過，畫報上看過。黃山松，什麼意思？

是講呀，黃山上的那些松樹，都是從毫無泥土、養分的岩石縫隙裡邊長出來的，卻又棵棵鐵骨青枝，凌霜傲雪。阿爸說，是大自然不屈不撓的生命毅力……

我們五嶺山區的岩石山上，石縫隙裡也生長出來枝葉擎天的千年古樹、鐵杉、紅豆杉、金葉木蓮、銀杏……

這個比喻，難道對你沒有些啟發？

多謝。但社會風雨，時代霜雪，常常要比自然界的更迅猛、酷烈。

五嶺山上的紅豆杉！哪怕是為了逢場作戲……如果我再含一口西瓜，你敢張嘴來接嗎？

不敢。我是一個鄉下人。逢場作戲，是你們大城市人的遊戲！

我話沒說完，臉上卻「啪」的挨了一掌，真是又脆又亮，好不麻辣火燙。沒想到她一個嬌好如天仙似的女子，掌起人來還真有分量……我卻並沒有感到羞辱，反而感到自慰、慶幸。甚至願意被她多劈幾掌，飽揍一頓。她卻只給了一掌。我是抹不上牆的稀牛糞，她怕髒了手。這一掌，了斷了生活中的瓜葛，感性上的纏綿。政治恐怖，前程無望，使我心腸鐵硬、僵冷。

記得那天我離開她的住處時，半邊西瓜從房門裡扔了出來，在我身後的泥地上摔得汁液四濺，黑籽兒都蹦到了我的褲腿上……都走出老遠一段路了，我想想不對，就在路邊撿了隻破肥料袋，返身回去，把那地上粉身碎骨了的瓜皮、瓜瓤，三下兩下的抓起包好，帶走，扔進草叢裡。

那年冬天，農場裡辦了個業餘文藝宣傳隊。她是歌手，我是胡琴手，仍替她伴奏。我不得不承認，我一直在暗戀著她，晚晚都偷偷喊著她的名字做夢，有時還為她夢遺。她卻再沒有正眼看過我，冷漠但客氣。我也已經知道，她跟那位警告過我的政工幹部好上了。那傢伙是部隊文工團復員的，一表人才，新疆舞、西藏舞跳得尤其好，還會拉手風琴、彈吉他。可那人已經結了婚，愛人在州城工作，三兩個月才帶孩子來探一次親。還聽講那人的舅佬是位地委副書記兼著一個山區大縣的一把手，是有背景的。我心裡想，她一定是為著調回杭州老家去，才跟人相好的。

春節期間，文藝宣傳隊不放假，在農場裡舉行節日演出。這對長年生活在五嶺山脈腹地裡的農工們來說，算是十分盛大的文化活動。有次演出幕間休息，我去大幕後側調琴弦，窺見了我最感難堪的一幕：他們在大幕角落緊緊摟抱在一起……

大約是在春、夏之交吧，向來只進不出的農場發生了人事調動，先是那能舞能彈的政工幹部走了，到州城家庭團聚去了。再接著是她被調走。隱隱約約聽說她是犯了男女作風問題，勾引腐蝕黨的政工幹部，受到行政記過處分。我只是不明白，既是兩人犯的錯，男的倒沒事，女的挨處分？她原先一定是想通過那政工幹部及其書記舅佬的關係，調回浙江老家去工作的。

這一來卻被發配到比我們這農場更偏僻的山區大縣去了。我是不是太膽小，太自私？可我又有什麼用？政治廢物一個……我再沒有見到她。

文化大革命一來，我被打成「政治黑幫」、「反動文人」。前者來自家族遺傳，後者卻實在夠不上格。我只發表過五篇小說，社教運動之後即不再准許發表作品。在農場裡，我從「下放改造」升格為「監管改造」，成為一名群眾專政下的囚犯了。幸而未被活埋，而讓活著。不久，從州城傳來消息，我一直暗戀著的那杭州女子，成了她那縣裡叱吒風雲的造反女將！她和她的戰友們從縣委頭號走資派手中奪了權，她當上了新生的紅色政權——縣革命委員會副主任。她是出人頭的、揚眉吐氣了。可是約莫過了大半年，又有消息傳來，說她從縣革委副主任的寶座上一個跟頭栽下來，成了現行反革命分子。因為被她打倒過的縣委書記正是那政工幹部的舅佬，已經復了職。她被另一派群眾組織拉去遊鬥。一次遊鬥之後遭到輪姦，輪姦之後被投進監獄……

這個世界太瘋狂，太無天良，道德、人性，統統淪喪了。我這時心裡已經徹底省悟到，都是北京的那個偉大的獨夫民賊毛老頭幹的，他一會號召老百姓革命造反，一會下令大抓反革命分子。而且毛老頭是故技重演：他一九五六年號召大鳴大放，信誓旦旦保證對鳴放者「三不主義」；一九五七年他卻變了臉，下令全國抓右派，將知識精英一網打盡……獨夫翻手為雲，覆手為雨，受愚弄、受殘害的，總是小老百姓。當然，這些想法，我都只能藏在心裡暗暗賭咒，日常裡，我一如既往的恭恭敬敬、規規矩矩、老老實實。

文革災難，民族浩劫一演十年，直到毛氏去世才結束。我總算活了過來，繼續寫作，並離開農場，調到州城成了一名真正的「文人」。我曾經特意去到杭州女子工作過的縣城打聽，才知道她早出了獄，平了反，恢復了工作。但精神不大正常。組織上同情她、照顧她，協助她調回杭州老家去了。說是她那舊相好的舅佬——如今的地委書記，還在她的調動問題上給予了親切關照。也有人悄悄告訴我，地委書記那個親外甥，如今當著縣委組織部長的，當年是參與過輪姦杭州女子的，他是為舅佬洩憤出氣……

八十年代初，我已經算個名實不符的「文學界知名人士」。一次路經杭州時，特意停留了幾天，以便打聽她，探望她。我甚至幻想著在西湖的蘇堤、白堤上遇到她。就算我是許仙，她是白娘子，我向她借傘哪……

我去了浙江省氣象局，杭州市氣象局，縣氣象局，都說查無此人。人家驚異於我尋人的執著，差點就要笑話我要找的只怕是返回了瑤池的仙女。

她消失了，我在苦難歲月裡苦苦暗戀過的西子，仙女。

一九九三年九月二十八日

家鄉才子

我景慕他，認得他的時候，他當然不會認得我。

那時，他是我們五嶺山區小縣城裡的大才子，有的鄉親父老還稱他為文曲星、狀元郎哩！可不是，他剛二十出頭，當了縣文化館館長，竟連著在北京、上海的大刊物上發表了多篇小說，連黨中央的《人民日報》都登了他歌頌農村姑娘巧編金絲席的散文！省報也上過他下鄉的相片。他成了我們縣城的驕傲和光榮。他無論走到哪裡，都會被人嘖嘖誇讚。說是全縣城的漂亮妹子，甚至縣長、縣委書記家的千金，沒有不心慕著他的。可他心高志向大，縣城池塘小，可挑可選的靚妹實在少。

因此，在一般青年人的心目中，他的名氣、地位，似乎大過了縣長、縣委書記。那時我是個初中生，一門心事想當作家。他來我們學校作「除四害」的大報告，順口就把一首唐詩改了：「春眠不覺曉，處處蚊子咬，夜來老鼠聲，麻雀飛多少！」使得我們這些聽講的學生，激動得巴掌都拍痛了。

一時間，工廠、礦山、學校，到處請他作報告。他的報告的確比縣委書記官僚主義加馬列主義要生動、有趣。為了響應毛主席黨中央「大鳴大放」的號召，他還寫了篇批評縣委書記官僚主義的報告文學。人講，他才不怕得罪縣委書記呢，他已經接到省報的調令，要當大記者去了哩。倒是縣委書記請他到家裡喝酒吃河鮮，夫人小姐都作陪，執意留他在縣裡解決組織問題，找個漂亮對象，再調到省城去工作不遲。

可是，天有不測風雲，第二年北京的毛主席就發起了轟轟烈烈的抓右派運動。他從縣委書記的座上客一下子跌成階下囚。經縣委書記親自在大會上點名痛斥，聲討，報上級有關部門批准，他被劃成「極右派」——右派分子中最反動的一級，拉到全縣各中學、廠礦去批鬥，肅流毒。說是起初縣委還考慮過給出路，可在搜查他的住處時查出了反動日記本，日記中他多處懷疑、影射偉大領袖，對土改時劃他家地主成分也流露出不滿字句。他被認定寫下變天帳，盼望蔣委員長反攻大陸！

我在縣城最後一次看到他，是萬人批鬥大會上，他剃了光頭，雙手反銬，由兩名佩槍的公安人員押上臺。他被宣判為萬惡的階級敵人，十二年有期徒刑！事後，我的一位兄長告誡我：你還愛好文學？還想當作家？現成的板樣，當作家沒有好下場。

他的確成了我們全縣、全地區青年學生的反面教員。每逢有大會報告總要提到他；只專不紅，個人奮鬥，業務掛帥，成名成家，思想反動，死路一條。

我卻總也忘不了自己的文學夢。明明知道這條路又漫長又黑暗且遍布著凶險。以我的出身背景，幾乎不存在任何成功的指望。後來我上了農業專科學校，又因出身問題被下放到農場當農工，真正的面朝黃土背朝天，汗水洗心又革面了。唯有文學是滋潤我枯渴絕望的心靈的雨露。我還不時打聽到一些那位被判了十二年重刑的家鄉才子的消息。說是他在監獄勞改表現不錯，學會了修柴油機、汽油機，還在一次抓逃犯時立了功，十二年徒刑只坐滿六年就提前釋放了。可是作為一名勞改釋放犯，家鄉的縣城拒絕收留他，不准他落戶口。後來就聽講他流落到外地去了，有說他下了雲南，有說他逃去新疆……杳無音訊了。

花開花落，歲月的黑色波濤拍打過去，從一九五七到一九七九年，二十二年腥風血雨，天地翻覆。「偉大的君王」毛澤東去世後，當年向毛澤東保證永不翻案的鄧小平，在全國發起功德無量的大翻案：地富摘帽，右派改正。一九七九年，全國五十四萬右派分子，無分死活，統統平反。死了的恢復名譽，活著的恢復職務。這時我已經在地區文聯工作。同一層樓裡還有地區文化館。一天，一位朋友來告訴我：你常記掛的那個右派作家回來了，就在我們文化館上班。他？從哪裡回來？嗨，也是他命大。聽講他這些年走遍了雲、貴、川，改名換姓，隱瞞歷史，哪裡荒僻往哪裡竄，給人當木工，泥瓦工，石匠，機修匠。他傢伙倒是幹一行，會一行，百家弟子能混飯。最後他竟然冒了一個採石場工傷死者的名姓，混進了貴州省會貴陽市，在一間街道工廠修柴油機，汽油機，還結了婚，生了一兒一女。如今他帶回來一家四口。聽講他的右派平反手續也辦得很複雜，貴陽市的街道派出所怎麼也不相信他曾經是位青年作家，街道工廠也不願意放他走，因他實在是修理柴油機的一把好手。

我驚訝不已，激動不已，立即跑去他的辦公室拜望。坎坷的人生，從來造就悲壯的小說。我們的飽經風暴折騰的社會人生，是真正的文學寶藏。時代的不幸，孕育出文學的奇葩。中國小說，無奇不傳。

他不在辦公室。他同室的人說，他的屁股是尖的，坐不住，找宣傳部長和文教書記匯報寫作題綱去了。但見他的辦公桌上，書架上，分頭放著半條香菸，幾包糕點，一瓶高粱燒酒，杯子盤子等，顯得凌亂而俗氣。我不禁有些納悶，他怎麼把辦公桌弄成這個樣子？難道一邊吸菸喝酒嚼糕點，一邊寫作？

第二天上午，一位滿頭華髮、滿臉皺紋疙瘩的中年漢子，挺著個啤酒肚子，敲了敲我的房門。門本來就敞開著。來人連著朝我彎了三次腰，每彎一下向前移一步，之後伸過來雙手，將我的一隻手掌緊緊握著：

古作家，聽講，聽講您昨天下午，去，去找過我？

我想起他是誰來了。他已經絲毫不像二十二年前那個風度瀟灑、談笑風生的才子了。歲月催人，面目全非。我連忙請他坐下，讓他不要客氣。當年你風華正茂時候，我還是個初中生，對你敬慕得很哪。

哪裡，哪裡……您現在是地區文聯的領導同志了。我早該來拜望，來匯報自己的創作情況。感謝黨，感謝政府，給我平反改正，恢復名譽工作。但站在我個人立場上，我要正確對待反右運動。不管怎麼說，都是黨和政府對我的教育挽救……

聽了他的一番表白，我心裡很不是滋味。真不懂他說這番話的本意。無辜地被勞改、流亡了二十二年，還有這麼多的感謝？況且他明明知道我只是一名文學專幹，為什麼要討好我，把一頂莫須有的烏紗帽朝人頭上套？

對對，對對，今後地區開創作會議，您需要人手刻印、寄發通知，聯繫招待所，布置會場什麼的，請隨時指派我。我還會剪貼橫幅，書寫仿宋體標語。反正為了繁榮本地區的文學創作，出作品，出人才……

牛頭不對馬嘴，令人反感厭煩。但我也同情他，理解他，他被壓在昏暗的歲月裡當「黑鬼」太久了，難免處處提防著人，護衛著自己。況且，剛從地獄裡走出來，眼睛還不習慣光亮，腰板也直不起來。他心身所受到的傷害，需要時間來平復癒合。

此後我們常常見面。每逢路過他的辦公室門口，他總要熱情萬分地把我拉請進去，拿出菸卷、端上白酒來相敬，不抽、不喝都不行，他絕不放手。還有那些油浸浸糕點。他同室的人已經搬走。他辦公桌、書架上的菸酒點心越來越豐富。他倒是很知心地對我說：都是在雲、貴、川流浪那些年，餓壞過肚皮，以致如今，一天到晚總要吃點什麼，喝點什麼才過得去。餓肚皮，你知道餓肚皮嗎？

為了他的隨意性的請吃請喝，我開始躲避他。他請我看過他幾篇被報刊退回來的稿子。他的文字仍然停留在五十年代，生動流暢，但淺白直露，且仍是頌揚為主，了無新意。他很不服氣：我五十年代就上過全國性大刊物，如今卻省級刊物都以白條子退稿，不發表我一個字！

我直言不諱地建議他，寫真實，寫你自己的苦難！你自身的經歷就是歷史傳奇，為什麼不敢寫？你是身在寶山不識寶。可惜，你真是可惜。他聽我這樣激他，偶爾也會動容。可他眼睛裡總閃爍著恐懼：哪能寫？能嗎？我已經下過地獄……萬一今後又來大運動，一切翻過去，我，我可是死無葬身之地……

他的文化館的同事們則已經開始嫌惡他，甚至憎恨他。背地裡仍稱他「老右派」。因為他總是情不自禁地，經常去給宣傳部長、文教書記匯小報，反映誰發過什麼牢騷，講過什麼怪話，他自己又是怎樣堅定了立場，劃清了界線；而在同事們中間，他也總是情不自禁地要傳播一些張三長、李四短，是是非非，形同挑撥離間。

我離開地區的時候，他在文化館內已是四面楚歌、聲名狼藉了。他渾身臭毛病，積習難改。後來聽說他下鄉採訪，竟冒充過省裡的名作家、名記者，勾引文學女青年，許多沒有德行的事，都做得出來。唯未見他有新作面世。

對他，我一直有一種沉重的惋惜。地獄有時造就奇才，有時造就糟粕。他本來應該成就為一名優秀作家的。可是二十二年的非人生活，把他的藝術才華給徹底毀掉。當然也可以說，共產黨對他的長時期懲罰改造，大功告成了。

一九九三年九月十九日

不忍歸去，家鄉山水

平生箇裡願杯深，去國十年老盡少年心。

我已經三十年沒有回過老家——湖南嘉禾二象村了。因為我要保留住童年的風景圖畫，家鄉的秀山麗水。

在我童年的記憶裡，老家屬於五嶺山脈騎田嶺北麓餘脈，境內林木蔥鬱，山綠水綠地綠，連天空都是一派亮眼的碧綠。二象村則是顆嵌在這綠色天地裡的明珠。

說是更早些時候，家鄉的森林裡有大象出沒，孔雀開屏，參天古樹枝頭落滿朵朵彩雲似的金雞。後來有了人煙，大象、孔雀、金雞朝更西、更南邊的山林一路遷徙過去了，只是留下了些地名、山名、水名。

先人們在溪谷兩岸的山坡上蓋起了座座農舍、庭院，隔溪相望，如同兩頭在山林裡駐足的大象，因此得名二象村。北面山坡上的又稱為北象，南面山坡上的又稱為南象。南、北二象之間，溪谷坡勢平緩，有三、五百畝開闊，被闢為梯形良田。一道玉帶般清澈的溪水在谷地裡流連再三，彎彎繞繞，才汩汩遠去。源頭為山間一眼活泉，小水桶粗的泉眼常年噴珠吐玉，冬暖夏涼，花花亮亮。溪水不深不闊，卻被稱為孔雀河。孔雀河畔，層層梯田的條條堤堰，則是家家戶戶的菜圃，每當各色菜花競先開放，整座溪谷就像被繡上了一圈一圈彩色的花環，直繡到溪谷下游的出口處去。溪谷的出口處像葫蘆頸，只有三、五十步寬窄。先人們在那裡橫栽下數行常青柏樹，株株合抱，盤根錯節，枝繁葉茂，形成綠色屏障，稱為風水牆，說是可以關珠鎖玉，大象長駐，地方吉祥富庶。

南、北二象村舍背後皆為青翠得發黑的山林，北象村後山林稱為北金雞嶺，南象村後山林稱為南金雞嶺。村民們卻俗稱為後龍山。鄉俗信仰，村後山林為龍脈地氣所在，山上大小林木只能任其自然榮枯，從來禁絕人工薪炭。誰要伐動了後龍山上樹木，不啻犯下天條，視同匪盜禽獸，定然招致宗祠嚴懲。

記得我祖居庭院後牆即緊挨著北後龍山。山上長滿枝葉擎天的樅樹、檜樹、樟樹、皂角樹、青棡樹。樹蔭深處，低矮的灌木照樣長勢蓬勃，常有松鼠、野兔、花狸出沒，還有春天的筍子、草莓，夏天的菌子、漿果……每到颱風、下雨的夜晚，山上就生出陣陣呼天喚地的林濤聲，悠揚壯闊，連綿不絕。南、北二象村就如兩隻躺在林濤聲中的搖籃，載著村民們搖呀搖的進入安詳的夢鄉。

啊，綠色環抱的家鄉溪谷裡，還有我最為牽掛、最為留戀的七星塘！傍著孔雀河，長藤結瓜似的，是先人們開掘下的七口明鏡般的大小池塘，說是仿照的天上北斗七星形狀，因而得名。又說七星塘自古就有，是盤古揮斧開天時，將北斗七星劈落到了我家鄉的土地上。不管怎樣傳說，祖祖輩輩，村民們在七星塘裡種蓮養魚，洗菜搗衣，汲水灌園，游泳嬉戲。一方水土養一方人。在我童年的記憶裡，二象村水肥地美、魚豐米裕，村民皆為羅姓，祠堂裡供奉著同一祖宗，只要沒有外來的兵禍匪患，就鄰里和睦，民風敦厚，少有爭鬥的。

啊，童年的後龍山，童年的大樹林，童年的孔雀河，童年的七星塘！給了我和小夥伴們多少歡樂，多少神祕，多少故事，多少夢幻；還有生命智慧的雨露，藝術想像的翅膀，綠色天地裡的勃勃生機……

不忍歸去，童年的風景圖畫，家鄉的秀山麗水！三十年來，我寧願欺騙自己，也不要去認同現狀，觸目慘相。因為三十年前我即得到來自家鄉的確切信息：南、北金雞嶺上千古禁伐的森林已經化作大躍進煉鋼煮鐵的薪炭，如今裸露出的是年復一年的光禿貧瘠；山上無樹，溪裡無魚，玉帶般清澈的孔雀河水早已枯竭，如今稱為雷公溪，只有打雷下雨的日子才會泥石俱下，濁浪翻湧；七星塘早已在文化大革命中填平，蓋成了權勢者、暴發戶的西式樓舍；關珠鎖玉的那堵由數行柏樹組成的風水牆，也早被伐平，破了迷信。最後，連二象村這一村名都被拋棄了，改名羅家村。村裡光赤了山林，多了人口，少了田地。

不忍歸去，不忍歸去。為保留住童年的記憶圖畫，那一派生命的碧綠——不失卻我長遠思鄉的心靈歸宿。

一九九六年八月廿四日

第二輯

前賢篇

拿筆的巨人

——前朝遺事：沈從文前輩

「黑鳳」的傳說

六十年代初葉，我年近二十，由於父輩的政治緣分，第三次失了學，被下放到農場做工，苟全性命於毛澤東時代，餓其體膚空乏其身於三年大饑荒。那地方是座山中小平原，倒也山青水秀，離省城長沙八百里，離國都北京更有三千里江山，地處偏遠自不別說。幸自小愛好文學，也是焦渴中要找一點精神寄託，其時我已經默默地寫了好幾年小說，還結識了一位被部隊開革、交地方監督改造的右派朋友。農場農友們大多苦大仇深目不識丁，我跟那右派朋友便物以類聚。他原是軍隊文化教官，四十幾歲尚無家室，卻有幾大木箱文學書籍，且喜歡古今中外海闊天空聊大天、吹牛皮，聊解他心頭的寂寞與苦痛。有次他忽然問我：

你曉得一位被魯迅先生罵為「第三類人」的作家嗎？

他見多識廣，農友們稱他有半仙之道：天上事曉得一半，地上事全知。我雖讀過兩種中國現代文學史，卻不知他指的是誰。

你曉得有本散文叫《黑鳳集》，有段「黑鳳」的掌故嗎？

他出題太偏，我太年輕，又是個鄉下佬，哪會曉得什麼文苑風流、作家趣聞？於是右派朋友便給我講了個他自己也不知是哪年月從哪裡聽來的傳說：

幾十年前，湘西鳳凰縣城有個世家子弟好不安分，十六歲上便離家出走去闖大世界，先在一支土著部隊給土匪司令當了幾年文書，見了許多奇人奇事仍不滿足，又揹了個土布包袱和一把油紙傘，一路北上，闖蕩到北京城。他要讀書做學問。可是一個南方大山裡來的青年，身上沒有銀圓銅板，吃飯都經常斷頓，怎麼上大學堂？他在前門大街旁擺了個字攤，代人書寫各式信函庚帖，並向報館投稿，有時窮酸得大約僅比街上乞者稍好一點。貧困中，他卻堅持著到北京大學當旁聽生。那時正值胡適先生等提倡教育救國，大學辦的很是開放，大門口沒有門禁，凡穿長衫者皆可挾了書包出進。教授們給學生上大課，做演講，誰愛聽就來聽，聽完挾起書包走人。

這個山裡青年個子瘦小，且土頭土腦其貌不揚，他卻偏偏看上了北大的校花「黑鳳」！每星期寄上一封情書。「黑鳳」是校長胡適的得意女弟子，才貌雙全，怎麼會看得上他一個渾身土氣的旁聽生？當然也不會給他回信。他卻以山裡人那股倔強認真的執拗勁，堅持著一星期一封信，越寫越有感情。一天，「黑鳳」小姐惱了，就帶上一包從未拆封的情書去找胡適先生訴委屈，說湘西來的一個傻裡傻氣的旁聽生沒完沒了地給她寫了這些信，糾纏不清真煩人！胡適先生有著大學問家的涵養，囑咐女弟子將一包信留下，再作處置。過了些日子，胡適校長把「黑鳳」找了去，指著書案上的那包情書笑說：妳不肯賞光拆封，由我代為拜讀了。妳取回去好好讀讀，此人今後的成就，不會在妳我之下呀！

「黑鳳」聽了胡適校長這話，粉面飛紅，大吃一驚。取回信後，關起房門一封一封讀將下去，如吮雨露，如沐甘霖，筆走風月，文如柔絲，真是一批天下奇書啊。「黑鳳」本是位多情才女，感動得哭了。精誠所至，金石為開。就這樣，湘西山裡青年和北大校花，開始相戀。胡適先生為一代文豪，替他們搭鵲橋，傳為佳話。而這個湘西山裡人，便是三十年代即成為文壇鉅子的沈從文……

啊！沈從文！我可是深深喜愛著他的小說呀，那一顆顆藝術的明珠……在極左政治對我張牙舞爪、百般凌辱的歲月裡，正是他的這些描繪湘西迷人風習的鄉土小說，給了我飢渴絕望的心靈以人性的美的滋潤。

右派朋友給我講的這段掌故，一直縈迴在我腦際。二十年後，我成了「傷痕小說家」，在北京小住時，有幸常去拜望沈老，和他的永遠安祥寧靜地微笑著的夫人張兆和媽媽。出於對兩位飽經患難的老人的敬仰，亦是礙著輩分上的心儀差距，我一直未敢在他們面前提起這則「黑鳳」的民間傳說。但是在那樣的年代裡，在那麼偏遠的山區，流傳著這則哪怕是杜撰不經的故事，也是出於對沈老的崇敬和愛心的。

為什麼要學沈從文

一九八〇年春天，我跟來自全國各地的三十三名青年作家一起，進入中國作家協會文學講習所學習。其時我已卅八歲，業餘習作小說亦已二十春秋。因領導徵求學員們意見，想聽哪些在京的著名作家、學者的講課，我提出想聽沈從文講鄉土文學、吳祖緗講《紅樓夢》、錢鍾書講歐美文學。但當即有好心的同窗告訴我這個湖南山裡來的鄉巴佬，沈從文先生於三十年代跟魯迅有過筆墨官司，早就不見容於左翼文藝運動，講習所領導不可能去請他，請了他老人家未必就肯來。果然，一位位著名的文學前輩來了、去了，卻始終不見沈老先生露面。這才使得我個土頭土腦的鄉下人明白了：文學運動深患派別之爭、門戶之見，還在搞你死我活。口頭上說要團結一切風格、流派的作家，可有權團結人者自是君臨一切，居高不下，被團結者只能落到感恩戴德方給口飯吃的境地。作家的社會地位，也不是由各自的作品來決定，而是由他們何年月日入團、入黨，以及是否到過延安、解放區來分成為三六九等。

文學講習所曾經提供許多機會，鼓勵我們去拜老作家為師，向老作家求藝。自然也就有不少同窗為之奔忙。我卻仍是個鄉下人習性：明明是自覺人微言輕，自慚形穢，卻又以窮志氣自詡，且認著死理：做小說又不是學手藝，全靠自己一篇一篇得來，古人云「文章自得方為貴，衣缽相傳豈是真」、「不依古法但橫行，自有雲雷繞膝生」呢。名人大家未必歡迎我去，我也未必就去臉紅脖子粗的丟人現眼。但是每當他們來講課，我簡直就是連吞帶嚥，短短數月寫下了大摞筆記本。整個學習期間，我哪位老作家府上都沒有去過，包括我自小景仰的沈從文先生。我最怕人家的小姨子把房門打開一半，把人堵在外邊問：叫什麼名字呀？從哪個省來的？都寫了點什麼作品？媽媽的，我真會學土行孫鑽進地縫去。

也由於我認著死理，聽課讀書之餘，竟寫下了十幾篇小說，包括其後修改完成的長篇《芙蓉鎮》和短篇《爬滿青藤的木屋》。一九八一年初，這兩篇習作分別在大型刊物《當代》和《十月》上面世。後來《當代》主編——老作家秦兆陽告訴我：你個鄉下人今年運氣不錯，大年初二劉紹棠他們來拜年，見面就說「湖南又出了沈從文……」北京文藝界一度流傳的「小沈從文」大約就是這麼引發出來的。這真使我羞愧得無地自容。雖然自己從小崇敬沈老的著作，雖然跟沈老尚未見過面，可一根在風中搖曳的樹苗怎可跟一棵枝葉擎天的榮榮大樹去相比呢。

當時確曾有過一度「芙蓉鎮熱」，除文學界外，美術界、戲劇界、翻譯界、音樂界、電影界均有些著名的前輩人物相互推薦這部習作。其中最為偏愛者，又是要推沈從文先生。

但也立即有人在各種場合，包括一九八二年底的第一屆茅盾文學獎頒獎會議及全國長篇小說座談會上，包括在一九八三年冬的「清除精神汙染」運動中，指我受了沈從文先生影響，作品只講藝術性、趣味性，不講階級性、思想性。「洪洞縣裡無好人，芙蓉鎮上也無好人！」「為什麼要學沈從文？」

記得在全國長篇小說座談會上，一位我至今十分懷念的著名作家於大會講話時，連續三次指出：「古華就是受了沈從文的影響嘛！」使我成為眾目睽睽的對象，嚇得舌頭吐出來老長，當即被新華社一位女記者搶了鏡頭，之後對我說：「看看，你都出汗了。」指我「受了沈從文影響」這話的內涵十分豐富複雜，因為自三十年代左翼文藝運動以來，一直視沈從文先生為「反共文人」、「反動作家」、「黃色小說家」，現在有人要接班了云云。當時《文藝報》正準備發表廈門大學一位教授的論文《從「邊城」到「芙蓉鎮」》，可是文章尚未出來，就已經傳出「《邊城》美化舊社會、《芙蓉鎮》醜化新中國」的高論，大有興師一鳴的勢頭。何苦哉！沈從文先生已經不跟文學界打任何交道，為什麼處處不放過他？為了不給當時處境尚十分困擾、微妙的沈老平白地增添無辜煩惱，我懇請《文藝報》暫緩發表這篇論文。後來他們另發了一篇指出我在《芙蓉鎮》中對「偉大的毛澤東主席」態度不正、筆有不恭的談話紀錄，算是平了平尊者的濁氣。至於六年之後這部習作歷經艱難拍攝成上下集電影，有大人物於白虎堂上拍著桌子罵我的老娘，便是後話了。

有關「為什麼要學沈從文」一題，我卻至今不能回答。但沈從文先生的作品以其獨特的藝術個性、人性美學魅力，影響了不止一代的中國青年作家群落，卻是不爭的事實。

沈從文先生一封長信

一九八一年秋天，我又在北京小住。這時我有了「鄉下人」不安分的念頭——一位資深主任編輯笑稱為「蔫壞」❶，既然這許多城裡人硬要把我跟沈從文先生去高攀在一起，我何不索性寫封信，求其一見，聆聽教誨呢？信寫得很短，由人民文學出版社五四文學編輯室一位老大姐代為敬呈。第二天，那老大姐就告訴我：沈老很高興，你的小說，他那大畫家侄兒黃永玉早推薦給他看過了，他會給你回信的，還會請你去他家裡談談湖南鄉下的近況呢！

過了不幾天，我果然收到了沈老一封長信。沈老的翰墨早為海內外朋友所寶惜。三頁毛邊宣紙，直行章草，密密麻麻，筆意恣肆，蒼勁古樸。

❶ 北京方言。

古華同志，你信早收到，未即作覆，因為我看過《芙蓉鎮》後，覺得印象極好。傳給兆和同志看後，印象相同。又留給家中學工、十八歲即任技術員的老二看過，他看的新書比我多十倍、頭腦也極細、是搞銑床設計的。全都覺得好極。我又反覆看過兩次，今天才能寫這個信。恰巧外國文學所的李荒蕪先生相過❷，又談及你的這個作品，原來他和家中人也看過，十分讚美。我們共同的意見，覺得特別是表現一個小小地區在這個十年人為倏忽風雨中，一些小人物隨著風雨來時的動蕩而產生的悲歡離合；不僅用「傳神」二字能盡讚美之意！文字處理得特別準確，對話如面對其人，都是少見的。又聽人說，還有個短篇，也極動人，不知在什麼刊物上登載，望便中一告。還盼望你「熱鐵打釘」，能一鼓氣寫個三年五載下去，規模不妨小些，甚至於只寫一人一事，短到三幾千字，篇幅且不妨略縮小些，在萬字以內來寫人寫事，肯定能得到多方面的成功……

接下來沈老興之所至，談到了小說創造的民族風格、中國氣派，談到青年作家如何吸收歐美文學營養，針對當前文藝界的某些現象，勸告我輩作家不要學時髦、趕潮流、貪大求洋，更批評新詩散文艱澀難讀，作詩的不懂詩，作畫的不懂畫，以做美女月分牌為樂事；歌曲則

❷ 即中國社會科學院外國文學研究所，李為著名文學翻譯家。

比毛毛雨還毛毛雨❸；做美學論著者不懂文物字畫……

可以想見，總的文化水平，顯明是在普遍下降情形中。

這是沈老對於十年浩劫惡果的巨大憂患。原來他並未與當代文學隔離，而是以極大熱情在關注著整個新時期文藝事業！信的最後部分，沈老從文化的憂患談到政治的憂患，提出了善意的卻又十分嚴厲的批評。後來日益暴露出的許多社會政治問題，都被他不幸而言中。除了我本人怕生出「借信掠美」之嫌外，這也是我將他的書信珍藏至今未予公開發表的另一主因。下面抄錄的，也仍是跟小說創作有關的段落：

……所以新文學若還可以容許寄託一點好希望，斷不會是披長頭髮留小鬍鬚，戴來路貨黑色眼鏡，跳新式舞的摩登新式紈袴子，能寄託希望。不管他是什麼大首長的兒子，又從歐美得了科學博士歸來，對扭轉國家的封建主義的壞影響及新式洋奴的惡劣影響，都無大幫助。唯一希望，還是多出幾個契訶夫、郭哥里，用鄉村人事作背景，或用這些假時髦作題材，來各自寫出大量作品，到一定時候，或可望起些針砭作用。我這三十年為了「避賢讓路」改了業，和這個變動中的大社會一切全隔絕了，對「文學」已少發言權。但就個人本業所見的一個官

❸ 指風行於中國大陸地區的歌曲〈幸福不是毛毛雨〉等流行音樂。

僚群，空疏虛偽的種種和假時髦種種說來，卻覺得有的人不甚費事，就可寫出百十種新的《官場現形記》，新的《儒林外史》，新的《廿年目睹怪現狀》，甚至內容更豐富百倍新的《笑林廣記》。你值得擴大題材範圍，試來作點試探性努力，不必過分誇大其鄙陋面目，只如實的素樸寫去，積累到一定數量時，如十本八本，集印成一組，也會取得極有意義的成功！……我前一陣為一堆雜事瞎忙了幾月，知道你也在趕編新作，一定也忙。如近些日子可以從容些，歡迎你能來談談天，大致下午三點以後，或晚上七點以後，我這裡都還方便。祝好。

沈從文　十月卅日[4]

作為一個湘籍晚輩作家，收到文壇鉅星沈從文先生的這樣一封信，我當時的那番激動，真是難以言喻。有幾位文學長者聽說沈老寫有一封長信，便叫我送去給他們過目，都諄諄囑咐：多複印幾份保存。三十年來沈從文先生對於他傾注了大半生心血的文藝事業，被極左政治路線剝奪了發言權，現在仍然受到冷落排擠，相信隨著歲月的推移，歷史終會回復本來面目……。這大約是他第一次也是唯一一次這麼深切坦誠而又全面地闡述自己的觀點，將來必定有重要的文學史料價值。

[4] 時年為一九八一。

「鄉下人」的會面

因沈老家裡沒有電話（在中國大陸家庭裡，有無電話是其社會地位的徵表），我只好冒昧敲門。他家住在前門東大街五號中國社會科學院五〇七室。

給我開門的是位面目清秀的小姑娘。她微笑著把門打開了一半，看了我一眼，臉卻先紅了，用安徽口音的北京話說：你是古華叔叔吧？請進……及至我進了屋，才看到原來門背後擺了一床窄床，所以只能門開半扇。不然真會錯怪了小姑娘。這時，一位頭髮花白、清清爽爽、十分素樸儒雅的老媽媽迎了過來，先介紹了姑娘說：啊，古同志，她是小阿姨，也是你的讀者，說她們老家鄉下也有《芙蓉鎮》那些人……我想：這就是沈老的夫人張兆和媽媽了。

進了小過道就是客廳。客廳兼著沈老的書庫、寫作間、臥室。四牆都是書櫃書架，北牆書櫃下放了張單人床。南牆靠通向陽臺的門邊擺了架二十吋的日產電視機，這客廳還兼著全家的電視室。不足十八平方米的天地，居然還有長沙發、圍椅、茶几、躺椅，張媽媽一定是每一平方寸都精心計算過，其利用率堪稱「京華無二，神州第一」了。

一位滿頭銀髮、滿面紅光的老人從圍椅裡站起來跟我握手，講一口湘西官話，也是我湘南老家一樣的鄉音：

古華，鄉下人，鄉下人……

他就是我從小敬仰的沈從文。在我最困苦的歲月裡，是他的作品給了我生命的撫慰、人性的滋潤啊！如今見到了他本人……沈老像大多數的湘西山裡人那樣，個子不高，卻很結實。他笑瞇瞇的，平易而慈祥。我知道他的倔強、剛毅都深藏於內心裡，灌注進作品中。他說話稍有口結，卻十分幽默：

我們是鄉下人和鄉下人見面。不論到什麼地方，鄉下人就是鄉下人，不會像城裡人……你是湖南什麼地方人？噢，嘉禾縣，明朝萬曆年間出過武狀元。聽講過，沒到過。

茶几上擺有《光明日報》，我想沈老大約看過前些時候有關我的那篇專訪：〈文壇新來的鄉下人〉。我克服了初次見到大學問家的拘謹，把老家的一句順口溜告訴他：城裡人下鄉殺雞殺鴨，鄉下人進城肩膀扒扒❺。他笑了，笑得很開心：是的，是的，城裡人到鄉下去，鄉下人什麼都捨得拿出來，借酒借肉都要招待貴客；可等到鄉下人進城見了老朋友，那城裡人卻只是拍拍鄉下人的肩膀：好啊，進城了？有時間到我家裡去坐坐？我現在很忙啊，要趕去開會啊，說過就騎上單車溜了，生怕鄉下人去他家吃一頓白米飯！

沈老鄉音不改。他問了我童年、青少年時代的生活。在他面前，我不好意思說自己吃了

❺ 「扒」為「拍」的湘南鄉音。

多少苦頭。我吃的那點苦頭，比起他的大半生顛沛流離、生死度外，算得了什麼呢？當他聽說我曾經長時間在山區農場勞動，幹過各種農活時，他說：

做小說是假不來的。幾行文字看下去，就曉得作家有不有生活。魯迅先生講過，從血管裡流出的是血，從噴泉噴出的是水，就是這個道理。

他並不諱言魯迅。有德行的學問家總是尊重真理而不計個人恩怨的。沈老坐椅後的書櫃玻璃門裡，有一張放大的彩色照片。是沈老跟張媽媽的合影。張媽媽見我在注意這照片，便說，這是去年她陪沈先生去美國訪問時，哈佛大學的朋友給照的。於是，沈老談起了訪美旅行：

美國那個地方真有意思！什麼東西都有，都過剩，新的舊的，雅的俗的，最保守的到最開放的，五花八門。就是文化淺一點。我是以考古學者的身分去的，去介紹中國古代的絲綢服飾、文物字畫、陶器銅器。可是那些大學老師、報館記者，總是要求我談文學。我能談什麼文學？談起來就會發牢騷。可是我既然在中國都不談文學，不發牢騷，為什麼要跑到你美國來談文學、發牢騷呢？中國人再窮再苦，總是中國人！

沈老說著動了感情，語氣十分堅定。談到自己的國家，他就十分自得、自豪、自慰。彷佛無論這「國家」給他吃了多少苦頭，降了多少災禍，給了他多少冤屈不平，但只要想起自己是「中國人」，自己的文化傳統，學問事業，便什麼都不予計較了。我不禁想起三國時候曹植在〈求通親親表〉一文中說的：

> 天稱其高者，以無不覆；地稱其廣者，以無不載；日月稱其明者，以無不照；江海稱其大者，以無不容。

這就是中國優秀的傳統文化的博大襟懷啊。當然，我們也不應忘記它冷酷守舊的惡劣一面。

沈老平靜了些，便又跟我談起了他如今的本業工作：考古。其時香港商務印書館正出版了他的輝煌巨著——《中國古代服飾研究》。那是一部必須置於書案、正襟危坐才能翻閱的大書，厚達一千餘頁，每頁均有彩色圖片及文字說明；從商周服飾到清代服飾，上下三千年，洋洋大觀，真叫嘆為觀止了。他說，一九四九年以後，他就進了故宮博物院工作。他本來沒有學過考古，只是曉得自己不宜再寫小說，要另外搞碗沒有風險的飯吃。也是因為愛好，靠了點古文底子，快五十歲時改了行，一點一滴的從頭學起、鑽起。人的腦筋是部機器，越用越靈活，不用會生鏽，壞得快。現在我又成了專門家。考古這一行，沒有真學問，就會騙人。你說那是商代的銅鼎，人家說是漢朝的，你就要說出依據來服人。當然，現在是用科學儀器來測定文物的年代。前不久湖北挖出了周朝墓葬，專門派人來接我去鑑別。這些年，就是被人請去識別出土文物，跑了許多新鮮地方……還有這部《中國古代服飾研究》，我和幾個助手忙了幾年，國內沒人肯出版，香港商務印書館拿去印了出來，賣兩仟港元一本，據說很受歡迎。請我簽名，每本多賣三佰元，一個名字還值三佰元。這是我們國家第一次有了這方面的著作。臺灣也出版了，只是封皮上沒有作者名字。好奇怪，海峽兩邊都怕我的名字似的。管他的，都是中華民族的……古華，你相不相信，我今年近八十了，若是上邊又說沈從文不能考古了，那好，我就再去重新學一行。從頭學起嘛。世界上的學問，只要你有恆心，沒有做不成的……

我聽得鼻頭發酸，眼睛發澀。我面對著的是一位著作等身，萬難不折的現代鴻儒。桃李不言，下自成蹊。真是「君子不患位之不尊，而患德之不崇；不恥祿之不夥，而恥知之不博」了。沈老是那樣的平凡、樸實、善良、恭儉，就像一位湘西山裡的老人。是的，他是個永遠的「鄉下人」，喜歡新一代的「鄉下人」。

「江青曾是我學生」

此後，我常去沈老家裡拜望、談天。一般都是晚飯後去，九點半鐘離開。便是他們家的安徽小保母，對我都十分親切。有時沈老來了談興，總是讓多坐一會。張媽媽就不得不出面給予親切的干涉：古先生又暫時不離開北京，他還會來的。你晚上講多了話，又要失眠的。

沈老很聽張媽媽的話。張媽媽既是他的書稿編校，又在生活上無微不至地照顧他。飽經患難而忠貞不渝，使得他們越到老年越加相敬如賓。張媽媽是江蘇人，原在《人民文學》雜誌社任編輯。我早聽人說過，《人民文學》雜誌二、三十年來很少有過文字上乃至標點符號上的差錯，皆因有一位年長的文字把關編審，後來才知道就是張媽媽。

有一次，沈老跟我說起了毛澤東的遺孀江青。其時，四人幫被公審後不久，江青被判了死刑緩期執行。對於她在法庭上的表現，文藝界的朋友們也是各說各道，頗多高論：政治真是個有意思的玩藝，君在人人稱萬歲，君死個個臭夫人。可說是虎死威不倒，奈何不得，拿了他婆娘來問罪；后宮親政，本為歷代的封建帝王所大諱。毛澤東主席不降聖旨，不傳聖意，江青一個既無軍功又無黨德的電影明星出身的婦人，能權傾一國，橫行無忌？當然江青在文革中仗勢逞強，草菅人命，所作所為實在令人髮指。

沈老聽我向他介紹了朋友們之間對於江青受公審的種種高論，嘿嘿笑了：

江青是我學生。一九三一年我在山東青島大學教書的時候，她讀文科。漂漂亮亮一個女孩子。人很聰明，卻不好好念書，跑到上海去當演員，拍電影。那時候的年輕人都很解放，很瘋。後來她又從上海去了延安，投奔八路軍，成了主席夫人。人真是複雜。一九五二年，江青請我進中南海，在他們家吃過一餐飯。毛主席說，沈先生還可以做小說嘛。江青也說讀過我的書。這可好了，毛主席和江青請我吃了飯，接下來是劉少奇主席請我吃飯，周恩來總理請我吃飯，都說沈先生應當繼續做小說。可是，我卻是啞子吃黃連，有話說不出。一方面是這些最高領導人請我吃飯，要我繼續寫小說；另一方面，中央宣傳部卻下令各地的公安部門，燒我的書，燒得真乾淨……宣傳部是直接管你，這樣對待你，你還能寫小說？我當然知趣識相了。我也明白，人家是在算我三、四十年代的老帳，要把我從中國讀者的印象裡消失。當然，一九五六年以前，作協、文聯跟我還有過一些聯繫，我也去開過一些會議。人民文學出版社給我出過一本小說選，是個清潔本……巴金跟我同歲。老朋友了，真不錯。我再倒楣，還住在南小街那小屋裡，他每逢進京來開會，總要來見次面，幾十年一個樣，真難得啊……還有冰心大姐，也一直關心我們。另外有些人，就不講了。

我知道他指的某些執掌著文藝權力的前輩，文革災難中也進了「牛棚」，蹲了監牢，可是幾十年的派系紛爭，門戶之見，依然模糊著他們的眼睛與心智。毛澤東的「你死我活」的階級鬥爭學說，深入到每一個精神領域，尤其扭曲了本應是最講求自由、平等、博愛、人性的文藝家們的靈魂。作為晚輩作家的我，作為後觀者的我，得不痛乎？惜乎？

由於參加文藝界的一些活動，我接觸了不少文學老前輩。多數前輩對「與世無爭」的沈老不乏敬意，也確有長者借用一切機會對沈老說三道四、旁敲側擊，且多是些政治緊箍咒。但我從未聽沈老說過任何人的一句不是。有時我忍不住勸他將自傳寫完，留作歷史存照。他總是笑著搖搖頭，搖搖頭，彷彿在說：歷史是歷史家的事，時間自有公論。說三道四的人已經夠多的了，只有底氣不足，對歷史缺乏信心的人才急於表白，打扮自己。

但對五十年代初期公安部門燒他的書，他是不能忘懷，心有餘痛。因為那是要燒毀他的生命的重要部分：

> 燒得那樣乾淨……為什麼要害怕一些反映風土民情的小說散文？正言不發，萬口如封；諂媚相與，千顏一容……這次香港三聯書店和廣州花城出版社聯合出版我的文集❻，國內圖書館沒有資料，大部分是香港的圖書館找到的，有的還是從美國的大學圖書館找來。靠海外的一些圖書館保存了我的著作。

張媽媽告訴我，沈先生一生著述豐富。她正在編校《文集》，整理篇目，已超過一千篇篇目：我都很奇怪，他怎麼就寫了這麼多東西呢？而且大部分是他五十歲以前，一九四九年以前寫的！

❻ 即十二卷本《沈從文文集》。

張媽媽笑了，沈老也笑了。

我卻怎麼也沒能笑出來，說實在的，想哭。

「幹校」小景

一位老編輯告訴過我，沈從文先生只有拿起筆來才是巨人。在日常生活裡，他卻是個文弱書生，凡事謙虛謹慎，忍辱負重，從不敢與人有過紛爭。可是，就這麼個終生埋頭學問，不計酬勞榮辱的大學者，政治運動也不放過他。一九五三年的肅反運動，逼得他曾經自殺過。他一生無黨無派，真正的民主人士，卻認他是「反共文人」、「地主資產階級作家」，要抓他的反革命。逼得他在南小街的小屋裡，用剪刀割破手腕上的動脈血管，血流如注，幸而張媽媽及時發覺，才搶救了下來。一個飽經患難歷練的人，一個通曉中國歷史的文學家，對生活絕望到要以結束生命來求得解脫，可以想見，他當時所蒙受的政治恐怖，精神迫害，是何等的酷烈。

有一回，我跟沈老談起自己在湘南山區長達一十四年的勞動生涯，他卻以詼諧調侃的口吻，談起他下五七幹校的情景。那是毛澤東主席的極左政治達於頂峰的一九六九年冬天，根據毛氏接班人林副統帥的「一號戰備動員令」，數天之內，把中央機關所屬數萬幹部、知識分子「牛鬼蛇神」，統統趕出北京。其時沈老年近古稀，張媽媽也年近花甲，革命派們也不予放過：你們不下幹校改造，誰還配下幹校改造？北京還能是你們待的地方？

兩老遵令下了文化部所屬湖北幹校。那是湖洼沼澤地帶，夏季酷暑，蒿草沒人。冬春多雨，寒徹肌骨。另有一位去過那幹校的中年編輯對我講過當時的情況，夏季種水稻，淤泥漫過大腿，且螞蝗吸血，蚊蟲叮咬，更有一種野菱角刺深藏於泥中，幹校學員們每天收了工，便相互交換著以縫衣針挑腳掌上的刺，挑得出生血，出冷汗……那日月，真比蹲監牢還難熬。

沈老和張媽媽下的就是這麼一所人間煉獄。可是沈老憶及當年，卻有了大悟大徹的超脫：

我們到了幹校，還要男女分開，不能住在一起。六、七十歲的夫妻，工宣隊領導還怕我們授受不親呢！兆和分在幹校養豬場，還當了官，是個組長！一輩子沒有做過官，到了幹校勞動改造，兆和官拜組長，哈哈哈，好不好玩？我的待遇更高了，一個快七十歲的老頭子，又瘦又小，手無縛雞之力，什麼農活都不能幹，結果是哪個生產隊都不肯要，怕佔了他們的名額，增加了田畝負擔。還有的生產隊幹部罵：北京也太不像話了，把這種廢老頭也打發下來了……你說這事好玩不好玩？我反正是聽天由命。春蘭秋菊，各一時之秀也。時人不識淩雲木，直待淩雲始道高！我有什麼辦法？當時最大的願望，就是想跟張組長住在一起，晚上好有個伴，講講話。可人家革命派偏不准，不搞人性論。

我被單獨安排住在離生產隊有里把路遠的一間土屋裡。沒有電燈，倒是買了盞不怕風雨的馬燈。離群索居，不要我勞動也好。自己煮飯自己吃。古華，我會煮一手好狗肉。是我十六歲上離開鳳凰老家，到一支土著部隊當文書，那土匪司令待我不錯，教我做律詩，還教我煮狗肉……當時幹校那地方很少有肉煮，菜油都少得很。夏天的晚上可就熱鬧了，屋裡的蚊蟲像數不清的小轟炸機一樣嗡嗡叫，屋外邊是青蛙叫，黃蛇叫，一片鼓譟聲，就像交響樂。那裡的黃蛇真多，開門就看得見，也不曉得青蛙怎麼跟牠相處。有時黃蛇還會溜進屋裡來，彎彎扭扭的，瞪著兩隻不會轉動的眼睛，沒有腳，卻能溜得那樣快……後來當地人告訴我，黃蛇沒有毒，就是樣子難看點。湖區天氣悶熱、潮溼，牠們繁殖得很快。牠們倒是一次也沒有咬過我。我一個瘦老頭，大約黃蛇都沒有興趣。牠們只是偶爾溜進來光顧一下，視察視察，沒有發現什麼不對勁，就又溜出去了，從未對我非禮過……

最有意思的，是那湖區一冬一春，雨總是落個不停，一落就是半個月，一個月。像天老爺流不乾的眼淚。落得人身上都要長綠霉，抓一把空氣都擰得出水。我住的土屋總是漏雨。屋外大雨嘩嘩，屋裡小雨滴答。我把飯鍋、飯缽、菜鍋、菜碗、臉盆、漱口杯都擺在地下接水。就像擺下了一屋法器，做水陸道場呢。雨水從屋頂瓦縫上滴下來，像一線一線晶亮的珠子，打在這些法器上，還會再蹦起來，四下裡濺出水花，那景象蠻好看的！過了些日子，屋子越來越漏，接水的東西不夠用了，我就乾脆不接了。聽之任之，讓其自流，不再替天老爺分憂。晚上睡不著覺，就打著雨傘坐在馬燈前，做我的律詩。那些詩都是隨意寫，隨意丟，後來都泡在水裡了。

有一回，又是久雨不晴，我屋裡積了兩、三寸深的水，成了澤國。睡覺醒來下不得床，怎麼辦？也是天無絕人之路，我屋外邊那土馬路邊上有兩垛公家的紅磚。我等雨小了些，就去搬了些紅磚進來，在屋裡按規矩擺出一個直通東西南北四堵牆的十字架。公家的東西，取之於民，用之於民嘛！這下子好了，耶穌之道，我連散步的小道都鋪出來了。我就打著雨傘，踩著這十字架小路，一邊散步一邊背唐詩，背宋詞，跟李白、杜甫、蘇東坡一起，東西南北都可以去……

我聽得哭了起來。我抓住沈老的手，懇求他說：

沈老！你要寫下來，趕快寫下來！你寧可暫時放下別的工作，也要先把它寫下來，太珍貴了！太珍貴了！

可是沈老微笑著，對我搖搖頭，搖搖頭，又彷彿在說，這些個人遭際，寫它做什麼？我這樣的人寫了，人家更會查我的動機和效果了。要做的事情那樣多，都排成了長隊……

我卻堅持自己的建議，是為了讀者，為了後代。遺憾的是，沈老最終也沒有把他的許多寶貴經驗寫下來。

在藝術上找尋自己

記得是一九八三年夏天，我因自己的小說改編電影的事到了北京。

沈老因患老年性中風住進首都醫院。我從報紙上看到沈老當選為全國政治協商會議常務委員的消息。又聽說另一位同是老作家的政協常委，竟在大會發言時指責「國內外現在都有一股沈從文熱，是有人要以沈從文、徐志摩等人來貶低左翼革命文藝」云云。當代中國政治真是無奇不有，一位常委可以在大會上旁敲側擊另一位因病缺席的常委。

我到首都醫院單人病房去看望了沈老。首都醫院原稱協和醫院⑦，早先為美國天主教會所創辦。這地方我早在電影、電視裡熟悉了，周恩來一生的最後歲月就是在這裡度過的。沈老的病情已經穩定，見了我很高興。張媽媽對我說：他呀，越老越嬌氣，不聽話。沈老則對我微微笑著。他心裡一定很安寧而甜蜜。因為有張媽媽安寧而甜蜜的微笑，數十年如一日地守護著他，照料著他的一切。他忽然有所悟地告訴我：醫生護士說，前年丁玲同志來醫院治病，也是住的這間病房。她一生也是坎坷得很……

⑦ 現已恢復原名：協和醫院。

不久，沈老出院回了家，我又常去拜望他。有天晚上，談起了作家的風格與師承，我把心裡的幾個問題說出來，向他求教：

沈老，不少人說我是師承了你，是什麼「小沈」，我真有點不好意思，你的看法哪？

他看了我一會，才說：

作家嘛，總是要有師承的……但是，我們是不同的。光是語言上，你喜歡發議論，有時甚至是大段的。我很少議論，一切都在人物的思想行動裡。你對政治很尖刻。我只重風俗民情。你喜歡用成語，搞點四六句子，對仗排比。我的小說很少用成語，我是白描到底……

老人的智慧，真是把什麼都看清楚了。我十分坦誠地說出了自己平時的思考。

在五四以來的小說家裡，文學語言上造詣最高的是一南一北兩位；北京的老舍，湖南的沈老。他們能把深厚的鄉村泥土氣息、城鎮市井氣息，出神入化，跟優美的詩情、牧歌風融為一體，土而不俗，文而不華。而別的一些也很有成就的大家，一搞地方色彩，泥土氣息，就大量搬用方言土語，搞「話尾子」，造成語言上的夾生飯。一表現詩情畫意、田園牧歌呢，卻又洋腔洋調，像在寫翻譯小說。還有的作家，一土就土到像黃土高原，缺少色彩；而強調感情色彩抒情風格的呢，又讓感情淹沒了人物形象。

沈老看著我，不吭聲。我率性把自己頗為狂妄的藝術思考，統統說出來。因為在沈老面前，什麼話都可以說。不似在別的場合，說話得時時瞻前顧後，或者為了個本是不痛不癢的觀點而繞上幾道彎子，憋得人真難受。

我的小說師承了沈老。沈老小說的人性美學、藝術美學影響著整整一兩代的中青年作家，但沈老的由深厚的文化根柢而達成的質樸白描，是我無法學到的。古人說，一語天然萬古新，豪華落盡見真淳；又說，文章不難於巧而難於拙，不難於曲而難於直，又說入妙文章本平淡，等閒言語變瑰麗……這些都是沈老的語言境界。把素樸的語言變成生活的純情的詩，我輩是望塵莫及了。

但我也在另外探索一點東西，就是追求語言的雜色，無形中我向沈老學了點風俗畫，向馬克·吐溫學了點幽默，向托翁學了點政論，向巴爾札克學了點解剖社會和人生，向郭哥里、契訶夫學了點嘲諷，向哈代、喬治·桑學了點牧歌風，向曹雪芹學了點寫女人……而把白描、議論、嘲諷、幽默、雕刻、寫意統統融進自己的敘述語言裡。結果學得誰都不像誰，就像打八面拳，自己都分不清是從哪裡來的了，成了「雜色」。

沈老看了我半天，彷彿在說，這個鄉下人真有些鬼。可是他卻說：

那就是你自己了。學百家，而不師承一家。

這時，張媽媽削來了一碟鴨梨，笑著說：

汪曾祺是他的學生。小說也寫得像他的，有人說幾可亂真。

沈老說，汪曾祺在昆明西南聯大，就是他的學生。

嗨，名師出高徒，都六十幾歲的人了，寫小說還像自己的老師，真難為他「才須學也，非學無以廣才」了。

一九八四年夏天，還是為了電影的事，我又去了北京。待我去看望沈老時，卻只見到了張媽媽：

沈先生又中風了，住進了中日友好醫院。四月廿五號那天，我陪他去中山公園看了牡丹花，受了點涼，回來就不行了。他雙腿麻痺，不能走路了。

因張媽媽忙著準備東西去醫院陪伴沈老，我告辭了出來，心情很沉重。前兩年，沈老還那麼談笑風生，思想活躍得像個年輕人。現在，他老了。

沈老出院以後，家門口掛上了「賓客敬謝」的小紙牌。我仍常去看望他。在他兼作臥室、書房的客廳裡，沙發搬走了，添了一張可折疊的鋼絲床，由他的兩位兒子輪流值夜，照料他。沈老已經癱瘓了。要由人攙扶才能起坐，要由張媽媽餵水餵飯。我拉著他的手，手發涼。他告訴我：

手發抖，不能寫字了。

不能寫字了！於一個與筆墨紙張打了一輩子交道的文學家來講，是對命運的控訴，是生命的吶喊：不能寫字了！

我握住沈老發涼的手，哽咽著喉嚨說：

要聽張媽媽的話，聽醫生的話，要請人來做按摩，做針灸。還要站起來走路！我還要來請你去湖南，陪你去遊湘西哪！

所喜的是，沈老的頭腦十分清晰，記憶也很好。他仍是那麼樂天。當我看著他脖子上圍了塊餐巾，由張媽媽一小口一小口地餵他東西吃時，他竟笑著說：

古華，我返老還童了？進了幼稚園似的……

好好吃東西吧！古先生要你以後站起來走路，要陪你去湘西……他呀，真像個小孩，頭腦裡一刻都閒不住。

張媽媽邊餵他飯，邊說。

那時我趁著改編電影劇本的空閒，寫了部中篇小說《九十九堆禮俗》。為了其中的一句「九十九堆地方的石獅子屬唐屬漢」，是否準確，頗費周折。請教了好幾位前輩，對石頭獅子究竟於何朝何代開始坐鎮在大大小小宮殿、官府衙門、廟宇、祠堂等重要建築物大門口的，都說不準確，這問題問得太偏了。因為中國無論遠古近代草原叢林裡都不曾有過真正的獅子。動物園裡的獅子大都從非洲國家引進。他們都建議我去請教沈從文先生，沈老什麼都懂。

我只好借著一次去看望沈老的機會，提出了問題。他坐在高背沙發上，口齒不甚清晰卻如數家珍地告訴我：

西漢時候，佛教開始傳入中原。傳教的人帶進來一些小小的石頭獅子或小銅獅子，用做鎮妖避邪的。漢朝是一個開放社會，出使西域、波斯、印度的官員不少，還有商人，他們通過絲綢之路，也陸續帶進來一些雄赳赳的小石頭獅子，作為禮物，或饋贈親友，或敬奉官府。到了魏晉南北朝，特別是到了唐代，佛教在中國興盛了起來，寺廟門口出現了體形碩大、栩栩如生的青石獅子，那是中國工匠的創造了。百工之人不恥相師，他們把石頭獅子鑿刻得威風凜凜，儀表堂堂，早賽過了西域傳進來的小石獅子了。唐之後，民間出現了舞獅，跟武術相結合，成了一項表演藝術……

沈老還接著告訴我，在什麼典籍上，可以找到有關石頭獅子的資料。後來張媽媽對我直搖頭。我知道，沈老要休息了，他說多了話，會興奮過度的。

我告辭出來，走到了車水馬龍的前門大街上。我心裡在大聲說：沈老，你要長壽呀，中國像你這樣的大百科全書似的學者，經過了毛澤東的十年浩劫，已經沒剩下幾位了。

北京居不易

那幾年，我每年都要去北京小住，大都為了改編自己的習作為電影。先後已有六部小說搬上了銀幕。我早成了沈老家裡的常客。張媽媽還替我轉寄過好幾封外國漢學家的信。這時，香港三聯書店和廣州花城出版社聯合出版的十二卷本《沈從文文集》，四川文藝出版社出的四卷本的《沈從文選集》、人民文學出版社出的三卷本的《沈從文小說選》、《沈從文散文選》以及《從文自傳》，沈老都親筆題贈、簽章後寄給了我。這些橫遭塵封冷落了三十幾年的著作，得以跟中國年輕一代的讀者見面，不能不說是時間的勝利，文學的勝利。而那數十億冊以政治權力強行進入臣民百姓之家的「光輝文獻」，則被成捆成捆地從千家萬戶清出，作為廢紙返回造紙廠打漿，亦是一種歲月無情的篩選淘汰。無可奈何花落去，似曾相識燕歸來也。

這期間，電影界也在遲暮了近半個世紀之後，終於發現沈老的色彩繽紛的湘西鄉土小說，實在是故事片藝術的題材庫藏。首先由北京電影製片廠著名導演淩子風先生執導了沈老的中篇名著《邊城》，接著又有兩家電影廠要爭著拍攝他的《蕭蕭》。這卻給張媽媽帶來了煩惱。是一九八五年的春天吧，我到北京後的頭一件事便又是去看望沈老和張媽媽。一進門，張媽媽就跟我談起了電影的事：

青年電影製片廠也太氣人了！事先不徵求沈先生的意見，忽然送來了八百元錢，說是劇作家張弦已將沈先生的小說改編成了《湘女瀟瀟》，他們廠即將投入拍攝，這八百塊錢算原著費。他們太無禮貌了。沈先生的這篇小說，早有另一家電影廠在改編了。

沈老坐在高背沙發上，氣色好多了。他也有點為這事生氣：

他們是在搶東西，強人所難嘛。

我曉得，電影製片廠搶起題材來，確是不擇手段。有時使出的招數，也真叫人哭笑不得。兄弟廠家之間經常為這類事鬧得不可開交。電影界的朋友對我輩中青年作家當然可以使出各路高招，讓我就範。但對沈老和張老這樣德高望重的文壇壽星，也來這一手，青年廠的朋友們也太不懂事了。區區八百元錢，在文革前或文革中，或許是筆救命巨款，但到了物價翻了幾番的八十年代中葉，就僅夠到北京飯店或是新僑飯店之類的地方請朋友吃一頓飯，而且還不是兌換券。

古先生，你跟電影界交道打得多，這事怎麼辦？

張媽媽問我。其實我讓自己的小說搬上銀幕，只是覺得好玩，藝術上並不寄託大的希望。我同意紐約華人電影導演王正方先生說的：中國電影比中國小說落後了幾十年。我把我的想法告訴了沈老和張媽媽：

電影是導演和明星的藝術。文學只是他們的墊腳石。小說改編電影，不要選擇廠家，而要選擇導演。當他們需要你的題材或本子時，態度總是很恭敬的。小廠有好導演，能拍出優秀影片；大廠名氣雖大，若碰上個三、四流的導演，也就可能拍出三、四流的影片。青年廠是誰要執導《湘女瀟瀟》？

張媽媽告訴我：謝非。

我把椅子扶手一拍，說：沈老，張媽媽！你們把《瀟瀟》給了青年廠算了。我相信謝非能拍好這部電影。他是青年一代導演中的佼佼者。二老相信我，不會有錯的。

張媽媽微笑著點了點頭。她的微笑永遠給人一種寧靜感。她說：好吧，我們再聽聽別的朋友的意見。

沈老說：古華講的對，他了解情況。

後來，青年電影製片廠謝非先生執導拍攝的《湘女瀟瀟》獲得成功，在西歐和北美放映，普遍得到好評。其實，我至今也未認識謝非先生。說不定在街上碰了面，我偶有差池，他還會橫眉立眼呢。

幾年來，我也一直聽人說有高層領導在關心沈從文先生的住房問題。可沈老和張媽媽仍住在前門東大街五號那兩房一廳的宿舍裡。兩個小房間均靠北面，一冬一春都很冷，一間做了張媽媽的臥室和工作室，一間做了全家人的飯廳。客廳面南，見得著陽光，是全套宿舍最暖和的去處，四牆都擺著齊天花板的書櫃，靠北面的書櫃下放了一張單人床，是沈老的下榻處。西牆近窗處是沈老的寫字檯，南牆靠通向陽臺的那扇門邊，置放著一架二十吋的日產電視機。客廳中間居然還擺進了長沙發、短沙發、茶几、折疊椅。沈老患病喪失行走能力之後，又塞進了一張可折疊的鋼絲床，由兩位極有孝道的兒子輪流值夜……

我每次來到這堪稱「中國第一密度」的客廳裡，心裡總是憤憤不平。一位海內外矚目的當代大儒，已經病臥不起，還幾乎天天都要在這客廳裡接待國內外學者、記者、編輯、作家，我真感到一種作為中國人的羞辱。不是口口聲聲強調「國格人格」嗎？凡事要顧及「政治影響」、「社會效果」、「海外形象」嗎？北京已經高樓如林，而沈老的住房遲遲未能得到解決，會給那些萬里迢迢而來的國際友人們一個什麼樣的「光輝形象」？在這前後，北京的知識分子朋友們曾經傳聞著：某大首長三口之家住了三百零幾間屋子，華國鋒繼毛澤東、江青之後曾經住進官園❽，總面積達十六萬平方米可辦下一所大學……等等，我作為一個晚輩，一個進京的鄉下人，心裡的那罐子五味汁，真能把人憋出病來。

張媽媽說：北京大人物太多，知識分子住房不容易呀！高層領導曾經兩次批給我們大房

❽ 官園已建成中國少年兒童活動中心。

子，有一次房門鎖匙都交給了，可剛要搬家，又有人來把鑰匙收回去，說是組織決定，有人比我們更需要呀！

張媽媽和沈老，倒是多次向我提及高層領導人對他們住房的關心。房子雖沒住上，他們卻已經很為感激了。世界上哪裡去找中國這樣謙恭善良的文學家、高級知識分子呢？經過幾十年來的七批八鬥，著書立說者們確實學會了生活向下看、待遇跟窮苦比了。特別是像張媽媽的微笑，總是那樣的恬靜、安寧，已能將人生的苦澀消融。也許正是這微笑，幾十年來撫慰了沈老塞滿憂患的心靈。

北京各處都缺房子。建築房屋的速度似乎永難追上鄉鄰們生養兒女的速度。但也有北京的朋友們告訴說，前門東、西大街兩側新蓋的一大溜數十棟高樓國務院系統的機關宿舍，一到晚上就有半數的單元房屋黑燈瞎火，因為其中有替兩週歲的孫子備下的新房呢！每月只交幾元錢的房租水電費，算個什麼哩！難怪中國有人熱中於把住房納入計畫經濟體系，搞成一項社會福利，而譏諷、批判資本主義的住房商品化了。住房作為一項社會福利有什麼不好？為官的房子住得越大，國家還按月撥給房屋補貼呢。

一九八六年初，也是在沈老癱瘓了兩年之後，據傳還是虧了當年年底即被擠下臺的胡耀邦總書記的親自過問，張媽媽全家才終於搬進了崇文門東大街的高知樓⑨，有了四個房間和一個稍寬大的客廳。這年的三月上旬，我去北京參加著名老作家丁玲的追悼活動，並最後一次去拜見了沈老。張媽媽告訴我，沈先生現在不用扶拐杖，能獨自在房裡走十幾步了，比前兩年好了許多。我真高興。我對沈老說：堅持下去，還要走到湖南去，走到湘西去！

但這最後一次的拜訪，可能給兩位老人帶來過不快。因我礙於輩分情面，是陪同另一位也是長者的作家一起去的，還照了相。為這事，我一直深感內疚。依我幼稚的想法，在中國幾十年來的車軲轆政治運動中，善惡循環，整人者最後也挨了整，被關了牛棚，甚至坐了監牢，能熬活下來，也是三生有幸；願意去拜見曾被自己迫害過的師長，已是一種反省過後的懺悔。

或許純屬我的多心。對於人生的一切禍患、災難，一切排斥、迫害、凌辱、冤屈、不公，沈老都以他巨大的知識學問一一予以涵蓋，以他湘西鄉下人純樸、善良、恭儉、忠直的道義以及由這道義所養育的不屈不撓的生命力所戰勝。

桃花流水窅然去，別有天地非人間。

沈從文先生與神州大地同在，與中國文學永生。

一九八八年五月十七至十九日作

---

❾ 即高級知識分子住宅樓。

一代革命作家的悲劇

——前朝遺事：康濯前輩

康濯先生一月間走路了，不是去國，而是病逝。

我卻要來寫一點他生前的趣事。也是他早就囑託過的。並且說了，不歌功頌德，不爭議是非，有好說好，有壞說壞，文責自負。皆因他為人幽默，頭腦敏捷，交遊甚眾，是非頗多；皆因他沉沉浮浮，顛三倒四，闖蕩中國革命文壇半個世紀，在他那一代延安根據地出身的革命作家裡，是一位很具代表性的人物。

我卻是遲至八十年代才跟他達成忘年之交的。由於年齡差距，對他的那些文壇恩怨，我後生有幸，超然事外了。起初他對我也有所戒備，但幾年日月下來，他看出我是個「安分」人，唯在作品裡透出些「令人咋舌」的「反動」，他才有了好感，告下一些他在北京文壇的舊事。「都、都是些珍貴史料，從、從沒人寫過的！」每講完一回，他必定慎重強調。我勸他寫本回憶錄，留作文壇見證。他卻說，我們整過人，更有人把我們往死裡整。現在死的死了，傷的傷了，怎麼寫？

通過他的文壇憶舊，倒是使我認識了兩個康濯，一個做共產黨官的康濯，一個做小說的康濯。前一個康濯好批鬥，也善批鬥，受共產黨委託，參預批沈從文、批胡風、批丁玲、批艾青、批蕭乾等，卻愈批愈荒唐，上下不落好，左右難為人，後來被批得很慘的，竟又是他自己；後一個康濯則甚有人情味，談吐詼諧，才情洋溢，從北京到湖南，一路栽培新秀，提攜後進，現今北京、湖南的一批重要的中年作家，多尊他為康老師的。觀其一生，他本可以寫下傑出小說傳諸後世，卻叫做黨官的康濯耽誤了做小說的康濯，咎在誤國誤民的毛澤東時代。斯人已去，得不惜乎？

從康濯口吃說起

是一九八六年春天，我和康濯先生一起赴北京出席全國作協理事會。在火車上，他忽然瞪著那深邃的眼睛，帶著他韻味特別的口吃說：

古、古華，你、你小子現在是國內國外的跑，不、不要看不起老子啊？

康濯的口吃頗出名，給人一種節奏感，聽來並不吃力。北京的中青年作家，湖南的中青年作家，都有摹仿他口吃的愛好。其中一段流傳甚廣的，叫做「康濯起義」。是講他一九五五年曾被劃為「丁玲、陳企霞反黨集團」的骨幹成員，後因交代檢討得好，毛澤東稱他起義了。到了一九五六年大鳴大放時，他在《文藝報》主持工作，竟然犯了自由主義，非議起毛澤東的這個關於「丁玲、陳企霞反黨集團」的重要指示來。他說：「有、有人講、講我起義了，我、我康濯起、起什麼義？黨、黨內鬥爭，怎、怎麼叫起義？」一九五七年，他主動積極地抓別人為右派，自己僥倖過了關。到了文化大革命期間，在劫難逃了，差點為這個「我、我康濯起、起什麼義」的口吃，被紅衛兵小將要了老命……他見我沒答話，便又說：

你、你們，看、看不起老子也不要緊。

康、康老，在下一向對您恭恭敬敬……

我一時真的摸不著頭腦。他處事精明，喜歡聽信小道消息。不知又是哪位同道好友向他進了什麼「忠言」了。正是一些「忠言」，經常弄得心神不寧。

老、老子一九三七年去、去延安，進魯藝，你、你小子還沒出、出世吧？

他們一代人，無論武將、文官，都喜歡自稱為「老子」，帶著點戰爭年代的行伍氣習。在年輕晚輩面前，這個不甚文雅的「自稱」，自然是「老革命」的代名詞了。

對對，我遲至一九四二年六月才出生。您那時已經當了晉察冀邊區青抗會的宣傳部長了！如今的許多省級領導幹部，都曾經是您的下級……

我已熟悉了他的脾性，常常不待他自己擺譜，而代他將革命資歷數說出來，樂得半開玩笑地送他個順水人情。

他笑了。笑出滿臉皺紋。他身子瘦高，瘦高得有點不成比例。但腦袋永遠那麼靈活，眼睛永遠那麼有神，給人一種洞察秋毫、計多謀足的感覺。

我、我在一九四〇年就發、發表了《災難的明天》，那、那是我在延安的成名作……

他還是要進一步補充。我卻十分慚愧，一直沒有讀過他的這篇成名作，只記得收在了他的那本厚厚的自選集裡。

康、康老，不要吃老本，要立新功啊！

趁著他高興，不會往心裡去，我也順便拿話敲他一下。

是啊，是啊。一年四季，上、上邊鬥了，下、下邊鬥，鬥得他媽的想抽身都不成……我還、還有三部長篇小說稿子，題材人物都很不錯的，一直沒有修、修改完成。

這倒是他的肺腑之言。他們一代人，都是毛澤東氏階級鬥爭哲學培養出來的，個個都是鬥士，幾十年一貫制。你不想鬥都不成，人家立即把你鬥倒鬥臭，絕不留情。依我看來，他的大部分時間、精力、才智都耗費在「與人奮鬥」裡，不時獲有小勝，放倒個把比他弱小的對手。但整個來說，局勢比人強，他是被鬥敗了的，甚至敗得很慘：他沒有完成自己的重要的長篇小說。他本人卻不大情願面對這個事實。作為晚輩，我也不忍心說破了，去討老大沒趣。

不、不過，古華，我、我還是有兩篇東西，在現代文學史上留、留得住的……我、我有個親戚小孩在美國留學，去華盛頓的美、美國國會圖書館查、查閱過，那裡都、都有我的七本著作……

他這話，我已經在各種場合聽過不下五次。不知為什麼，聽了總是要替他難受。因為美國國會圖書館廣羅全世界的出版物，包括文革期間的紅衛兵小報。怎能以此為據來證明自己呢？我真想勸他不要再說這話了。他體弱多病，一副風燭殘年的樣子，需要一再自我肯定了。我也知道事出有因，是他的兩位「愛徒」，不久前疏離了他，竟跑到上級機關去中傷、貶低他說：康濯一輩子，不過寫了兩篇像樣子的小說……話傳回到他耳朵裡，使得他耿耿於懷，計較不已，大會小會的做自我肯定，私下裡則說得更明白些：我康濯還有兩篇小說，你們哪？有的人恐怕連一個字都留不下來，是不是？

兩篇小說是描寫解放區生活的《春種秋收》、《我的兩家房東》。他確是中國當代文壇的一位重要作家。直到一九八九年，美國十幾所名牌大學編譯、由史坦福大學出版社出版的一本中國文學教材，還選譯有他另一篇小小說。年輕一輩的朋友真不應該去中傷他，倒是應當多問問我們自己，並從「史」的角度來策勵自己。不能再像老一輩那樣，把時間、精力、才智都耗在你鬥我、我鬥你的臭沼澤裡去了。

我所不同意的，是康老這樣斤斤計較別人對他的評估。心胸有欠開闊。活得太不輕鬆。也難怪他個人，是這紅色時代賦予他的局限性。且這可悲的局限性已經傳染了中青代。過去是階級鬥爭你死我活，現在是爭名爭利熬紅眼睛，時時氣壯如牛，與人記仇記恨。

因我不願順了他的思路，討論他的作品得失、成就高低，便說：

康、康老，我因出身不好，一直躲避是非。挨整挨鬥，也一直毫無招架之力……如今只想多寫點東西，一碰到複雜的人事糾紛就頭痛，就厭倦，就想跑回五嶺大山去！

他又笑了。又笑出了滿臉皺紋。他忽而幽默起來，說：

稱我為康老，是你小、小子開的頭吧？在省裡叫叫可以，到了北京，可、可不要這樣叫。那裡還有葉聖陶老，冰心老，夏衍老，艾青老，曹禺老，丁玲老，蕭乾老，胡風老，以及你們中青年作家崇敬的沈老（沈從文）……他們都年高八旬以上，可、可輪不到我來稱老……而且，你知道不知道，原先在北京，哪一位被稱作康老？

誰是北京的康老？

康生！四人幫的狗頭軍師嘛！

我忍不住大笑了。都扯上毛澤東最為寵信的情報頭子，那個尖嘴猴腮、牛頭馬臉的康生了。

反胡風，毛澤東嫌他左中帶右

康濯本姓毛，原名毛季常。一九二〇年出生於湖南湘陰縣一個鄉村世家。十幾歲就讀長沙一中高中部時，開始參加左翼地下組織的活動。一九三七年他才十七歲，被毛澤東的老師——當時中共長沙地下黨負責人徐特立，選送到革命聖地延安深造。從此平步青雲，成長為抗日根據地出身的文藝骨幹、革命作家。這其間當然有他個人的聰明才智，刻苦勤奮。他既寫小說，也寫評論，是所謂的多面手。他在延安魯藝只學了一期，即被派到晉察冀邊區去工作，邊深入生活邊從事寫作。跟中共的文藝主管周揚結下了師生情誼。一九四八年周揚主持華北文聯，康濯編輯《華北文藝》。一九四九年進入北京後，中共刻意栽培一批根據地出身的工農作家，提高他們的文化水平和寫作技巧，以使他們今後成為全國文壇的主導力量，而在周恩來等人的授意下，經周揚等人具體策劃，於中國作家協會名下成立了中央文學研究所，由著名女作家丁玲任所長，康濯則是第一期學員兼祕書長，後來還兼任了研究所的黨書記，掌握實權，可見其地位的不一般了。一九五三年後，康濯更當上了中國作協書記處候補書記、

《文藝報》執行編委、駐會作家支部書記，成為全國作協的實際負責人之一。

那時，組成文壇的是兩部分人。一部分來自老解放區，是清一色的共產黨員作家，以中宣部副部長兼國務院文化部部長周揚為首，主要成員有馮雪峰、丁玲、趙樹理、艾青、沙汀、周立波、郭小川、張光年、劉白羽、康濯、馬烽、賀敬之等等。除了丁玲、艾青、張光年、趙樹理、郭小川少數幾位，他們的作品藝術水平一般化，但思想性強，政治可靠，自然成為新政權下的文藝當權派。更有一批沒有作品的革命作家、革命詩人，擔任著文壇領導人。另一部分人則是原本就住在北京、上海、重慶等大城市的所謂國統區作家，代表人物是老舍、巴金、胡風、曹禺、沈從文、冰心、蕭乾、張恨水等人。他們是中國現代文學的主將，其作品藝術水準高，影響大，但大多出身於地主資產階級，個人歷史也有著各式各樣的「問題」，需要不斷地對他們進行批判、教育、改造，然後加以爭取、團結、利用。他們中的絕大部分人倒也都能識相、知趣，老老實實，在文聯、作協掛個虛名，做個擺設什麼的，領一份薪水，弄一口飯吃，用以天天感謝共產黨，年年歌唱毛主席。

他們之中，只有一個胡風骨頭甚硬，不肯安分。他是魯迅生前的兩位高足之一（另一位是馮雪峰，一九五七年打成右派，一九七六年屈死時仍未摘帽），抗戰時期在重慶，跟周恩來頗有交往，稱為老朋友。他著作甚豐，文字潑辣，觀點精闢，是當時首屈一指的文藝理論家。

就因為他屬國統區出身，又是非黨作家（他早期曾經加入中共，於一九二九年退黨，而被視為歷史汙點），自然處處受排斥，遭歧視。他則認那些老解放區出身的作協領導人為土八路，寫文章別字連篇，作報告牛頭不對馬嘴，卻淩駕在他頭上指手劃腳，不懂裝懂，以勢壓人，在許多次的文藝座談會上，竟然不讓他發表自己的見解。即使安排他發言，也往往不允許他把話講完，即遭到土八路們的圍攻，斥責他的政治觀、文藝觀均存在嚴重問題，與黨的路線方針格格不入……他門下有一大批名徒，如路翎、綠原、牛漢等等，看到老師受壓制，覺得文壇成了黨天下，紛紛鳴不平。所謂鳴不平，也不過是在相互間的通信中，或是在私人日記裡，替老師叫叫屈、發發牢騷而已。

胡風本人更是嚥不下這口氣。他看到老解放區出身的作家們業務上大行黨八股，只會生搬硬套一些馬列主義詞句；組織上更是拉幫結派，大行宗派主義，排擠打擊非黨人士。對埋頭創作的作家則設置種種政治緊箍咒。長此以往，有害於文藝界的團結，有害於創作的繁榮。於是，他花了大半年時間奮筆疾書，寫下了對文藝工作的二十萬言意見書，交由周恩來直接呈達黨中央、毛主席。胡風在意見書中引經據典，慷慨陳言，精闢闡述了文藝不能為政治服務，不宜作黨的輿論工具，不能規定作家只能「深入工農兵，表現工農兵」，不能要求文藝家都當「歌德派」去歌功頌德，寫出一些格調低俗的廉價宣傳品；他要求共產黨的領導人尊重作家、藝術家的人格及個性，尊重藝術創作的特殊規律，保障創作自由、言論自由、學術自由，反對教條主義、宗派主義，反對以人劃線，以勢壓人……

這二十萬言意見書，實際上是對中共的「文藝聖經」——毛澤東《在延安文藝座談會上的講話》的全面性批判，是對中共的文藝方針的公然挑戰。箇中厲害，大約是胡風本人始料未及的。且胡風書卷氣十足，仍抱著他奉行不貳的「學問面前人人平等」的信條，也是他高估了毛澤東的帝王氣概，從而惹下彌天大禍。偉大的毛澤東倒是認真拜讀了他的意見書，說：要是依了胡風這些人，打開了缺口，我們就得退回延安，甚至退回井岡山上去。

「二十萬言意見書」又經由周恩來，批轉中央宣傳部。周揚等人如臨大敵，召集林默涵、劉白羽、康濯等人去傳達「聖意」，布置在文藝界展開對「胡風反動文藝思想」的批判。因是黨中央直接交下的政治任務，批判胡風的調門越升越高，聲勢也越來越大。胡風卻態度頑固，一再聲稱他上書黨中央、毛主席，是提意見性質，是他的公民權利。

胡風那傢伙，真是硬得像塊石頭，他犯了天條，還那樣迂腐，學究氣十足……

到了八十年代中葉，康濯老人對我憶及這場導致全國上千文化人入獄、上百人自殺的大冤案、文字獄，仍給人一種驚心動魄、毛骨悚然的感覺：

這場鬥爭，是周總理直接領導的。大致上，周把毛的指示傳達給周揚，再由周揚把作協黨組、《文藝報》的負責人找到他家裡去，作具體的部署。主席是晚上工作。主席的指示第二天早上傳達到周揚那裡，周揚立時傳達給我們幾位。常常跟我們談到中午一點、一點半。周揚從不留飯。我們中午只能在街上的小飯館胡亂填填肚皮。下午便在作協機關開會，也是傳達不過夜，很緊張。我常被他們幾位敲竹槓，因我還堅持著寫點小說、散文、評論什麼的，有些稿費收入。

記得有兩次，周總理讓周揚把我們幾個人都找了去，指示如何深入批判胡風的文藝觀。值得一提的，總理在我們面前，一直稱「胡風同志」，並沒有說他是現行反革命分子……

公安部門是什麼時候插手胡風問題的？我忍不住問。

你小子……讓我想想……康濯習慣性拍拍額頭，瞪了瞪眼睛，才說：好像一開始就插手了……好像沒有經過總理。不然，總理怎麼一直在我們面前稱胡風為同志？過了不久，作協黨組和《文藝報》編委會開會討論胡風問題時，就有國務院公安部的一名官員來列席。但人家是來聽會，從不發言。有時我們也向他徵詢意見。人家也只是笑笑說：他本人沒有意見，公安部只是執行黨中央指示。你說玄不玄？

一天，周揚又把我們幾位找到他家裡去了，交給我們一份文件：〈胡風反革命集團的三批材料〉。我們傻了眼：胡風升級了，成反革命集團了。周揚這才告訴我們，公安部已經採取了一次全國性統一行動，對胡風以及跟胡風有同事關係、師生關係、書信往來的人，進行大搜查，查出了大批信件、日記本。這三批材料，就是從搜查來的信件、日記本裡摘編出來的。

總理知道這事嗎？不知有誰問了一句。那時大家的思想都很左，黨性、鬥爭性都很強，但在潛意識裡，對於從搜查得來的私人信件、日記本中摘編出罪證，總覺得有違憲法精神，不大對勁。我們中間只有林默涵胸有成竹，笑笑微微，可他什麼也不說。他是文藝界唯一一位參加了公安部反胡風領導小組的，自然比我們神氣得多。

周揚看了大家一眼，才說，總理的事，我怎麼曉得？反正胡風是落水狗了。總理只是要求作協黨組盡快給這三批材料加個按語，首先由《文藝報》發表，然後由《人民日報》轉載。要立即開展一場全國性的反胡風運動了。

〈按語〉怎麼定調子？因我當時是《文藝報》的執行編委，已預感到這〈按語〉要由我來執筆撰寫，便提出了具體問題。

周揚說，這事，他已問過總理。總理講，《文藝報》是刊物，不是公安部、人民法院嘛。周揚說，照他的理解，總理的意思，《文藝報》仍然負責批判胡風的反動文藝觀、世界觀；判胡風反革命罪行，是公安部和人民法院的事。

有了這個調子，周揚又領著大家湊出了《文藝報》按語的幾點提要，才讓我們帶著一份〈胡風反革命集團罪行的三批材料〉的打字稿回到作協機關。因形勢緊迫逼人，《文藝報》需要在最短時間內寫出〈按語〉，公布這三批材料，黨組成員和《文藝報》編委又連夜開會研究。果然，大家要求我來執筆寫出〈按語〉。我只好在辦公室熬了個通宵，盡量把批判的調子往高處拔，諸如胡風是向《延安講話》猖狂挑戰啦，是瘋狂否定毛澤東文藝思想啦，是惡毒攻擊黨的無產階級革命路線啦，是妄圖改變人民民主專政的性質啦，等等。調門雖高，卻仍是從思想上、政治上批判胡風，是敵我矛盾性質，但不排除作人民內部矛盾處理的可能性。按語寫好後，作協黨組不再討論，而直接呈送周揚，再由周揚呈送總理作最後的審定。

因為神經高度緊張，又熬了個通宵，我回到家裡睡了一覺。睡前還給作協黨組值班室掛了電話，關於「胡風三批材料按語」的事，上頭一有指示，立即通知我。但直到晚上都沒有消息。跟作協黨組的幾位同事通了電話，他們也沒有聽到消息。只有作協祕書長郭小川神祕兮兮地告訴我：聽說胡風已經被捕，是公安部部長羅瑞卿同志親自簽署的「逮捕證」。同時被捕的，還有大批胡風在全國各地的門徒……

不知道為什麼，聽到胡風被捕的消息，我整晚上都有些惶惶不安，隱約覺得，自己執筆的那個〈按語〉，有什麼不妥似的……是自己的小資產階級情調作怪？人情味？人性論？溫情主義？階級立場不夠堅定？鬥爭旗幟不夠鮮明？表面上對胡風的批判言詞激烈，骨子裡仍對胡風這種人心存憐憫？

第二天，我去《文藝報》上班。剛坐下，電話鈴就響了：是康濯吧？情況有了變化，你記錄一下。周揚同志的一口益陽話，總是那麼好聽好懂：批胡風材料的〈按語〉，昨天上午送達總理辦公室。總理送去給主席親自審定。主席看了，講要不得，不能用。胡風怎麼只是個文藝觀、世界觀問題？他們是一個反革命陰謀集團，磨刀霍霍，策劃於密室，點火於基層，要顛覆我們的政權……主席沒有把〈按語〉退回，而是由他自己熬了個通宵，以「《人民日報》編者按」的名義，寫下了關於公布胡風反革命集團罪行的三批材料的〈按語〉，交給《人民日報》和新華社去了。總理說，主席的〈按語〉高屋建瓴，意義深遠，現在發表順序作如下調整：先由新華社播發，《人民日報》發表，《文藝報》轉載。

聽了周揚同志傳達的以上指示，我心口砰砰直跳，捏兩手冷汗。這下子可是糟糕了，自己會不會被扣上「同情胡風」的帽子？或是被視為「對敵人心慈手軟，暴露出右傾機會主義的陰暗靈魂」……周揚還在電話裡說了些什麼，我沒有十分認真去聽。後來我向周揚提了個問題：要不要以《文藝報》編輯部的名義，向黨中央做個檢討？周揚在電話裡想了想，才說，康濯你的反應倒是敏捷。但眼下中央大約還沒有這個意思。要檢討，也不是個人問題。當然，你有這方面的思想準備是好的……

毛主席親自發起了全國範圍的反胡風運動。主要打擊對象集中在黨、政、軍、文、教、衛系統，重點又是文化界知識分子。全國被清查、揪鬥的達十餘萬人，被捕入獄的一千多人。有的人僅是讀過胡風的一篇文章，聽過胡風的某次報告。胡風本人呢，原擬判處死刑，以收殺一儆百之效。據說還是經過總理多方周旋，改判無期徒刑，終身監禁，留作反面教材。後胡風一直關押在公安部監獄。直到一九八二年，胡風被關押了整整二十八個春秋之後，經胡耀邦總書記過問，才被釋放出來，並恢復了他的全國政協委員身分。給胡風作的改正結論是：判處無期徒刑，是把政治思想問題當作刑事犯罪問題，處理失當，應予改正。至於胡風的文藝思想還是有錯誤的，存在著反馬克思主義的傾向。胡風本人則認為這結論是給他留下政治尾巴，不夠光明正大。他說他的文藝觀，過去和現在，都不反馬克思主義，經得起時間檢驗……這就是我所捲入的反胡風鬥爭。還有點驚險吧？

康濯每逢坐在籐圍椅裡對我憶及他參預過的高層政治運動，便要搖晃著他的兩條長腿，面有得色，像個歷史見證人似的。

康老，您現在認為，胡風的文藝觀是否真有問題？

我仍然有些不得要領似地問。

你小子……難怪，人民文學出版社一位老編輯，說你表面老實巴焦，骨子裡蔫壞……胡風的文藝觀有無問題，總是可以商榷的吧？不然當年毛主席、黨中央就一錯再錯，硬是錯到底了。

毛澤東作為最高領袖，為什麼要把胡風往死裡整呢？

你小子……大約也是統治信心不足吧。他不是拜讀了胡風的二十萬言意見書之後說了：若依了胡風這些人，打開了缺口，我們就可能要退回延安去，甚至退回到井岡山上去……問題還不嚴重？

用槍桿子對付筆桿子，這算不算頭一回？

你小子……這個，怎麼是頭一回？一九四七年延安撤退時，康生就下令把寫〈野百合花〉的王實味槍決了……你不要老提這些問題好不好？瑕不掩瑜，黨還是偉大的，毛澤東犯有錯誤，也還是偉大的歷史人物。古華，我可是在警惕著你哪！

康濯說著，嘿嘿笑了。

一九八五年一月，全國作家四次代表大會期間，我陪康濯去拜望過一次住在木樨地二十四號樓的胡風老前輩。見到的是位個子瘦小、風燭殘年的老人。在中國當代文化人裡，他是受害最烈、關押最久、冤屈最深的了。他一眼就認出了康濯——當年大名鼎鼎的文藝紅人，如今卻也變成了一位風燭殘年、懊悔良多的老人。康濯把我介紹給胡風。胡風坐在輪椅裡，看了我一下，再指了指他家當時在場的幾位晚輩，才以一口終生不渝的四川話說：讀了，我們全家人都讀過《芙蓉鎮》……我們一輩只是理論上提了提……你們一輩卻做出小說來了……

康濯簡單地對胡風老人講了講當年他替《文藝報》寫〈按語〉被毛澤東否定的事，彷彿在對老人作個交代，也是做點懺悔。我感覺到，胡風的夫人和孩子們，都對此再提不起興致。胡風本人也十分淡然，只說了句：事情都過去了，我也總算過來了，你當時也是受組織的委託嘛。

這是我第一次見到胡風，也是最後一次。一九八五年歲尾，我去歐洲訪問，八六年春天回到長沙家中，發現一份胡風逝世的訃告，以及治喪委員會的一封函件。離信函從北京發出的日期已經過去了兩個多月。我已經無法去向胡風老人致敬。但我後來聽說，這位中國現代文學傑出的理論家、骨頭最硬的文化人的追悼會，直拖了半年之久才得以舉行。因為他的家人要求中央有關部門成全胡風生前遺願：替他割掉政治尾巴，以使他九泉之下瞑目。但是遭到當年參預過公安部反胡風鬥爭領導小組的林默涵等人的堅決反對，認為當年的反胡風運動並未全錯，不能全部平反。真是難得林默涵先生如此厚顏。林默涵是位極左政治的不倒翁、衛道士。五十年代他投靠周揚得以紅得發紫，文革前夕投靠江青卻未被賞識。文革之後搖身一變成為反周揚的幹將，官拜文化部副部長、黨組成員。

胡風的政治尾巴，最後還是由思想開明的總書記胡耀邦指示割掉的：胡風同志吃了那麼多苦頭，現在人都死了，請高抬貴手，讓開個追悼會吧！

丁玲「反黨」　康濯「起義」

北京史學界一位老前輩，於一次閒談中告訴我，天安門廣場東側的中華人民共和國公安部大院，高牆內那一大片青灰色的古建築群，原為明、清兩代王朝的翰林院，讀書人的最高學府。一九四九年春中共中央機關進入北京，開設新政，首要的當然是軍事警察機構了。公安部由著名將領羅瑞卿主理，選中了翰林院這塊風水寶地。它位於北京心臟地帶，離共產黨中央、國務院大本營——中南海也不遠。說是其時有人在毛澤東面前提出過異議：翰林院是個有五、六百年歷史的文物古蹟，具象徵意義，應予保存，文以興邦嘛。說是毛澤東聽了這話，嘀嘀笑了：槍桿子管著筆桿子？這就叫做工農革命。依我看，中南海是前清王室的御花園，做得共產黨中央機關，那翰林院就做得公安部機關，是不是？

毛澤東行事，有時倒也毫不掩飾，頗為坦誠。他十分了解讀書人的習性：好針砭時弊，非議朝政，犯上作亂；好搖唇鼓舌，舞文弄墨，蠱惑人心；且自視高人一等，看不起工農兵、土八路。這是一批需要認真對付的人。不好好監督改造他們，強令他們洗腦筋，就隨時可能成為亂黨的。毛澤東毫不隱諱地制訂了「黨的知識分子方針」：團結，教育，改造，利用。這自然是自秦始皇王朝以來對付知識分子的最嚴厲的方針了。

他尤其討嫌、憎恨文藝知識分子。一九五〇年，他批判電影《清宮祕史》為賣國主義；一九五二年，他批判電影《武訓傳》為改良主義、階級投降；一九五三年，他大罵當代大儒梁漱溟先生為騙子、殺人犯；一九五四年，他批俞平伯的《紅樓夢研究》為資產階級唯心論；同年，他親手抓了「胡風反革命集團」；一九五五年，他抓了「丁玲、陳企霞反黨集團」；一九五七年，他親自過問文藝界的抓右派鬥爭；一九五九年的廬山會議期間，他對他的首席理論大臣陳伯達說：最不放心的是知識分子；一九六二年，他批示小說《劉志丹》為「利用小說反黨是一大發明」；一九六三年，他發出了全面否定文藝工作的第一道批示；一九六四年，他發出了斥責所有的文藝協會、文藝刊物為「匈牙利裴多菲俱樂部那樣的團體」；一九六六年，他更是借批判新編歷史劇《海瑞罷官》，打響了文革第一炮……年復一年，他從未中斷過對文藝知識分子的整肅。

可以說，擔心知識分子作亂，一直是毛澤東的心病、一個生前未能解開的死結。他從自身的革命造反經驗中認定：堡壘最易從內部攻破。因之，他在一九五四年抓了「胡風反革命集團」後，開始對黨、政、軍機關，文化教育機關中的知識分子實行嚴厲清洗。一九五五年，毛氏親自批准抓「丁、陳反黨集團」案，即是典型的一例。康濯先生一度被認作為該「反黨集團」的骨幹成員。此案又主要涉及兩位文藝大員——周揚、丁玲之間的恩怨關係。

周揚，原名周起應，湖南益陽人，一九二六年在上海加入中共地下黨，是為年輕的革命文藝理論家。一九三〇年春，以魯迅為代表的上海左翼文藝界知名人士，在中共地下黨組織的指示下，成立了左翼作家聯盟，簡稱「左聯」，周揚為左聯地下黨團書記，核心成員為田漢、夏衍、陽翰生等，正是大宗派下又有小宗派。丁玲那時只是左聯的普通成員。九一八事變東北淪陷後，左聯內部發生了分裂，亦即「兩個口號」之爭：以魯迅為首，提出了「民族革命戰爭的大眾文學」，以周揚為首，則提出了「國防文學」，相互斥責，水火不容。魯迅更稱周揚、田漢、夏衍、陽翰生為「四條漢子」。實為左翼文藝陣營的一次宗派內鬥。一九三六年魯迅去世，周揚也離開上海去了延安，當上了魯迅文藝學院院長，正式成為毛澤東屬下的文藝大員，是次內鬥才停息下來。

丁玲，原名蔣冰之，湖南臨澧人，一九二九年發表《莎菲女士的日記》而成名。一九三一年，其夫胡也蘋被國民黨槍殺，她加入中共地下黨，並主編左聯機關刊物《北斗》雜誌。一九三三年被捕，關押在南京監獄，於獄中與一疑為國民黨特務的男子同居，生下一女。一九三六年初獲釋，被中共地下黨組織送到陝北紅軍根據地，結識了毛澤東。毛澤東向她打聽了許多南京、上海的情況，並詢問了左聯內部兩個口號之爭是怎麼回事。丁玲是站在魯迅一邊的，向毛匯報了些不利於周揚的話。自此，她與周揚結怨，兩人開始明爭暗鬥。一九四二年，丁玲有感於延安婦女地位的不平等，寫了篇雜文《三八節有感》，發表在她自己主編的《解放日報》副刊上。同時間發表的還有王實味的雜文〈野百合花〉。這兩篇文章立即受到毛澤東及其屬下周揚等人的嚴厲批評，並被列為「整風運動」的重要內容。此後丁玲沉寂了數年，深入到八路軍抗日根據地體驗生活，並與她的祕書、小她十四歲的戲劇家陳明結婚。一九四七年，丁玲參加冀中平原的土改運動，不久創作出長篇小說《太陽照在桑乾河上》，經共產黨中央推薦，獲得一九五〇年度的斯大林文學獎金二等獎。進入北京後，丁玲當上了中國文聯副主席、中國作家協會副主席、中共中央宣傳部文藝處處長、中央文學研究所所長，不久又兼任《人民文學》雜誌主編，後轉任中國作家協會機關刊物《文藝報》主編。她的實職卻是中央文學研究所所長。

其時，周揚為中央宣傳部副部長兼國務院文化部部長，官高一級，是丁玲的頂頭上司；其時，康濯為中央文學研究所祕書長，是丁玲的屬下大將。康濯夾在了他的兩個結怨日深的上司——周揚和丁玲之間，成為一塊文藝權力的夾心餅，真是上下難為人。

康濯在回憶起這一段往事時說，丁玲一直不服氣周揚。她承襲著魯迅在三十年代初葉的觀點：周揚是左翼文藝運動中的宗派主義頭子，文藝界不團結的根源。一九五三年夏天，毛澤東請丁玲去中南海划過一次船。毛是想敘敘舊誼。丁玲一上船，卻匯報說：周揚領導文藝工作，有十大問題。毛耐心地聽她講完了周揚的「十大問題」，嗬嗬笑了：我看周揚也還有兩個優點，一是有組織才幹，二是馬列主義水平也可以……那時，毛是信任周揚的。此後，毛對丁玲有了看法，認作一個政治上不安分之人。

由於工作上的原因，當時康濯經常接觸的是丁玲，周揚則只能在一些會議上才見得到。而且一個臺上，一個臺下，康濯只能在會前或是會後插個空子，去跟周揚握握手，問個好。周揚倒也沒有忘記康濯這個當年延安魯藝的高足，一直認為康濯小說創作、文藝理論都有兩下子，也很會辦事，在書獃子成堆的文藝界，是個難得的人才。

丁玲雖然比周揚位低一級，卻以她屬下的中央文學研究所、《文藝報》為基地，廣羅人才，以圖形成一股跟「大官周揚」相抗衡的勢力。也是文人們志趣相投、酒酣耳熱之際，除了議論周揚大人的種種不是，也議論朝政，議論中央領導人的私生活，頗有點東林黨人的味道。康濯作為中央文學研究所的祕書長、《文藝報》編委，又愛講愛笑的，自然是其中的活躍分子了。丁玲本人倒是不太參與「學生輩」們的這類談笑，她正跟《文藝報》的副主編陳企霞準備著一份周揚的材料，以呈報中央，供領導人參考。

不知是誰告了密，周揚得到了消息。由於事情涉及他自己，他把「丁玲、陳企霞的小集團活動」報告給中央宣傳部部長陸定一。其時剛出過「高崗、饒漱石反黨聯盟」，黨中央對高級幹部中的這類派別活動十分敏感。由於丁玲、陳企霞都不是等閒之輩，陸定一將其報告了周恩來，周恩來呈報毛澤東，毛澤東鉛筆一揮，批為「丁、陳反黨集團」。

為了執行毛澤東主席的批示，公安部部長羅瑞卿大將親自簽發了丁玲、陳企霞兩人的逮捕令。槍桿子又一次過問筆桿子。丁、陳二人鋃鐺入獄。康濯則被列為「丁、陳反黨集團」的骨幹分子，需要向黨組織交代問題，再作處理。據說還是周揚高抬了貴手，康濯才免了牢獄之災。周揚不想擴大事態，盡力保護下一批解放區出身的共產黨員作家。他認這批作家是新中國文學的寶貴財富，而不是什麼丁玲的入室弟子。後來這批共產黨員作家成為全國各省市文聯、作協的主要負責人，無不對周揚感激涕零。康濯呢？他沉痛地向黨組織交代了自己所知的「丁、陳集團」的一切問題。康濯的檢討書經由周揚呈送給周恩來。周恩來向毛澤東作了匯報。毛澤東幽默地說：那很好，康濯起義了。

毛澤東開了口，康濯過了關。卻又陷入了人性與黨性、忠誠與背叛的巨大矛盾之中。這是中國共產黨的所有成員都曾經經歷過、或者正在經歷著的痛苦：你要服從黨性原則，就必然背離人性良知；你要對黨的領導人忠誠，就必然背叛自己的同事、師友乃至親人。只此一途，別無選擇。否則批倒批臭，把你打翻在地，再踏上一隻腳，搞你個妻離子散，家破人亡。因為黨是高於一切的：高於人民，高於民族，高於國家。只有毛澤東主席高於黨，領導黨，代表黨。康濯啊，你一個黨員作家，還有什麼可說的、內疚的？

這期間，康濯寫出了他的重要作品《水滴石穿》，發表在大型文學刊物《收穫》創刊號上。

命運作弄著康濯，政治運動作弄著康濯。到了一九五六年，毛澤東主席突發奇想，要當明君了，大力提倡百花齊放、百家爭鳴，號召大鳴大放，幫助各級黨委整頓作風。還信誓旦旦地作出保證：不揪辮子，不打棍子，不戴帽子。這對廣大知識分子來說，真是冰化雪消、春暖花開了。文藝作家們更是如沐春風，大為活躍，紛紛要求中央替丁玲、陳企霞二人平反改正，丁陳二人至多是在文藝界內部鬧了點小宗派，根本不是什麼反黨集團。中國作協、中宣部也有意替丁陳一案提請甄別。這下子可是為難了康濯了，他的檢討書是得到了毛澤東主席的首肯的呀。怎麼辦？經過痛苦的思考，他決定替老上級丁玲叫屈，擔承自己去年所寫的材料是出於組織壓力。他甚至公然發牢騷：有人說我康濯起義了，黨內不同意見之爭，我康濯起什麼義？矛頭直接指向毛澤東主席。

中國作家協會黨組要求為丁玲、陳企霞甄別平反的請示報告上呈不久，轟轟烈烈的反右派運動開始了。毛澤東一改號召大鳴大放、幫助各級黨委整風的初衷，布置在全國範圍內大抓資產階級右派分子。他說大鳴大放是他的一個「陽謀」，為的是「引蛇出洞」。於是丁玲、陳企霞由反黨分子轉而被列為全國第一批右派分子。毛澤東親自批示了對「丁玲、羅烽的再批判」。案子已經鐵定，誰也不能翻了。

可憐的康濯，為了保住自己的「黨員作家」身分，也是為了保護自己的家室安寧，只好再次提高覺悟、堅定立場，再次沉痛檢討，再次與大右派丁玲劃清界線。他身為中國作協書記處書記、《文藝報》執行編委，以戰鬥姿態站到了反右派鬥爭的前列。為了自己不當右派，而努力抓無黨派人士蕭乾等人為右派，以報效黨組織。

黨性立場，階級立場，就如一塊光滑如鏡、冷硬如鐵的大理石檯面，使得康濯在上面踀了一跤又一跤，跌得鼻青額腫，苦不堪言。一九五七年之後，他覺得再在作協機關工作下去，太困難也太沒意思了，便要求離開北京，下去體驗生活，創作小說。他得到了周揚的支持。周揚一直對他寬宏大量，給予關心保護。他舉家遷往河北省保定市郊區安家落戶。保定市靠近老解放區，離人民公社三面紅旗近；保定市距北京又只有兩個小時車程，跟首都文壇也能鼻息相聞。

關於「康濯起義」，我聽過多種版本的傳說。到了八十年代，我曾找康濯本人求證。康濯先是瞪了瞪眼睛，大不高興的樣子，隨即卻眼睛一眯，笑了：

古、古華，現、現在毛主席去世了，你、你們就到、到處假傳聖旨？是不是還想代、代擬聖、聖旨？

文學——迷途的羔羊

中國現代文學的一批早在二、三十年代即已成名的小說大家，如葉聖陶、茅盾、沈從文、巴金、張恨水、老舍、謝冰心、蕭乾、吳組緗等等，一九四九年後，基本上不再寫作小說，只不時地寫點應景時文，表白對新中國的熱愛，對共產黨的擁護。並不是這些學富五車、才高八斗的名家已經文思枯竭、江郎才盡，而是他們無論從思想到藝術，都無法適應毛澤東規定的「表現工農兵、歌頌工農兵」的革命文藝方針。從古至今，凡統治者硬性規定以文學藝術來歌功頌德、評功擺好，必然導致藝術糜爛，內容蒼白，文章腐朽。鄉土文學大師沈從文先生最識趣，他改行到故宮博物院去考古，研究中國古代服飾，後來做出了大學問。言情小說大家張恨水先生則在通俗讀物出版社當了一名編輯，於一九六七年病逝。葉聖陶、茅盾則做了政治擺設。蕭乾一九五七年被打成右派。吳組緗一直在北京大學講授《紅樓夢》。巴金是竭力脫胎換骨、認真改造的，一九五一年抗美援朝戰爭時，他去了朝鮮前線，一九六四年抗美援越戰爭時，他又去過越南戰場。他寫作了許多熱情洋溢的戰地通訊。但戰火的洗禮，並沒有改變他的無政府主義、資產階級人道主義的政治成分。他還是中國唯一的不領薪俸而靠自己的稿費生活的作家。他不時遭到報刊的圍剿、非難，充當著革命文藝的反面教員。文革期間他被長期關押，愛妻蕭珊女士更是死於非命。文革後他大悟大徹了，寫出了他的回憶與思考，真誠地道出了自己的人性良知被紅色政治所扭曲、汙辱的歷程。他成了真正的自我解放者、思想啟蒙者，贏得了全國中青年作家的敬佩和擁戴。冰心老人從事兒童文學創作，文字如詩如畫，超凡脫俗，一九四九年之後創作甚少，較少受到紅色政治的汙染。老舍先生於一九五〇年毅然捨棄了在美國的教職回國，受到周恩來、彭真等領導人的關愛。他不再寫作小說，而陸續創作出備受好評的話劇《龍鬚溝》、《北京人》、《茶館》等。特別是《茶館》一劇，是為當代文學的一顆明珠。他被授予「人民藝術家」、「現代文學語言大師」的稱號。一九六六年文革浩劫初起，他涉及彭真冤案，並被誣為「美國特務」，在北京市文聯吃批鬥、挨踢打、受盡人身凌辱而留下一句遺言：士可殺，不可辱。之後跳入北京西城區什剎後海自盡……

我們再來看看革命文壇的另一批解放區出身的骨幹作家。這是一批命運更為可悲可嘆的人。他們本以為自己生逢其時，進入了符合毛澤東文藝方針的創作旺盛期，熱情澎湃地創作出了大批政治性極強的作品。今天看來，除了《在和平的日子裡》、《組織部新來的年輕人》、

《林海雪原》、《青春之歌》、《紅旗譜》、《紅日》、《紅岩》、《苦鬥》等少數作品可以留待歲月去繼續考驗外，其餘那些歌頌土改運動、農業合作化運動、城鄉社會主義改造運動、大躍進、人民公社運動乃至文化大革命運動的大量作品，雖然經過了黨報、黨刊的熱烈吹捧、評介，一時成了文學的主潮，並將其強行納入文學史冊，但是歲月無情，歷史嚴峻，這大批寫中心、唱中心的「佳作」，卻在文革結束之後，在胡耀邦、鄧小平推行改革開放的時期裡，被生活所淘汰，也是被共產黨的政治所否定。因為人民公社解散了，階級鬥爭取消了，農業合作化、城鄉社會主義改造、大躍進三面紅旗等等，都是毛氏極左政治路線的畸型兒，文學也就成了廉價的政治陪葬品。最為悲慘的，是趙樹理等一批極具才華的共產黨員作家，被自己的「母親」所摧殘，所殺害。時代造成的失誤，能怪罪這些作家嚒？

毛氏極左政治路線所誤導、所浪費的，是整整三代作家的聰明智慧、藝術才華。他們中間的許多人，本來有可能成為傑出的小說大家的。康濯先生又是其中甚具代表性的一位。

反右派鬥爭之後，康濯先生離開北京這個是非之地，舉家遷往保定市郊區落戶，潛心創作，本是明智之舉。然而大躍進、人民公社化運動的狂熱瘟疫蔓延開來後，康濯先生也狂熱了起來。他去到毛澤東的「人民公社化試點」河北徐水縣深入生活，兼任了縣委副書記。毛澤東於一九五八年夏季視察徐水縣農村時，他隨省、地、縣負責人受到接見，聆聽了最高指示。毛氏知道他是從北京下來體驗生活的，老家湖南，也姓毛，表示了高興。隨後他在《人民日報》上連續發表徐水通訊，頭昏腦熱地去歌頌什麼「共產主義是天堂，人民公社是橋梁」、「人有多大的膽，地有多高的產」。隨後他著手寫作歌頌大躍進、人民公社化運動的長篇小說《東方紅》。一九五九年冬，神州大地開始鬧大饑災，毛氏大躍進已徹底失敗，中共為挽救自身的危亡，開始全面收縮調整工農業政策，開展整社整風。康濯只得將小說的內容改寫成農村的整社整風運動。整部小說充滿政治說教，歌頌的仍然是人民公社三面紅旗，以及偉大的毛澤東思想。跟他以往那些充滿生活情趣、藝術韻味的小說相比，《東方紅》是他最大的創作敗筆。

毛氏大躍進神話破產，引發為全國大饑荒、餓死人口數千萬這一嚴酷事實，不能不在知識分子、尤其是作家們的心靈上投下巨大的暗影，造成強烈的衝擊。一九六二年夏天，周揚、茅盾以中國作家協會的名義，在海濱避暑勝地大連召開了一次農村題材小說座談會，十七位著名作家放言高論，列數了人民公社三面紅旗所造成的種種荒謬絕倫的慘劇。康濯在會上也大發牢騷，說：成立人民公社公共食堂時，叫農民扯起隊伍、繞著鍋臺喊毛主席萬歲、共產黨萬歲；後來解散人民公社公共食堂，又叫農民扯起隊伍、繞著鍋臺去喊共產黨萬歲、毛主席萬歲。這種農村生活，叫我們這些作家怎麼去適應、去歌唱？是次會議在文革中被打為「大連黑會」，康濯的發言也自然成為「反黨黑話」，差點因此被紅衛兵小將送掉性命。

大連會議後，康濯被當時的國家主席劉少奇指派回了老家湖南，去加強湖南省文藝界的領導力量。康濯算是衣錦榮歸了。少小離家老大回，康濯在北方度過了整整二十五個春秋，講一口地道的北方話，對老家湖南已經相當陌生。如同劉少奇的命運一樣，他從此失天時，失地利，失人和，每況愈下，流年不利了。

湖南蒙難

康濯回湖南主持文藝界工作時，才四十二歲。名義上他在省文聯、省作協都是排行第三，但排在前面的周立波、蔣牧良兩位都是當官不管事的人，他成了實際上的第一把手，正是立足湖南、面向全國了。一九六三年是康濯創作思想甚為活躍的一年，他在《文學評論》上發表了重要的文藝論文〈現實主義深化問題〉，主張在塑造好社會主義新人形象的同時，也要寫好其他的各類人物，包括中間人物和反面人物，作家筆下的人物應多樣化，不應單打一，云云。這在今天看來，實在是個膚淺得近乎荒謬的問題，而在毛氏極左政治橫行的歲月裡，文藝為工農兵服務、為政治服務的口號喊得震天價響，文藝已墮落為廉價宣傳品，康濯的這篇論文無疑是個異數，注定要給他惹下大禍。加上他主持省文聯工作時又處分過某些男女關係混亂的幹部，與人結下了私怨。

一九六三年的十二月十二日，晴天一聲霹靂，毛澤東發出了第一道全面否定文藝工作的嚴厲批示：

各種藝術形式——戲劇、曲藝、音樂、美術、舞蹈、電影、詩和文學等等，問題不少，人數很多，社會主義改造在許多部門中，至今收效甚微。許多部門至今還是「死人」統治著。不能低估電影、新詩、民歌、美術、小說的成績，但其中的問題也不少。至於戲劇等部門，問題就更大了。社會經濟基礎已經改變了，為這個基礎服務的上層建築之一的藝術部門，至今還是大問題。這需要從調查研究著手，認真地抓起來。

許多共產黨人熱心提倡封建主義和資本主義的藝術，卻不熱心提倡社會主義的藝術，豈非咄咄怪事。

毛澤東的批示，一棒子打掉了一九四九年以來的「新中國」文藝。他可是無分共產黨員作家、非共產黨員作家了，統統都是壞人，要做一鍋端。這回是輪著周揚們如喪考妣了。康濯是文藝界的高層負責人之一，他比一般的作家藝術家先聽了內部傳達。毛的批示，實際上比上述公開發表的更厲害，更可怕。毛還說了：中央宣傳部、國務院文化部，應當改名為帝王將相部、才子佳人部或外國死人部。作家藝術家不下鄉，住在城裡不准開飯。周揚不下鄉，派軍隊押送。

云云。毛澤東對於整個文藝工作已經咬牙切齒了。可憐黨的文藝工作，年年為黨評功擺好，月月為領袖歌功頌德，日日不忘萬歲萬歲萬萬歲，卻落得個偉大領袖的全面否定，臭如狗糞了。

政治敏感的人心知肚明，毛澤東又一次要拿文藝祭刀，醉翁之意豈在酒！北京的劉少奇、周恩來、彭真們知道厲害，沒有膽量對毛的批示提出異議，而力圖做些緩衝，只將毛的批示傳達到省軍級。一九六四年六月二十七日，毛澤東一不做二不休，又再發出了關於文藝工作的第二道批示，以對陸定一、周揚們作摧毀性的一擊：

這些協會和他們所掌握的刊物的大多數（據說有少數幾個是好的），十五年來，基本上（不是一切人）不執行黨的政策，做官當老爺，不去接近工農兵，不去反映社會主義的革命和建設。最近幾年，竟然跌到了修正主義的邊緣。如不認真改造，勢必在將來的某一天，要變成像匈牙利裴多菲俱樂部那樣的團體。

毛澤東對於整個文藝界是必欲置之死地而後快了。紙包不住火。劉少奇、周恩來、彭真們見事情拖不下去了，不得不下令文藝界開始整風，並從軍隊抽調大批政工幹部至文化部門充實領導班子。戲劇界公開批判《李慧娘》等一批鬼戲、冤獄戲，電影界批判影片《北國江南》、《早春二月》、《逆風千里》、《兵臨城下》，文學界則大張旗鼓批判「反黨小說」《劉志丹》，批判邵荃麟的「中間人物論」、康濯的「現實主義深化論」。

康濯立時成為湖南省的第一號問題人物，被迫作檢討，接受內部批判教育。由於北京的周揚等人暫時還在臺上，湖南省委處理康濯也就暫時放他一馬：下放汨羅縣參加四清運動，邊工作邊改造思想。

一九六六年四月，文化大革命的紅色恐怖席捲了神州大地。北京揪出了鄧拓、吳晗、廖沫沙「三家村」，湖南揪出了「大黑幫」康濯。由中共湖南省委常委會議作出決議，把康濯定為「三反分子」，交予全省革命群眾、革命幹部去聲討、口誅筆伐。省委機關報《湖南日報》刊出通欄大標語：「打倒反黨反社會主義反毛澤東思想的黑幫分子——康濯！」過去，康濯只是在文藝界及文學愛好者中間頗有名氣，如今，卻全省城鄉婦孺皆知、臭名遠播了。於是，康濯先是被揪到數十個省屬機關、大專院校去來來回回地批鬥，後來又輪番著被押送到全省幾十個地、市、縣去批鬥，成為一隻貨真價實的「肉貨」。起初這些批鬥還屬文鬥，只動嘴，不動手。更有許多文學愛好者，平時見不到大名鼎鼎的康濯，卻趁了這些批鬥大會場合，見到了康濯：喲喲！原來瘦高瘦高的，是個腦袋小、手腳長的老傢伙！

最使康濯吃不消的，卻是省會文藝界、又特別是文聯機關的革命群眾對他的批鬥。正是牆倒眾人推。他怎麼也沒有想到，一些平日對他必恭必敬、尊他為「老師」的青年作家、藝術家，不少人還是他精心栽培過的啊，如今卻成了打手，恨不得生吞活剝了他。一次，省文聯的幾位造反派聯合省湘劇院的造反派，把康濯等幾個大牛鬼蛇神拉到湘劇院的一間屋子裡，蒙上他們的眼睛，然後輪番著以牛皮帶抽打、審問。說是兩個單位的造反派事先談好條件，由省湘劇院的人抽打康濯，而由省文聯的人抽打湘劇院的走資派，為的是事後不讓康濯們明白是誰抽打了自己。康濯本來就很瘦，被批鬥了幾個月之後，更瘦得皮包骨。那牛皮帶是一下一下抽打在他骨頭上了。省文聯成了著名的省武聯。原來文化人動起武來比工人、農民更下得手。整個文革期間，工人農民只是在打別的工人農民時才兇狠，而從未聽說過他們打死了作家、教授。北京的大作家老舍、山西的大作家趙樹理，都是文聯機關的弟子們弄死的，而非日夕相處的城市居民。

過去，康濯參加整人，尚能本著「君子動口不動手」的原則，重在整人的靈魂。胡風也罷，丁玲也罷，沈從文、艾青、蕭乾也罷，經受的只是精神恐怖。今逢毛澤東的文化大革命，輪到康濯們挨整了，卻是精神恐怖加肉體鞭打。北京的周揚們、鄧拓、吳晗、廖沫沙們，比他們更大的彭、羅、陸、楊以至國家主席劉少奇，又何嘗不是這樣？五花大綁加拳打腳踢。是善惡循環，因果報應，還是毛澤東這位「父親」瘋了，共產黨這位「母親」狂了，才這樣慘無人道地來摧殘自己的兒女？

省文聯院內只有七十幾名幹部、職工，響應偉大領袖毛澤東「一定要把文化大革命進行到底」的號召，成立了五大派革命造反組織。康濯被打成黑幫分子後，造反派給他剃了「陰陽頭」。何謂陰陽頭？即把囚犯腦袋上的頭髮剃去一半，留下一半，使其醒目。文革中紅衛兵小將們更發明了「開大馬路」、「修飛機跑道」，即在黑幫分子的頭上，從前額到後腦勺推上幾剪子，而留下兩旁的頭髮。頂著這樣一顆陰陽頭的人，無論走到哪裡，革命群眾一眼即可看出，輕則唾罵，重則任意敲打。毛澤東掀起了全國性法西斯狂潮。全中國籠罩在血腥的紅色恐怖中。一天，康濯的住房門口貼出一張造反派的「通令」，勒令他掛上黑牌，每天中午去市中心廣場向革命群眾低頭認罪三小時！康濯明白，這是要假他人之手將自己弄死。因為只要他頂著顆陰陽頭、胸前掛著打了紅叉叉的「三反分子康濯」黑牌，去到那市中心廣場低頭認罪，人格羞辱不說，他更可能被不明真相卻又萬分狂熱的紅衛兵小將們活活打死，就像踩死一隻螞蟻那樣。他沒得活路了。與其被人打死在街頭，不如在家裡自盡，少受點凌辱痛苦。

這是一個從少年時代就投身工農革命，對領袖毛澤東唯恐不忠、對政治運動唯恐不左的老八路出身的黨員作家要自殺。世界上哪有這樣荒謬絕倫的事！在中國，在神州大地，千真萬確，一次又一次發生了：偉大的「母親」，殺害了自己的成千上萬優秀的兒女。

後來，在紅頭文件裡，在文藝小說中、戲劇電影裡，乃至在一般民眾的印象裡，都認為：凡造反派都是壞人，是這些壞人破壞了毛澤東主席的戰略部署，使得偉大的毛澤東的晚年犯了錯誤，出現若干工作失誤。英明的黨至今仍不肯承認、今後亦不會坦承一個鐵的歷史事實：毛澤東們的手上、身上，沾滿了數百萬以至上千萬無辜屈死者的鮮血。

整個文革期間，保守派裡有壞人，造反派裡有好人。省文聯院內，五大造反組織之一的「毛澤東主義紅衛兵」的頭頭，是位「廣東崽」。廣東崽出身好，人正直，又秉承同鄉前輩孫中山鬧革命的那股子熱情，遇事窮認真，認理不認人。他認為，湖南省最大的問題，是在省委那一小撮走資派，而不應只揪出個文化人康濯來做替罪羊；就是在省文聯機關內，最大的反動權威也應當是省文聯主席、黨組書記周立波，而不是任副職的康濯！周立波還是周揚的侄兒。實在是，廣東崽以毒攻毒，以左攻左，同情康濯。周揚、周立波亦已無辜下獄，當了極左狂潮的階下囚。

康濯妄圖自殺的舉措，被他的也當了黑鬼的夫人發現了。他夫人立即去向造反派頭頭廣東崽匯報。廣東崽大怒，立即找來本組織的幾位成員，一同去找康濯「深揭狠批」，並警告他：畏罪自殺，背叛人民，背叛革命，遺臭萬年；老實認罪，悔過自新，重新做人，才是唯一的光明出路。接著，廣東崽宣布了他的造反組織的一張「通令」：勒令本單位三反分子、牛鬼蛇神康濯，今後不經本革命造反司令部批准，不得外出活動，不得亂說亂動！否則，砸爛狗頭，格殺勿論！

康濯哭了，他答應不自殺，繼續向毛主席低頭認罪，繼續接受革命造反派的批判、教育、挽救。廣東崽一派人馬臨走時，把本組織的那張「通令」貼在康濯住房門口，將原先別的組織所張貼的那紙「通令」覆蓋住。就這樣，才救下康濯一條性命。

中共九大之後，劉少奇被打倒了，神州大地上遍及每一個角落的武鬥風潮也大多停止了。康濯大難不死，被發配到省五七幹校帶罪勞動。仍然形同關押，繼續接受審查，只是不再挨打了。他的家被抄了許多次，包括手稿、圖書、存款摺子全部被抄走了。他的夫人被下放到湘南農村勞動。兒女們也均被送到農村勞動。第四個兒子太小，流落街頭。雖不是妻離子喪，也是全家四散了，不得團圓。林彪事件後，毛澤東神話破產了，中央對知識分子的監禁有所鬆動，康濯可以每月請假一次，回長沙辦些瑣事。一次，骨瘦如柴的康濯在擠公共汽車時，被人一屁股拱了下來，跌斷了胯骨……他被送到醫院搶救，虧得醫生醫道高明，並沒造成晚年殘疾。

四人幫倒臺後，康濯一家人才算陸續回到長沙。可是康濯仍然分配不到工作，原因是上下左右，皆為一批大大小小的文革竄升者把持著。他上交了二萬五千元補發工資作為他的黨費，表示了對黨的忠心。他住在省文聯院內，人們仍然害怕跟他打招呼，形同陌路之人。他也很少出門，頭髮全白了，瘦得像骷髏，且患有嚴重的肺氣腫。還不到六十歲，他就垂垂老矣，倒是常有一些來自基層的青年作家去看望他。他很少說話。他不能再說錯什麼話了。一位工人出身的作家形容他像一具眼珠子會動的木乃伊，還痛心地當面問過他：

康濯同志，你還有思維嗎？

胡耀邦批示：請愛護一下老作家

有人笑罵湖南省文聯：廟小妖風大，池淺蛟龍多。話是過分了點。但湖南文聯文革初期牛鬼蛇神多，文革之後運動健將多，卻是不爭的事實。一九八〇年，康濯總算是恢復了文聯主席、作協主席職務。文聯黨組書記卻依然是文革初期派來進駐的工宣隊隊長，工宣隊隊長不懂文藝為何物，卻上有省委撐腰，下有一班人馬助陣，比康濯更懂得鬥爭哲學。相形之下，康濯成了右派、自由派了。八十年代了，外行就是要領導內行，工農兵就是要管理你們知識分子，怎麼著？

這時日，長沙的康濯像北京的周揚一樣，對毛氏極左政治有了某種程度的反思和覺醒，熱情支持傷痕文學，鼓勵新作家，讚揚新創作。他還一次又一次利用大會、小會發言的機會，為一些尚未獲平反昭雪的老藝人、老詩人呼籲。在談到一位原省花鼓劇院的老演員被打成黑鬼後，發配到一個風雨渡口勞動，數次落水險些淹死的情狀時，他聲淚俱下……他的這些聲音，在省委的某些領導人聽來卻十分刺耳、反感。更令人惱恨的是他將某些領導人的笑話傳到了北京：當時的文教書記欠缺文化，在審查湘劇傳統劇目《白蛇傳》時，竟指示，雷鋒塔不能倒啊，我們還要學雷鋒！在審查花鼓戲傳統劇目《劉海戲金蟬》時更說，金蟬不就是青蛙嗎？青蛙是益蟲啊，我們要保護！諸如此類，據說都是經康濯添油加醋傳到北京，後又傳到全國。刻意醜化省委領導的形象，康濯當了幾十年的「好黨員」（丁玲語），卻越老越不安分、不聽話了。

於是圍繞康濯，文藝界形成了兩大派：倒康派和擁康派。倒康派多為掌實權的政工幹部，擁康派多為書卷氣甚重的作家、藝術家。倒康派處處佔上風，年年批康濯的資產階級自由化。一九八三年夏季，康濯率中國作家代表團去南斯拉夫訪問，湖南省文聯黨組卻連日開會，列數出康濯的「資產階級自由化之十四種表現」，上報省委，要求查處。省委倒是樂得看到下邊給康濯穿穿小鞋，而不去認真查處，一個麻煩人物而已。再說康濯手下呢？也頗有幾名得力人員，為他奔走，上告，鳴不平。更有人不時在他住房門下塞進匿名信，信的抬頭寫著「文聯內部通訊　密件」，內容為：某某人如何議論、謾罵康濯；某某人請某某人喝了酒，圖謀結成倒康聯合陣線；某某人於何日何時去向省委匯報，稱康濯如何反省委領導……

有兩回，康濯從他的公事提包裡抽出兩頁「文聯內部通訊　密件」給我欣賞。我卻心裡唯有苦笑：天哪，這是個什麼單位？都是些什麼人？康老為什麼對這類東西感興趣？說不定正是你的對手弄下的圈套，讓你一天到晚草木皆兵，緊張兮兮，掉在你死我活的臭水坑裡不能自拔哪！

我同情康濯，可憐康濯。因為他是挨整的，人們對他缺少一分尊重，因為他支持新作家，堅持解放思想、大膽創作，堅持在文化思想領域反左批左，是大節。另一方面，他又為人太精明，在人事關係上不肯超脫。他像大多數老共產黨員那樣，一息尚存，就要與人奮鬥，且是憋著一股勁。正是當局者迷了。我多次勸他從人事紛爭的臭沼澤裡超脫出來，找個安靜的地方寫小說去。他卻總是不待我把話講完，就說：大是大非，我怎麼超脫？

大約是一九八四年春天吧，康濯實在忍受不了上下左右施加給他的種種壓力，想了個法子，把一封申訴信呈達到中央總書記胡耀邦手裡。胡耀邦是中共有史以來作風最民主、思想最開朗、辦事最痛快，也是最富有人情味、同情心的領導人。他每月都要抽出時間批閱數百封民眾的上訴信。他在康濯的申訴信上作了個長長的批示，肯定了康濯的創作成績、革命資歷，並問湖南省委，為什麼不尊重不愛護黨的老作家、老知識分子？為什麼還在用「兩個凡是」、「外行領導內行」那一套壓制他們？黨內長期的習慣，反右易，批左難……胡耀邦的批示由中共中央辦公廳下達湖南省委。省委大院內平地響起一記春雷。沒奈何，為了執行胡耀邦的批示，不得不對有關人員做了組織調整，給省文聯派來一個新的黨組書記。康濯算是過了幾天揚眉吐氣的日子。他對胡耀邦總書記，自是感激涕零。

一九八六年秋季起，全國學潮風起雲湧。幾年來幾乎年年秋冬之季都有學潮。胡耀邦力主疏導，反對鎮壓，早已因此獲罪於中共的一批元老。當時我對學潮的看法是，激進的娃娃們動搖不了由數百萬解放軍和數千萬武裝民兵支撐著的中共政權，卻極有可能動搖掉開明派胡耀邦們的領袖地位，反而把中國推向左傾大復辟。中國的變革，從經濟多元化入手，由量變到質變，最後達成政治多元化，自由經濟促成民主政治，這種演進才是避免大動亂、大災難的明智之途。關於這一點，西方的許多政治家要比我們自己看得清楚。記得是一九八七年元旦那天，中共軍隊元老黃克誠去世，中共中央為其舉行遺體告別儀式。改革派、保守派的所有人物都出場了，唯獨沒有胡耀邦。我對康濯說：康老，胡耀邦可能出事了，要下臺了……康濯聽我這一說，竟惡狠狠地瞪著眼睛，斥責說：關於我們黨內的事，你懂得什麼?!……前幾個月開全國作協理事會，他還在人大會堂跟我們照了像嚒！

我非黨員，當然不懂共產黨。我也敢說，包括中共的高級幹部在內，又有幾個人真懂共產黨？我只是長期以來養成了觀注時局、推測時局的習慣，時常擔心著中共黨內軍內那股頑強的左傾勢力大復辟的危險。我心裡也明白，對於胡耀邦的處境，康濯應比我更敏感，只是不願意承認罷了。誰叫他給胡耀邦寫過一封上訴信？

過了幾天，美國之音開始廣播，外國駐京記者開始發問，局勢開始明朗。康濯才對我說：這回，你大約猜對了，耀邦是出事了。我們這個黨，還沒有成熟啊，可悲，可悲……我則說：康老，只怕從今之後，天下又要多事了！他又瞪起眼睛斥責我：怎麼會？還有趙紫陽他們。我說：趙紫陽要是個識時務的，應當與胡耀邦聯手抗爭，或許還可以力挽狂瀾。他要是眼睛盯住總書記那個位置，也跟著倒胡，唇亡齒寒，他當不了幾天總書記的……

康濯乾瞪眼，不說話了。幾年前，他就說我的小說透出股令他咋舌的反叛，這會，我的反動觀點又該令他咋舌了：貌似老實、不叫的狗咬人，這小子可是壞得很。

又過了幾天，我要去北京向英國大使館申請赴香港出席一次電影討論會的簽證，康濯則要去北京活動他工作調動的事。自省作協四次代表大會上他的一批愛徒竟忽然與倒康派合流，逼他退出省作協主席職務那次事件後，他寒了心，在湖南已經沒有安全感。我們兩人正好同行，正好趕上了北京的一次未經宣布的戒嚴、宵禁，天天晚上數萬名軍警上街，充滿了政變氣氛。還好，康濯在宣傳部門的左右營壘裡都有自己的人事關係，他調回全國作協是落實政策，只當專業作家，形同離退休，因之甚少有人反對。記得一月十六日晚中央電視臺發布胡耀邦下臺的「新聞公報」那時刻，全國作協的一位負責人正好來飯店看望康濯，那位仁兄含著熱淚說：古兄，此後天下多事了！康濯鐵青著臉，說：你們都這樣說，我們這個黨怎麼辦？怎麼辦？我輕輕說：但願不要導致我們歷史上最近一輪的社會變革的失敗。

對於中國的前途，我成為一名悲哀者。在北京的朋友們中，是一片對鄧小平的叫罵。

三月初，我從香港回到長沙，在電視上看到著名老作家丁玲去世的消息。康濯通知我跟他一起，代表省文聯、省作協赴北京參加丁玲的追悼活動，順帶著，也是去落實他調回全國作協的事。我則接到了美國愛荷華大學國際寫作計畫的邀請，還有加拿大一所大學的邀請，也有必要去落實一些手續問題。其時，適逢由一群沉寂已久的文藝界極左人士發起的反擊資產階級自由化運動，風聲鶴唳，殺氣騰騰。根據我的長篇小說攝製完成的同名電影，正被列為重點批判對象，並由高層宣傳部門成立了擁有十位成員的寫作小組，住在賓館裡吃夜宵，磨刀霍霍，寫大批判文章哩。都八十年代中下葉了，還為批判一部作品成立寫作小組，以圖打破缺口，來全線出擊哩！仍是毛澤東的法術，很有點文化大革命的氣味了。我要是被這趟渾水攪了進去，不知何年月得以清白了，自己計畫中的一系列作品，也很難寫下去。

居安思危。思想的自由，是文學創作的翅膀。我一個鄉下人，鬥不起，躲得起，不能跟中共極左派鬥士們一般見識。我認得他們，有的還是朋友呢。人世沉浮枯榮這類事看多了，眼前的這點名利、地位、安逸，也就看淡了。唯安於清貧，甘於寂寞，才有文學。

我想，此情此景，康濯和我，都是各懷心事，各有打算：他從此告別湖南，我暫時離開中國。記得他以開玩笑的口吻問過我：

你、你小子，可不要不回來啊？

我也以開玩笑的口吻回答：

共產黨管思想，也管飯；資本主義不管思想，也不管飯……康、康老，此事難兩全啊！

他哈哈笑了。大約在笑我並不糊塗。

康濯未完成的傑作——《肉貨》

我讀到的康濯先生的最後兩部作品，是他的愛女亮亮寄來的，一是《文藝報與胡風冤案》（載《文藝報》一九八九年十一月四日至十八日），一是長篇小說《洞庭湖神話》（載《中國作家》一九八八年第六期）。前者為長篇回憶，他力求客觀地將他參與的反胡風運動的過程，向讀者也是向歷史作個交代，也是替共產黨做些解釋。他所講的，跟他所寫的，有些出入。口說無憑，以他所寫的為準吧。遍嘗政治運動的苦果之後，他仍能對自己的信仰、自己的黨保有一分忠誠。作為他的人品，應當受到敬重。因為中國當代社會確有不少政治變色龍，劉少奇當政時效忠劉少奇，四人幫當政時效忠四人幫，華國鋒當政時效忠華國鋒，李鵬當政時又能效忠李鵬，朝朝代代都能吃香跑紅。所以我敬重康濯先生對他的黨所表達的數十年如一日的忠誠，或者應當稱為愚忠。《洞庭湖神話》充分展現了老作家的生活功底和藝術魅力，讀了一半，我就興奮不已，感到他終於悟徹了，突破了，寫出傳世傑作了。可是讀完整部小說，卻又不能不替他遺憾，因為他只突破了一半，或者說只是到達了叛逆的邊緣，就又走回去了，又去為共產黨歌功頌德，粉飾太平。古往今來，中國外國，不朽的文學從來都是超然於社會政治之上而又對社會政治進行形象的批判。康濯先生卻沒有勇氣將這部小說正名為《肉貨》，更沒有勇氣去深刻而詳盡地描述他自己怎樣成為了毛氏政治運動的「肉貨」！「肉貨」一名，原出自舊時代八百里洞庭湖湖匪的罪惡生涯，湖匪將岸上人家的孩子搶來，在杳無人煙的荒洲上養得白白胖胖，然後每日加以鞭打，使之成為缺乏思維能力的行屍走肉。皮鞭之下，讓他說什麼話，他就說出什麼話來，日久成習。而當官兵進剿湖區匪幫時，湖匪首領便與官兵暗中勾結，送上這些「肉貨」作為官兵的俘獲，草草審訊獲得口供便加以處死，然後得勝班師。在毛澤東時代的極左政治狂潮中，一切被鬥者，被害者，不正是在革命派的牛皮帶、牛皮靴下，在各式慘無人道的刑訊逼供下，承認那無數莫須有的滔天大罪嘛？多麼深刻的歷史參照，多麼形象生動的比喻啊。可惜的是，康濯先生已經意識到了，也在小說中有所涉及，他自己就曾經長時間當著毛時代的政治「肉貨」，卻又淺嘗輒止，半途而廢。

康濯先生未能在藝術上完成自我。一部傳世傑作夭折。不應有恨，此事古難全。令人敬佩的，是康濯先生自一九八七年夏季調回北京後，便全身心地投入了創作。他本患有嚴重的肺氣腫，心血管供血不足。由於長時間的伏案寫作，致使他缺氧，病情日漸加重。短短的三年多時間，他跟病魔苦鬥，仍拚力完成了近百萬字的新作。他曾經入住一家中醫院治療，但住了兩個月，病情稍有穩定，醫院因需要增加收入，多發員工獎金而強調病床周轉率，硬是把他趕了出來。一九九〇年二月，北京正是滴水成冰的酷寒天氣，他所住的高層公寓卻忽然停了三天暖氣！這真是要了康濯的老命了。他的夫人不得不四出求人告人，後來才發現，是一位住在頂層套房裡的青年朋友，因嫌自己的房間不暖和，恰好整幢公寓的暖氣閥又是在他的套房裡，便毅然將閥門關閉，而使自己的套房暖烘烘的。當康濯夫人前來敲門求告，說樓下住著重病號老人時，這位某小權貴的公子竟說：你們怕冷，我就該著凍死？

虛偽的宣傳說教，困乏的經濟基礎，導致社會道德淪喪，天良盡失，可見一斑。康濯從此臥床不起。因他的行政級別不夠副部級，在北京進不了特權層，而不能入住高幹醫院治療。他曾經被送到區辦醫院搶救，卻又被安排與肺炎病人同住一室。不是要他死得更快些？他只好被抬回家裡來拖延時日。一人多高、大炮炮彈般的氧氣筒就擺在他床頭。臨死前，他一直在抱怨湖南省委的某些人，當年硬是不准安排他掛個省政協副主席的虛銜，從而得不到副部級的治療。責任就在湖南省委的某些人？讀者或能明白了，物質貧困的中國大陸，已淪為怎樣一個特權社會了：衣食住行，生老病死，不按人道，只按級別！因之人人需要爭官當，人人需要爭級別。還是林彪元帥當年的那句大實話說得中肯：有了權力就有一切，沒有權力就沒有一切。

由於夠不上副部級，康濯生前再未住進醫院。他的愛女專程從美國趕回北京照看父親，天天去一座座醫院求告無望，最後只能站在醫院大門前哭泣，為父親哭泣，為中國哭泣。一九九一年一月十五日晚上，康濯進入彌留狀態，才被送到一個醫療設備甚差的市民急救中心去做人工呼吸。這位為中共政權奉獻了畢生聰明才智、歷經了大半生苦難的老黨員、老作家、紅朝政治「肉貨」，死在了急救中心簡陋的搶救臺上。

康濯的死，難道不是一代革命作家的人生悲劇？

東方不是煉獄，西方沒有天堂。我想，唯有到了那個人人都要去的世界，人，也就都平等了。安息吧，康濯——我的師長。

一九九一年七月

又報文星赴天庭

——前朝遺事：沙汀前輩

一九七七年的春天、夏天、秋天，我在北京修改一部長篇習作。那時，毛死江囚還不到一年時間，北京街頭市面冷清。從出版社步行十幾分鐘到東四大街路口一家蒸餃鋪，花半斤糧票七角五分錢買一籠香氣騰騰的蒸餃一飽口福，須排隊輪候個四、五十分鐘呢。那年月上北京的任何一家價廉物美的小吃店就餐都要排長隊，人們亦都習慣了。優越的社會主義計畫經濟搞到市民們上公廁都要排隊，你內急又怎樣？你便祕吧你！北京市民大度，幽默，在各種場合排長隊時常會相互調侃：咱新中國啥不緊缺？就時間富庶呢，不來排排隊，幹啥去？在家裡睡覺又怕超生；就是就是，咱鄰居那媳婦肚子都五個月大了，還被拉去刮宮，差點送了小命……

一天，編輯部一位大姐找我，問讀過沙汀老人的作品沒有？我說早讀過，五十年代中學的文學課本裡就有他的《華威先生》和《在其香居茶館裡》，後來還讀過《淘金記》、《還鄉記》、

《記賀龍》等。編輯大姐說，那好，現在就帶你去認識沙汀同志，他從成都來，找中央落實政策。為了一本《記賀龍》，文革中被打成反革命，吃了很多苦頭……他也住在我們出版社客房裡。編輯部交你一個任務，每天晚飯後陪他散散步，如果坐公共汽車去探望什麼人，也希望你陪他一下，上下車時扶一扶。當然，不要影響你修改稿子。

我滿口應承，於是見到了沙汀老人。老人家臉色蒼白，瘦得只剩下一副衣架子，身體相當虛弱，使人想起一個古籍上常用來形容深山修道者的成語：雞皮鶴首。我那時才三十四、五歲，思緒相當活躍。不管左派右派，凡文藝界的老前輩都很尊敬的，畢竟都是讀過他們的作品長大的。過去只在書本上看他們的照片，現在看到他們本人，還不幸運？而且沙汀早在二、三十年代就是魯迅旗幟下的重要小說家，又到過延安和晉察冀抗日根據地的，與四川籍的另一位老作家艾蕪齊名，都是我心儀已久的文學師長了。

白天，有人民文學出版社的小車送沙汀去中宣部、中組部、文化部等單位申述他的冤案，要求給落實政策，返回北京工作。中國作家協會自文革初期被拆了廟，尚未重建。我的任務是陪同沙汀前輩去看望他的一些老同事、老戰友。大約有四、五次都是去看望周立波同志。周老住在離中關村不遠的紅民村一棟居民樓裡。那時街上汽車不多，也沒有什麼二環路、三環路，更甭提什麼四環、五環了，連一座立交橋都沒有。從出版社所在的朝內大街到海淀區的紅民村，要換乘兩趟電車加一趟公共汽車，須時一個半鐘頭。但車票很便宜，五站以內三分錢，十站以內五分錢。從東城坐到西郊動物園終點站總有二十來公里吧，車票為一角五分錢。那時故宮博物院的門券一角錢，頤和園的門券五分錢，且是一券通行，裡面再無其他收費，典型的低工資低消費社會。聽說現在故宮門券已漲至七十元，頤和園的門券亦已達五十元。不到三十年時間漲了近百倍，「經濟的飛速發展」，可窺一斑。

我雖然一九六二年當農業工人時開始發表小說習作，但一直沒有見過我們省文聯主席周立波同志。第一次陪沙汀去看望周立波，兩位老人一見面，竟生離死別又重逢似地相互叫著對方的名字擁抱、哭泣。我都看呆了。只見兩人相擁著拍著彼此的肩背：活下來了、十多年了、我們都算活下來了！老舍沒有了，趙樹理沒有了，侯金鏡、邵荃麟、郭小川沒有了……

從他們一見面的那種激動、叫喊，可以想見，所謂的文化大革命，對文化人的摧殘，是多麼的酷烈了。沙汀前輩在四川遭了些什麼罪我不清楚，周立波前輩文革初期在湖南受到的衝擊，倒是有所聞。其實在湖南被整得最慘的還不是周立波，而是康濯，被他的「學生」蒙住眼睛用銅頭皮帶抽打，後來雙腳上一直留有紫黑色的疤痕。周立波一九六八年即被軍管了，因是「文藝黑線祖師爺周揚」的侄兒，「文藝黑線的大將」，關到監獄裡，反而受到保護。那年月整個社會是一所無形又無法無天的大監獄。有形的小監獄倒多少有點規矩。大監獄則毫無規矩，許多人被活活打死（據說全中國十年文革期間「非正常死亡」人口達數百萬之眾），直至今天，從無人被追查責任。因為最大最高的主兇是偉大領袖毛主席及其夫人江青，你怎麼追查？就像一年大躍進，三年大饑荒，活活餓死人口數千萬那樣，查什麼查？都弄成一筆筆歷史的糊塗帳，以時間來淡化，抹掉，還來不及呢。

從他們的交談中，我才聽明白，周立波前輩是林彪事件之後，才被解除關押，並被允許到北京來和夫人林藍相聚的。他住的這紅民村的居民樓單元，也是靠了林藍在北京電影製片廠工作的關係，才分配到的。至於他在五〇年代用稿費所購下的那座有三十幾個房間的四合院，早被充公了，成為住了二十幾戶革命群眾的大雜院。中國作家協會機構被撤銷後，他和沙汀一樣，成了沒有單位的「逸民」，什麼待遇都沒有了，平常只參加紅民村居民委員會的政治學習，聽中央文件的傳達。

兩位老人曾經談起中國歷朝歷代的文字獄。秦代有焚書坑儒。兩漢，魏晉南北朝，隋唐宋，文字獄不很嚴重，甚至可以說相當寬鬆。到了元、明、清三朝，才愈演愈烈，一批批讀書人掉了腦袋。尤其是大清朝的那個康乾盛世，是殺害讀書人最多的時期……兩位老人只談古代的文字獄，因為一九七七年還是華國鋒、汪東興主政，推行「兩個凡是」、「抓綱治國」路線，還在保衛文化大革命，力圖繼承毛澤東晚年的封建法西斯主義。但我聽得出來，兩位老人縱談古代文字獄，言下之意，毛澤東這一朝的文字獄，才是中國歷史上死人最多、受害者最眾、為禍最酷烈的啊。

周立波前輩也問了我一些湖南的近況，問我文化大革命期間是造反派還是保守派。我告訴周老，因家父在國民黨政府裡當過職員，家庭出身不怎麼樣，所以每逢運動，都是夾緊尾巴，努力改造，哪裡還敢參加這派那派？在農場勞動，文革初期遭大字報圍攻，被打成黑鬼，嚇到自殺未遂。周老笑笑說：天不滅曹，你年輕人也走過華容道啊。沙汀老人則表揚我：古華是個鄉下人，我現在出門，都是他扶著上下公共汽車。周老說：做人要老實，寫文章要佻皮。文章太老實，讀者不高興。我說，我特別喜歡《山鄉巨變》、《山那面人家》裡的那種色彩和情調。周老說：我老了，現在看你們年輕人的啦，湖南作家，要寫出色彩來，寫出情調來。

大約是八月分吧，天安門廣場正南面的毛主席紀念堂落成，開始供中直機關內部瞻仰。說是門券由中央辦公廳控制發放，夠神聖而神祕的了。一天，沙汀前輩找到我，悄悄說：弄到兩張瞻仰券，明天你和我一起去紀念堂瞻仰主席遺體，不准帶包包，不准帶相機。

當時確是一券難求，我竟沾上光了。第二天一早，我陪沙汀前輩去天安門廣場南邊的毛主席紀念堂北門外排隊。我們已經去晚了。大約站了兩個小時的隊伍，才從北門進去，緩步行走，不准停留。先看到毛澤東的白色大理石坐姿塑像，背景是逶迤的萬里長城，好一副死後也坐江山的氣派。接著進入正廳，看到水晶棺內的毛遺體，好像比平日的偉岸形象縮短了許多，像個假人似地躺在那裡，身著灰毛服，齊胸以下覆蓋著斧頭鐮刀紅旗。沙汀老人一路上都在抹眼睛。他們老一輩，尤其是去過延安的，確是對毛澤東有很深的感情。不管挨了多少整，吃了多少苦頭，他們都是跟著這個人奮鬥過來的啊。說實話，我這代人就鮮少這種深情了，有的只是對他給國家民族帶來巨大災禍的批判意識。就是想表示一下，都擠不出淚滴。我看了看手錶，從北門進去，南門出來，神神祕祕、緊張兮兮的（因警衛森嚴、鴉雀無聲所致），前後不到五分鐘！後來再有師友弄到這種珍貴的瞻仰券邀我同去，一律以「看過了」相婉謝。後來聽說有貴州等省區的復員軍人，大冬天的穿了軍大衣內綁炸藥包，妄圖撞進紀念堂去和「偉大領袖」同歸於盡，一次次都在北門入口處被中央警衛局的高手們截下，逮捕，也就不感到有什麼奇怪的了。毛澤東統治新中國二十八年，幾千萬人遇害，一億四千多萬受害者家屬受到株連，這個數目字太大了。古今中外，僅此一位了。

北京秋涼了，沙汀前輩要回成都，我也快要回湖南。最後一次陪沙汀去看望周立波，兩位老人談了許久的話。我在旁靜靜地聆聽。從一九二九年的上海左聯談到一九三九年的延安魯藝，談到一九四九年後的北京中國作協。兩位老人都曾經在延安魯藝執教，而結下深情厚誼。周立波是魯藝文學系教師，沙汀則代理過魯藝文學系主任。沙汀前輩告訴過我一個「內情」：立波同志在延安魯藝上課時，口才很好，給郭小川、賀敬之、葛洛他們講《復活》，講《安娜卡列琳娜》，講《戰爭與和平》，講得文采風流，使學員們著迷。他愛人林藍是個小八路，文工團員，很漂亮，就是那時迷上先生的……一九四九年進北京之後，立波同志卻變成個不會當眾講話的人，開會發言，笨嘴笨舌，常常言不及義，不知所云了。大家也就諒解了他，不太要求他發言了。其實我們這些到過延安的人，都心裡有數，他是怕因言及禍，而力圖保護自己嚒。他人緣好，從不爭風頭，爭名位，潔身自好得很。可文化大革命也坐了牢，遭了罪。

記得那天周老和夫人留我們吃了飯，算送行。沙汀老人通過在北京的上訪，問題大致上得到解決，說是上面已答應他回北京工作，因中國作家協會機構還沒有恢復，所以還要等些時候。周老很替自己的老朋友高興。周老對我說：古華你是湖南老鄉，可以去看看周揚嘛，他住在萬壽路中組部招待所，你若去，我替你寫個條子。

坦白地說，一九七七年，文革還沒有被否定，我這個湖南鄉下人還沒有勇氣去看望周揚前輩。況且自己算什麼？八桿子打不著的，去了都不知道講幾句什麼話。要不是陪沙汀前輩，我連周立波前輩都無緣拜識。周立波和沙汀的那次告別，至今歷歷在目：兩位瘦骨嶙峋的老人，相擁著，拍著彼此的肩背：保重，都保重，還要見面，還要見面……周老前輩和我握別時，講了句很重感情的話：古華，今後，我們一南一北的，見面不易。要寫信來，新書出版，要寄一冊。

周立波前輩於一九七九年病逝北京。去世前沒有回過湖南。他是個感情豐富而細膩的人，新中國文壇的謙謙君子。要不是文革煉獄遭受到肉體折磨和心靈摧殘，我相信早戒了煙又滴酒不沾的他，定會健康長壽，繼續為讀者妙筆生花的。後來，我還聽老詩人葛洛說過一次「立波同志的口才」：在延安魯藝講話，那樣生動，幽默，妙語連珠，散文詩似地優美，迷倒了多少學員！煞怪，自四九年起，他因《暴風驟雨》拿了斯大林文學獎金，反而口舌木訥，不會講話了。各種會議場合，也以不善言詞為由，很少發言。他哪裡是不會講話啊？是怕禍從口出呀。現在看來，立波同志是大智慧，大智慧。

記得我回到湖南郴州後，收到過沙汀前輩從成都的來信，說了些「感謝在京期間相看顧」的話，並問我的寫作近況。他把「郴州」寫成「彬州」，可見郴州是個沒有什麼名氣的小地方了。我給老前輩回信，匯報回單位後業餘寫作的情況，並說希望今後能外出學習一段時間，系統地讀一讀中外名著。

一九七九年，中國作家協會劫後復生，各省區作協也相繼恢復。聽說沙汀老人調去北京工作，但沒有回文革前他任職的作協機關，而去了中國社會科學院文學研究所任所長。原文化部主管電影的陳荒煤副部長屈居副所長。那時，周揚、鄧力群、胡喬木也都在社科院任副院長。這年的年底，我忽然收到全國作協創作聯絡部通知，說經過有關單位的推薦，遴選，我成為中國作家協會文學講習所新一期學員（文學講習所於一九五七年之前辦過四期，反右鬥爭中劃下包括所長丁玲在內的一批右派而被撤銷，所以我參加的這新一期又稱為第五期，一九八二年後改名為魯迅文學院）。對我這名身在湖南郴州的業餘作者來講，真是「天上掉下個林妹妹」，既幸運，又驚喜了。幸而那時，我已經在北京的《十月》、《人民文學》等雜誌發表過中、短篇小說。一名地區的業餘作者，在全國性大刊物上發表習作，也算不易呢。

一九八〇年三月初，我和來自全國各省區的三十三名中青年作家（都是寫小說的），進入文學講習所邊聽講座，邊讀名著，邊寫作。在一份打印表格上，我們每名學員才鬧清楚自己的推薦單位。我的推薦單位是北京的《十月》雜誌編輯部和全國作協創作聯絡部。《十月》雜誌的兩位編輯師友曾遠赴郴州探望過我，但和全國作協創聯部卻沒有任何聯繫啊。我想是沙汀前輩熱心推薦所致了。

正是在文學講習所學習期間，我寫了短篇小說《爬滿青藤的木屋》和長篇小說《芙蓉鎮》等習作。二、三十年農業勞動生活的素材積累，打開了閘門，有如泉湧，頗為得心應手。《芙蓉鎮》經人民文學出版社的《當代》雜誌刊出（一九八一年第一期），引起廣大讀者的關注，連新華社都發了一條消息。著名文學評論家雷達寫下萬言評論：「一卷中國農村的社會風俗圖畫」，「歷史的不幸常常造就文學的奇葩」，等等。該年夏天，我又應約到京，在人民文學出版社住下，修改新的長篇習作《浮屠嶺》。期間，五四文學編輯室的舒濟大姐（老舍先生長女）介紹我去拜訪了沈從文先生，還有她母親胡絜青老人。沈從文前輩已在《當代》雜誌上讀了我的習作，也是有感而發，寫下一封五千餘字的長信，因涉及一些別的作家作品，至今未能全文發表；胡絜青老人則替我這名晚輩畫了一把扇子，一面畫的梅花怒放，一面題寫一首老人自己的七律。此二件，我至今藏於銀行保險櫃中，視作珍貴文物。還有周揚、丁玲、艾青、蕭乾、張光年、馮牧、秦兆陽、嚴文井等老一輩對習作的關愛，我這個鄉下人竟是一時間受寵了呢。

期間，我寫了封信到社會科學院文學研究所，向沙汀前輩請安。沙汀前輩很快回了信，知道我又來了北京，他已在《當代》雜誌上讀了《芙蓉鎮》，要約我談一次。我很興奮，能當面聽到前輩的教誨，機會難得。不兩天，沙汀前輩讓人把他批閱過的一本《當代》雜誌送來，讓我先看看他的批注。他用紅鉛筆在拙作的許多地方畫了些粗細不等的杆杆，寫了不少眉批。大約是邊看邊批，且是草書，字跡不好辨認，只有少數眉批能辨認出來。

一天上午九時，我去到沙汀前輩的住處。因是和我個別談話，他沒讓出版社的編輯及文研所的人參加。是三房一廳還是四房一廳？頗寬敞，印象中沙汀前輩沒有老伴，孤身一人。圍著茶几，有糖菓。他諄諄教誨，我認真筆錄。他邊翻著那本《當代》雜誌說：你這個作品比較複雜，色彩也雜，可以叫做雜色。既有沈從文式湖南鄉村的風俗民情描述，田園風味，又有辛辣的玩世不恭，嬉笑怒罵。他問：古華，幾年前我們就認識了，你給我的印象，鄉下人，厚道老實，怎麼做起小說來，卻尖酸潑辣啊？我說，老師，都是向老一輩學習得來的呢，田園風情的描述，是受到沈從文先生的影響，沈老是湘西人，我是湘南人，湘西、湘南官話，都屬於西南官話語系；尖酸潑辣，嬉笑怒罵，卻是受到你老人家的作品的影響。你的《華威先生》、《在其香居茶館裡》，我不知讀了多少遍。

沙汀前輩笑了笑，接下來嚴肅地說，我諷刺的是舊社會，舊中國的種種惡俗陋習。你呢，嘲笑的是新社會，新中國……你不要緊張，所以今天我約你個別交談。你這個作品，優點是文字生動，人物鮮活，故事引人，有濃郁的地方色彩，引用的民歌、民謠，很土，很美，表現生活很有興味。你的行文，夾敘夾議，跳躍式，形成敘事語言的節奏感。可以說，藝術上是有特色的。但是啊，古華，很坦率地和你講，思想上是有缺陷的。比如，你幾乎否定了解放以來所有的群眾運動，土地改革，互助組、合作社，反右，大躍進，人民公社化，四清，文化大革命。對所有這些運動你都冷嘲熱諷，沒有正面的評價。特別是對毛主席的鬥爭理論，你否定得徹底。這就有個對毛主席的態度問題。他老人家晚年搞文化大革命，是個嚴重失誤。但主席對整個中國革命、建設的領袖作用，這面旗幟，是不能砍的……你不要緊張，我只是和你個別交談。相信也不會再有一九五七年，這一點你可以放心。你看，你看，這一大段，你是這樣寫的：

……夫人揭發首長。兒子檢舉老子。青梅竹馬、至友親朋成了生死對頭。靈魂當了妓女。道德成了淫棍。人性論、人情味屬於資產階級。群眾運動，運動群眾。運動群眾的人自己也被運動。地球在公轉和自轉，豈能不動？念念不忘你死我活。權力的天地只有拳頭那麼大，豈能人人都活？右派不臭，左派能香？史無前例、規模空前的「左」的競走。「右」就像無所不在的幽靈鬼怪，必須撒下天羅地網來擒拿。從穿衣吃飯，香水，髮型，直到紅唇皓齒，文件報告，無休無止的大會小會，如火如荼的政治洪流，都是為著滅資興無。直到公社社員房前屋後的南瓜、辣椒是資本主義。應當種向日葵，向日葵有象徵性。但誰嗑瓜子有罪。誰說沒有資本家？從發展的觀點看小攤販就是資本家。自留地、自由市場就是溫床。應當主動出擊。寸土必爭，寸權必奪。把資本主義消滅在萌芽狀態、搖籃裡……

我不唸了。古華啊，你正話反講，反話正講，東一鎯頭西一棒子，語言上有特點。但你哪裡是在寫小說？人家會講你在寫「討武曌書」呢！你是無所顧忌，一吐為快了。

我盡快地做著筆錄，手心都出汗了。雖然不能認同沙汀前輩的某些觀點，但對老人真誠的關愛、擔憂，批評指正，卻是萬萬分的感激。老人是怕我少不經事，忘了一九五七年讀書人的血淚教訓。歷史是隨時可能重演的。談話進行了整整一上午。老人有點氣喘，有點口吃，速度較慢。但一口西南官話，和我家鄉的官話大同小異，能聽懂。我記錄下了十幾二十頁稿紙。中午在他家吃的煮水餃。告別時，我提出，等記錄稿整理、繕寫出來，再交還他，或可送《文藝報》發表。沙汀前輩見我態度坦然，也就釋懷地笑了：你願意發表出去？怕不怕引起爭議，於你不利啊？我說，一個作品，有爭議比沒有爭議好，而且老前輩是愛護、鞭策晚輩嘛。

我整理出了沙汀老人的談話稿。此事我沒有告訴出版社的編輯師友，免得他們勸止。不久，沙汀老人在我送他的記錄稿上做了些文字修飾，把一些尖銳的話盡量刪節，或是磨平了。以〈沙汀談「芙蓉鎮」〉為題，在《文藝報》上發表了。之後還特意註明，由《芙蓉鎮》作者本人記錄整理。沙汀老人較有分量的批評，也只是：作者在今後的寫作中，對領袖的態度要恭敬些。沙汀老人的談話並未引發爭論，相反地有人認為作者態度謙虛，聽得批評。不久，廈門大學一位教授寫了篇論文，叫做《從「邊城」到「芙蓉鎮」》。文章打出清樣，還只在編輯部傳閱，即有人指出：《邊城》美化舊社會，《芙蓉鎮》醜化新中國。我得知此事後，怕連累沈從文老前輩，又扯出一堆文壇恩怨來，忙去找了當時作協的黨組書記馮牧前輩，把那篇論文暫且按下。至今不忘馮牧前輩對我的諸多關愛，那是另外的話題了。

大約是一九八四年底吧，在全國第四次作家代表大會上，承四川作家周克芹兄（《許茂和他的女兒們》一書作者）告訴我，沙汀前輩退休了，回成都安度晚年了。沙汀老人對你這個湖南弟子很關心呢，要我注意讀讀你的小說，尖銳、潑辣地寫農村生活，云云。

我給成都的沙汀前輩寫過信。但他沒有回覆。一度想去成都拜望，惜未成行。那些年我的生活處於「雲遊狀態」，很少在長沙家中停留。一九八七年秋「雲遊」至北美，苦不思蜀，遠離故土，告別浮華，潛心寫作。上世紀九十年代某日，我從香港報紙上讀到消息，說沙汀、艾蕪兩位大師都已病逝成都。這兩位中國現代文學巨匠，竟在重病期間，因無「高幹」桂冠，而沒有得到應有的醫療照顧。在一個北京飯店、全聚德烤鴨店、雍和宮、白雲觀等都曾被訂為副部級單位，其經理、方丈、長老都享受副部級待遇的制度裡，兩位於二十世紀二十年代末葉即投身革命文學，著作等身的大家，卻在生命的最後時刻受到如此對待，我還能說些什麼呢？

二〇〇三年十月卅一日

依懺悔而達至永生

——前朝遺事：周揚前輩

第一次見到周揚前輩是一九八〇年。

那一年，我有幸參加劫後復生的中國作家協會文學講習所第一期學習。今天已大名鼎鼎的王安憶、張抗抗、葉文玲、陳世旭、陳國凱、竹林、蔣子龍等都是我的同窗呢。我還當過王安憶的組長，帶著幾名師兄師妹幹過些擦黑板、搬桌椅、打掃課堂之類的輪值勤務。

我們那時寫的小說被稱為「傷痕文學」、「反思文學」。其實，傷痕文學、反思文學的精神內核是「懺悔」，是對執政黨政治文化的「靈魂拷問」。大的背景是毛澤東死後，他的夫人江青及其思想嫡傳弟子張春橋、王洪文、姚文元、毛遠新等被一網打盡，中華民族迎來一次聲勢浩大的冰河解凍，思想決堤。隨著全國右派改正、平反冤獄的逐步深入，文學作為「時代的晴雨表」，率先打破禁錮，以小說形式真實反映出國家民族所遭受的長達三十年的苦難浩劫。如反映五七年抓右派的《天雲山傳奇》，反映五八年大躍進的《黑旗》、《剪輯錯了的故事》，反映知識分子冤情的《人啊人》，反映六〇年大饑荒的《犯人李銅鏡》，反映文化大革命血淚的《楓》、《飛天》、《苦戀》……等等。這些作品一經刊物發表，立時洛陽紙貴，萬眾傳閱，引發出轟動效應。可以說，那時候的小說比任何的中央文件、領導人指示都傳得快、傳得遠、影響大。因之一些仍在領導崗位的左派大將們便痛不欲生地斥之為「暴露文學」、「黑暗文學」、「政治手淫文學」，急欲置之於死地，掐滅在搖籃裡。

我便是在文學講習所學習期間，寫了短篇小說《爬滿青藤的木屋》和長篇小說《芙蓉鎮》。學員們都是邊學習邊寫作，相互間有一種競技狀態。那時，幾乎天天都有著名學者專家來我們講習所講課，如夏衍講電影文學，曹禺講戲劇文學，張光年講詩詞文學，吳祖緗、馮其庸講《紅樓夢》，丁玲、沙汀介紹各自的創作經歷，王朝聞講文藝美學，馮牧講文學評論，季羨林講佛學與梵文，周揚講馬克思文藝理論。當然還有專家來講魯迅，講解放區文學，講《延安講話》等等。人稱我們講習所是「文學黃埔」。的確，通過這些講學，有形無形中把我們這批青年作者的理論境界提升到了當代中國文學的頂尖級層次上。當然，師傅帶進門，修行靠自身了。

在這些講座中，給我印象最深，也是教益最大的是周揚的那兩堂大課。周揚自五四運動之後就是左翼革命文學的領銜者，延安時期又成為毛澤東文藝思想的權威灌輸者，整過無數的人，文化大革命之初卻被打成「中宣部閻王殿」的「二閻王」，遭受殘酷批鬥後投入秦城監獄。直到一九七五年夏天，毛澤東良心發現，說了句「魯迅如活到今天，也不會同意把周揚關八年之久」，周揚才脫了牢獄之災。毛死江囚，又過了兩年，才被分配到社會科學院掛名副院長。十一屆三中全會後恢復為中宣部副部長。周揚到我們講習所來講學，自然吸引了首都文藝界、出版界及新聞單位的人員來旁聽。小演講廳一下子擠進了三、四百人，連門外走廊上都坐滿了人。自延安時代起，周揚即以中央名嘴著稱。人說他講述馬列主義深入淺出，不教條，不死板，古代現代，中國外國，旁徵博引，生動有趣，能不時引發出陣陣笑聲、掌聲。

那天，他介紹了一陣馬克思文藝思想之後，話頭一轉，講開了從一九四九年到一九六五年的十七年期間，在執行黨的文藝路線、方針的過程中，傷害了不少文藝界的老同志、老朋友，犯了嚴重錯誤，甚至是罪惡的。包括馮雪峰、丁玲、巴人、陳企霞、秦兆陽、黃藥眠、蕭軍、蕭乾等等同志錯劃成右派，優秀詩人郭小川同志被當成右傾分子批判，受到不公正對待，他都負有直接的責任。直到一九六六年自己也受到迫害，被關進牢房，才捫心自問，苦苦思考，慢慢省悟過來，自己長時間擔任黨內極左文藝路線的執行者，手上是不乾淨的！從這個意義上講，指我為「中宣部閻王殿」的「二閻王」，是可以的。但說這個話的人卻是認為我還「左」得不夠，整的人還不夠多……

周揚說：一九七五年，蒙毛主席指示，把我從單獨監禁了八年的牢房裡放出來，有段時間連話都不會說了。我有個願望，就是去找受過我打擊迫害的馮雪峰同志、丁玲同志、巴人同志、郭小川同志等等，道歉，悔罪。但那個時候，條件還不允許。直到一九七七年，我有了行動自由，可是馮雪峰、巴人、郭小川等同志已經含恨去世，我想當面向他們認罪、討饒都來不及了。這裡我要特別提到馮雪峰同志。他是我們左翼文藝隊伍的老同志中，唯一一位到過江西中央蘇區，並參加了二萬五千里長征的革命作家。大家知道，他更是魯迅先生的忠誠學生和戰友。他是在《人民文學》主編、人民文學出版社社長兼總編輯的崗位上被錯劃成右派分子的。當然他和丁玲這樣的老同志劃右派是由更上層決定的。我是出了牢房之後才了解到，在一九六六年的紅衛兵紅色恐怖中，馮雪峰同志曾遭到刑訊逼供，逼迫他招供所謂的周揚四條漢子迫害魯迅致死的滔天罪行。在那樣的生死逆境中，馮雪峰同志堅持實事求是的大無畏精神，從始至終，沒有講過一句違心的話，沒有揭發交代過任何紅衛兵造反派所需要的「材料」……真正的患難見人格，烈火識真金。對馮雪峰這樣一位左翼文學的偉大戰士，我周揚，是要悔恨終生了。

周揚的益陽口音的普通話，清晰、好懂，帶有方言的韻味。主要是他講話的內容，毫無保留的自我反省、批判，令我們這些聽眾振聾發聵。整個會場屏聲住息，不時有女聽眾抹眼淚。其實，大家心裡也都明白，文藝界自一九四九年以來發生的一系列迫害運動，周揚不是元兇，只是執行者之一。周揚在一九五七年的抓右派高潮中，還力圖保護一些人，曾面呈毛澤東，說美術界的華君武出身貧苦，到過延安，有錯誤言論，但尚夠不上右派分子，而遭到毛澤東的斥責：華君武不是右派，你周揚就是右派！

記得周揚前輩那天還講了：痛定思痛，最根本的是黨的政治路線正確與否。在去年（一九七九年）召開的第四次文代會上，全國各地的老作家、藝術家都到會了，不少人是拄著拐杖，或是由子女攙扶，或是坐輪椅進會場的。不拄拐杖、不坐輪椅的，也都不同程度的受了傷殘。我們曾經有一支多麼優秀的文藝大軍，這時的情景卻像一支殘兵敗將。大家見了面，都是相互抱著痛哭，慶幸活了下來。可是，文學界的老舍、趙樹理、傅雷、聞捷、郭小川等等，戲劇界的田漢、馬連良、蓋叫天、周信芳、嚴鳳英等等，音樂界的賀綠汀、雷振邦、鄭律成等等，再也回不到我們中間來了。他們都是我們革命文藝的代表性人物，大師級人物。記得胡耀邦同志在聽取文代會領導小組的匯報時，說了句很動感情的話：今後，共產黨要起誓，發願，再也不能整作家、藝術家了！鄧小平同志代表黨中央、國務院所作的祝詞裡更說了，黨領導文藝，就是提供服務，不要再橫加干涉。橫加干涉不行，豎加干涉也不行……所以，在中央的正確路線指導下，我們的老、中、青三代作家、藝術家，是進入了一個新時期，一個真正的文學藝術的春天。

周揚前輩的講話，既有沉痛的反省懺悔，又有對藝術春天的熱切寄望。那天，我和同窗們都十分激動。同時也感嘆，要是共產黨的高官們，至少是宣傳文化部門的當政者，都能像周揚前輩這樣覺悟過來，不再文過飾非、一貫正確地打扮自己，文藝界的事情就好辦得多了。

在文學講習所學習期間，我只顧埋頭讀書、寫作，沒有跟著同窗們三五結隊地去拜訪過任何一位著名人物。和周揚前輩更是隔得太遠。倒是隔三間五的，不時聽到些有關周揚前輩的傳聞。說是周揚逢會必檢討、懺悔，見到文藝界的老人就道歉、認錯；說是周揚已成中央的道歉先生、賠禮部長；說是中央領導已開始認為周揚的道歉過頭了，過分了，弄不好，會把毛主席給全盤否定了；說是胡喬木已代表書記處向周揚打了招呼，要求他適可而止，再道歉下去，別的領導同志怎麼辦？會使得整個宣傳、文化戰線十分被動，云云。

一九八〇年，首都的思想文化界，真是空前的生動活潑。在被禁錮了整三十年之後，自由思潮的閘門打開來，針砭時政，臧否人物，包括朋友之間口頭上痛罵毛澤東夫婦，及其一批幾十年以整人為樂事至今高高在上不認錯的狗官，簡直百無禁忌。以言論治罪的惡政雖然還沒有被革除，但大規模、自上而下的整人抓人運動，總算搞不起來了。周揚前輩在我們中青年作家的心目中，相信也是在所有有良知的知識分子的心目中，形象反而越來越好，其人格魅力，也越來越受到敬重、推崇。

我們在文學講習所前後學習了八個月。三月分開學，十月末結束。我留在人民文學出版社修改長篇習作《芙蓉鎮》。當代文學編輯組的組長龍世輝大叔對拙作又愛又怕，幾次私下對我說：小古，你這個作品今後發表出來，肯定一炮走紅，但若叫鄧小平同志看到，風險就大了！我則愣頭愣腦地說：領導人哪有時間看長篇小說？像《苦戀》那樣拍成電影，倒有可能挨批評。

《芙蓉鎮》最初發表在人民文學出版社的大型文學雙月刊《當代》雜誌一九八一年第一期上，很快出了單行本，果然有一陣子的轟動效應。包括西藏、新疆在內的各省區的讀者給我的信有兩麻袋那麼多，說我說出了他們心裡的話。在北京，更有很多老前輩給拙作以肯定，包括沈從文、丁玲、艾青、張光年、馮牧、陳荒煤、沙汀、蕭乾、秦兆陽、嚴文井、屠岸、黃永玉、黃苗子、丁聰、楊憲益等老一輩都說了各種鼓勵的話。其中一句是：《芙蓉鎮》這部書真實到了不喜歡它的人也講不出話的地步。

不久，我又從湖南來到北京人民文學出版社客房，修改另一部長篇習作《浮屠嶺》。一天，聽見編輯部的幾位負責人在院子裡大聲談論，說周揚同志和夫人在廣州過春節，讀了《芙蓉鎮》，認為是個很不錯的作品，云云。

我這才知道，周揚前輩已在關心我的習作。還聽說，人民文學出版社曾經把幾部描寫文化大革命運動的新書送呈胡喬木同志審閱，其中有《將軍吟》和《芙蓉鎮》。我忐忑不安了好些日子。一天，責任編輯劉煒大姐拿了本《芙蓉鎮》來客房找我，說：好了，沒事了，喬木同志已經看了你的書，用鉛筆劃了二、三十處杆杆，以及一些「的」、「地」不分，逗號、頓號、分號這些標點使用不妥之類，沒有批一句肯定或否定的話，算是默認了吧！這本樣書，社領導讓作者本人過過目，之後社裡要存檔的。我鬆口氣，釋了懷。接著，劉煒大姐告訴我，胡喬木同志在莫應豐的《將軍吟》上寫了多處批語，甚是讚好，你老弟莫要吃醋啊。我說，莫老爺是我哥們，他得表揚勝過我得表揚，高興還來不及呢。

一九八二年三月，我因《爬滿青藤的木屋》獲八一年度全國優秀短篇小說獎。頒獎會在西長安大街民族文化宮舉行。我上臺領獎時，看到周揚前輩望著我笑，我竟畏首畏尾地不敢上前去握個手，向老人家致候。

從北京回到長沙，省裡也開了個座談會表示鼓勵。大約是五月分吧，《人到中年》一書的作者諶容姐隨她的任《人民日報》副總編輯的范榮康同志到了長沙，住湖南賓館，我去拜望。范總編很幽默，頭次見面就告訴我，他們報社理論部幾位專門寫社論的理論家，都讀了《芙蓉鎮》，從中找出直接非議、影射毛主席階級鬥爭學說的文字，有二十多處呀！就像樣板戲《智取威虎山》裡小爐匠向座山雕獻聯絡圖時說，反共救國軍的聯絡點，有二十多處呀！諶容姐心細，忙說：古華你莫聽他瞎開心，我告訴你好消息，上個月我們北京作協開了長篇小說創作座談會，周揚前輩到會講話，多次提到湖南新出了個鄉土小說作者，寫了部《芙蓉鎮》，很難得……是不是好消息？還聽說，《芙蓉鎮》已列入首屆茅盾文學獎的候選名單了，你準備請客吧。

同年九月，丁玲老人在經歷二十多年磨難後第一次回家鄉探望。我和省裡的作家同行陪同老人遊洞庭湖君山。記得是在赴君山島的輪渡上，丁玲老人望著我說：古華，你要走運了，會得大獎囉。船上的同行們都看著我笑。我則傻頭傻腦沒有什麼反應，連句道謝的話都不會說。心裡倒也在猜測，丁玲前輩大約是指首屆茅盾文學獎吧？但沒有到手的事，作不得數的。況且我這人，在鄉下待久了，年過三十三歲才擠進文化圈子混飯，性情比較木，功利心不很重，有獎，高興；無獎，也不沮喪。來這世上一遭，能有碗飯吃，免牢獄之災，足矣！頗有點子「榮辱不驚，觀天上雲捲雲舒；去留無意，看庭前花開花落」的定力呢。你說木也不木？

一九八二年十一月，文藝界矚目已久的首屆茅盾文學獎揭曉。由於此獎四年一屆，專獎長篇小說，新中國文壇第一遭，因而辦得甚為隆重，由新華社發通稿，全國所有報紙刊出五名獲獎作家的照片、簡歷，獲獎通知則發給作家所在的省委，以引起注意的意思吧。五部獲獎長篇，湖南兩部，「文學湘軍」的虛名由此鵲起。

首屆茅盾文學獎頒獎儀式在北京人民大會堂二樓小劇場舉行，宋任窮、鄧立群、朱穆之、周揚、賀敬之、張光年、沙汀、丁玲、艾青、朱子奇、陳荒煤等負責人出席。頒獎後，評獎委員會請周揚前輩講話。記得周揚前輩講了，文學評獎，應是先評後獎，或者邊獎邊評。評論要跟上，鼓勵新作家，發展新創作，少唸緊箍咒，要為創作服務，而不是指手劃腳。新老作家要團結，新作家要放開手寫，老作家要煥發青春。他指指身邊的賀敬之同志說：不要多了一個官僚，死了一個詩人。賀剛剛被任命為中宣部副部長。在談到五部獲獎作品時，有七、八次提到《芙蓉鎮》，使我暗自吃驚。後來《文藝報》根據錄音整理成文發表他的這次講話時，做了些文字平衡。

與首屆茅盾文學獎頒獎活動相配合，同時召開了全國長篇小說創作座談會議，堪稱長篇高手雲集了。和我一起領獎的莫應豐老兄當過兵，性格豪爽，走南闖北見過的世面比我多。

他帶了個附有支架的日產傻瓜機進京，當時是很時髦先進的了。經他聯繫、安排，利用晚飯後時間，我隨他去拜訪了朱子奇、秦兆陽、周揚幾位前輩。印象中，以朱子奇前輩住的最好，宮式院落，紅漆廊柱，聽說夫人原是饒漱石的未亡人。秦兆陽前輩住在一座大雜院裡，進他家要經過一工人師傅家的門廳，很擁擠，但書房裡掛滿了老人自己的字畫，讓我和莫應豐兩個晚輩任意挑，老人給我們落了款。周揚前輩住在西單大街對過、西長街大街南側的安兒胡同一號，原副總理兼中宣部長陸定一住過，是座狹長的四合院。每到一家，莫應豐都擺弄著他的傻瓜機的支架和自動開關，輪番著請老前輩合影、留念。

這次是我第二次到周揚前輩家。說了些什麼話已記不清了，只記得安兒胡同一號到處都是書。隨莫應豐兄一共去了六、七家老前輩府上合影吧，後來他一張照片也沒有給我，我也竟忘了向他索要。他已於一九八九年英年早逝，我又客居北美，那些照片大約也風流雲散了吧。

第一次去安兒胡同一號拜望周揚前輩，是同年夏天，隨我們省文聯原主席周立波的長子周健明去的。他出差北京，拜望他周揚爺爺。依益陽周家的輩分，周立波算是周揚的侄子。那時人和人的關係比較乾淨，去拜訪人多是空著手，頂多帶上一冊自己的習作以求教正。周揚前輩已於年前從中宣部的崗位上退下，當了中顧委委員。我和周健明進到安兒胡同一號周揚前輩的書房時，他正拿了本《中篇小說選刊》在看，上面有我的習作《金葉木蓮》。那篇習作追求所謂的山林田園意境，內容比較溫吞水。記得老人說了一句：在看你的第三篇作品，對林區也熟悉囉。原來老人關心著我近兩年的寫作，他要閱讀的東西太多太多了啊。

現在回想起來，我應當算是一名新時期文學的幸運兒。《苦戀》的作者白樺大兄就曾不平鳴：古華寫的比我尖銳、反動得多，我挨批判，他得大獎。但白樺兄沒有提到，古老弟為人內斂，行事低調，用人民文學出版社老編審龍世輝大叔的話說，屬於「蔫壞」，「溜邊魚」。

一九八〇、八一、八二、八三這四年，我因學習、寫作、改編電影等緣故，大部分時間客居北京。正值文壇乃至整個思想戰線的多事之秋。一方面冰河解凍，春回地暖；另一方面不時有寒潮來襲，冷雨驟降。中央兩大撥人馬，你來我往，鬥的不可開交。名為文藝之爭，實為高層政治角逐。一撥人馬以黨總書記胡耀邦、書記處書記萬里、習仲勳為後盾，陸定一、李維漢、周揚，加上《人民日報》胡績偉、秦川、上海市委陳丕顯、王元化、中國作協巴金、張光年、馮牧等為骨幹，以《人民日報》、《文藝報》、《人民文學》、《中國青年》、《十月》、《當代》、《收穫》、《上海文學》等重要報刊為陣地，堅持解放思想，反左防左，保護作家，鼓勵創作，受到出版、新聞、社會科學、文學藝術等各個行業的絕大多數知識分子的擁護。另一撥以陳雲、王震為後盾，胡喬木、王任重、韋國清、鄧立群、劉白羽、林默涵、徐惟城、丁玲等為骨幹，以《解放軍報》、《紅旗》雜誌、《北京日報》、《光明日報》、《解放軍文藝》、《時代的報告》等報刊為陣地，力圖規範作家、藝術家的思想和創作，規範一切文藝產品。通過對電影《苦戀》的批判，反資產階級自由化，並由中宣部行文，規定作家不要再寫文化大革命，不要再揭所謂的新社會的傷疤、陰暗面。德高望重的陳雲同志甚至說：波蘭的團結工會最初就是由一批持不同政見的作家鼓動起來的，文藝界的某些人再不聽招呼就繩之以法！

當時的兩撥人馬可說是勢均力敵。鄧小平、趙紫陽居間平衡，但傾向於後一陣營。於是，在中南海開會反自由化，後一撥人馬常佔上風；但到了下邊執行起來，從《人民日報》社到中國作協，到北京、上海最主要的出版社、雜誌社，到全國七大電影製片廠，到絕大部分的中青年作家，根本不聽胡喬木們那一套，仍然堅持解放思想，放手創作，誰也不想走回頭路。應當提到，周總理夫人、時任全國政協主席的鄧穎超老人，也不時出面替作家、藝術家說說話，多次化解過「險情」。

在這壓制與反壓制的角逐中，周揚前輩的懺悔覺醒，學問風骨，面對來自理論大棒胡喬木們的高壓，鐵骨錚錚，毫不妥協，使得廣大的中青年知識分子，尤其是中青年作家，對他更敬重、更推崇了。

局勢在一九八三年下半年有了逆轉。胡喬木等左派大員抓住周揚在中央黨校紀念馬克思逝世一百週年學術討論大會報告中所提及的「異化」問題、人道主義問題，製造新冤案，對周揚橫加打擊、迫害。在那年十月初召開的中共十二屆二中全會上，鄧小平以不點名方式說了一句批評周揚的話。於是在全國清理精神汙染運動中，胡喬木等人雞毛當令箭，迫令周揚以接受新華社名女記者郭春榮採訪的方式，登報公開認錯、檢討，從精神上羞辱、摧垮周揚。

那年月，首都文化知識界消息相當靈通。首長們的祕書及相當數量的高幹子弟對政治老人們的僵化保守深惡痛絕。左派們有個說法，中央書記處先天晚上開會研究的事，第二天就會在文化知識界傳開來。我作為一名鄉土小說家，都聽得、看得目瞪口呆，不時感到山雨欲來、霹靂將降。文革浩劫才過去幾年，竟如此健忘？曾在一九七六年春天的「反擊右傾翻案風」中向四人幫告發過鄧小平的胡喬木同志，現又成了鄧小平、陳雲的紅人，針對周揚製造出新的冤案。文學界的師友們憤憤不平，擔心周揚前輩熬過了八年的牢獄之災，再承受不起這次的公開羞辱、迫害。大約是十月裡的一天，我參加完文聯、作協在煙臺舉行的創作務虛會，回到北京，實在忍不住了，斗膽給安兒胡同一號寄上一信，報告周揚前輩：您的心是和中青年作家相通的！不管您受到什麼樣的非難，相信絕大多數的中青年作家會站在您一邊，支持您，熱愛您！

市內信件只貼四分錢郵票。畢竟時代不同了，我並未因這封信受到影響。也許是周揚前輩的祕書保護了我吧。不久，就聽說周揚前輩不慎跌跤傷了頭部住進醫院，病情迅速惡化了。周揚前輩再也沒有回到文壇，回到中青年作家之中來。在我們這個國家，好人常常遭難、折壽，懺悔者太珍稀，更是為上層所不容。反倒是一撥撥的為惡者、僵化者，養尊處優，得勢又延年。

倒行逆施的全國清理精神汙染運動，搞了不到一個月即被以胡耀邦為首的中央一線工作班子所制止，文化知識界免除了一次新的大折騰。胡喬木的公子在北京市辦了個《人才》雜誌，執法人員從胡府某臥室床下搜撿出了兩大麻袋人民幣，說是達三百五十萬元之巨。胡某被捕，胡喬木哭向鄧大人求情，恩准。文藝界人人拍手稱快又憤憤不平。搞了那麼多鈔票竟無罪釋放，真正中國特色的社會主義。這個國家的司法、法律，還有什麼顏面、希望可言？

一九六四年十二月底，在北京京西賓館召開第四次全國作家代表大會。胡耀邦率黨、政、軍領導人出席開幕式。胡啟立代表黨中央致祝詞之後，宣讀了中央意識形態總管胡喬木從外地發來的賀電，偌大一座會場，只有稀稀拉拉的幾下掌聲，絕大多數老、中、青作家拒絕鼓掌。接下來，宣讀周揚同志從醫院掛來的電話記錄稿時，全場沸騰了，爆發出長時間的掌聲，經久不息，有人看了手錶，長達兩分半鐘，創造出一項紀錄。人心背向，可窺一斑。

但兩年後，胡耀邦被趕下臺，胡喬木們不得人心，卻擅長權爭，得勝了。

我第三次去安兒胡同一號，是一九八七年二月，陪老作家康濯去的。周揚前輩住院三年，已神志不清，連自己的夫人蘇靈揚也認不出來了。我們未獲安排去醫院探望。康濯老師後來告訴我，他設法去看了，已不省人事。

周揚前輩去世十多年了。懺悔者已死。我想周老生前是希望能開一代懺悔新風、懺悔文化的。惜乎剛冒了個芽，即被胡喬木們以一黨一己之私所掐滅。我堅持認為，中華民族的懺悔意識重生之日，才是我炎黃子孫擺脫封建餘毒、主義桎梏，獲得新生之時。前蘇聯在斯大林死後的五、六十年代，其國民經濟的增長速度年年超過百分之十五，比今日中國的年經濟增產百分之八要高出一倍左右，還創造出了令美國人膽寒的太空高科技，結果怎樣？蘇聯（俄羅斯）的今天，難道不會是中國的明天？

所以說，周揚前輩依懺悔而達至永生了。

二〇〇三年十月四日

人間至情至愛，曠代才子佳人

——前朝遺事：吳祖光、新鳳霞前輩

吳祖光先生跨鶴西去，留下一路風光，一路色彩。

我是二十多年前，在北京外交局楊憲益恩師家裡拜識吳老前輩的。後去過他們工人體育館東路的家裡多次。那些年，前去拜望吳老和他夫人新鳳霞的人絡繹不絕，大都讀過那本催人淚下的《新鳳霞回憶錄》，被他們夫婦於長期患難之中相濡以沫、棒打不飛、炮轟不散的忠貞道義、人格力量所吸引、所感動。三、四十年代的重慶大後方士子，誰不知道吳祖光先生的話劇《鳳凰城》、《風雪夜歸人》？五、六十年代的新中國觀眾，誰沒有看過新鳳霞主演的評劇戲曲片《劉巧兒》、《花為媒》？新鳳霞獨創的「新派唱腔」乃評劇藝術一絕，她當年的演藝扮相更是驚為天人的。在五十年代上葉，神州劇壇的這對才子佳人天作之合，誰不稱慕？惜乎好景不長，吳祖光先生因在五七年春天的大鳴大放中，響應毛澤東和共產黨中央號召，「幫助黨整風」，出於文化人的一片至誠，給共產黨組織「外行領導內行」提了些意見；誰想同一個毛澤東，同一個黨中央，卻在幾個月後忽然變臉，公然宣稱「大鳴大放」是他們的「陽謀」，是為著「引蛇出洞」，把響應他們號召提了些意見的知識分子，冠以「向黨進攻、反黨反社會主義」的罪名，統統打成「資產階級右派分子」，一網網盡。

吳祖光先生當上戲劇界的大右派，「人民的敵人」，發配到東北邊陲的北大荒勞改。被押送去的「右派大軍」裡還有丁玲、華君武、丁聰、黃苗子、黃葯眠等等。真個是：關山險阻，誰悲失路之人？生死無定，盡是他鄉之客！誰都不知道有生之年，能否返回北京了。

當時，評劇院黨組織多次動員出身貧苦、藝術前程光輝燦爛的新鳳霞和「反動右派丈夫」離婚，徹底劃清界線。新鳳霞七歲被賣到戲班子，從小受盡飢寒凌辱，卻秉承傳統劇目中「男學關雲長，女學王寶釧」的古訓，以及持守著「祖光是好人絕不是壞人」的堅定信念，抵死不肯遵從黨組織的指示，拒絕辦理離婚手續。那時，新鳳霞才三十幾歲，正處在一位戲劇表演藝術家舞臺演出的峰顛狀態，卻因政治不掛帥，不肯和反動丈夫決裂，而被中國評劇院不斷砍掉演出場次，葬送了藝術前程。但在昏黑的歲月裡，人間仍然有溫情。吳祖光先生的老友、大作家老舍每次見到新鳳霞，總是不忘把她拉到一旁，輕聲囑咐：鳳霞，你要多給祖光寫些信啊，祖光讀到你的信，才會增加生活的勇氣，爭取早日摘掉帽子回來……其實，不用老舍先生叮囑，新鳳霞也是一星期一信，從不間斷。有時，那在零下四十幾度的酷寒中勞改的吳祖光，一天能收到三封信。每次讀著愛妻的信，吳祖光就哭，咬牙下決心，一定要活著回去，才對得起妻子。老舍夫人胡絜青後來對吳祖光說：鳳霞的心是金子做的！

社教運動那年，新鳳霞被完全中止了舞臺演出，只在劇院裡管管服裝道具，幹些跑腿雜務。一九六六年開始的文化大革命，新鳳霞更是被評劇院內外的毛氏造反派打成「黑線苗子」、「反黨黑幫」、「反動右派臭婆娘」，接受沒完沒了的批判鬥爭。批鬥之餘，對她實施「群眾專政」：勒令她每天光著雙腳打掃、沖洗劇院內所有的公用廁所，寒冬臘月也不准她穿上鞋、雨靴；再有就是派她下十幾米深的地下去挖防空洞，挖了整整六年之久！十餘年的非人折磨，新鳳霞患上嚴重的風溼關節炎，已不良於行，非但得不到醫治，仍每天勒令她去沖洗那些髒臭的公用廁所。

一九七七年，吳祖光先生經歷了二十一年的生死磨難之後，獲准平反，恢復名譽。新鳳霞也恢復了名譽。但新鳳霞已半身不遂，癱瘓在床了。

二十一年，劇壇奇才吳祖光未著一字，夫人新鳳霞則被折磨至半身不遂。他們夫婦，成為了新中國毛澤東文字獄的活典型，活標本。當然，比起老舍、馬連良、吳晗、趙樹理、嚴鳳英、蓋叫天、聞捷、傅雷、周信芳等等大批文革期間遇害身亡的文學家、藝術家來，他們夫婦能活著看到毛死江囚，又算是毛氏紅色恐怖政治的幸運者了。

我們中國人活著，總是需要一點精神勝利法的。

我一九八二年在北京東城工人體育館東路吳祖光先生家第一次看到新鳳霞時，她仰坐在單人沙發上，每天仍堅持作畫，寫回憶文章。她曾於五十年代初被九十多歲的齊白石大師收做關門弟子。她的寫意花卉和吳祖光先生的詩詞書法，珠聯璧合，在北京文藝界享有盛名，夫婦聯袂辦過書畫展的。孩子們不在家的日子，新鳳霞的日常作息由吳祖光先生打理，抱上抱下，抱出抱進。他們家住在四樓，樓內沒有電梯，家裡也沒有輪椅。吳祖光先生天性豪爽，樂天，說：現在還行！還扛得動。過幾年扛不動了，另說吧。

我又一次見到吳老夫婦，是一九八五年十一月。我受邀到西德、瑞士轉了一圈回到北京，正好遇上湖南漢壽縣楚劇團赴京演出《芙蓉女》。漢壽縣楚劇團依據拙作改編的這齣大型現代楚劇，已在湖南、湖北環洞庭湖四周演出過數百場，也到長沙演出過，得過獎，受到廣大觀眾的好評。我曾陪謝晉導演去漢壽縣看過專場演出。扮演芙蓉姐一角的女演員唱作俱佳，不愧一名芙蓉仙子。

《芙蓉女》在北京的演出地點是前門打磨廠胡同廣和劇場。此劇場曾被江青用作排練過許多年的京劇樣板戲。吳祖光前輩和新鳳霞女士應邀出席觀看。演出之前，我和劇團編導去向吳老夫婦表示敬謝之意。新鳳霞對我說：古華呀，我這是看第二場了，總是忍不住掉淚，我就像那個芙蓉女呀！演出結束、謝幕後，吳老夫婦被請到臺上，和演員們合影留念。新鳳霞已經有輪椅坐了。合影之後，她還對演員們說了番熱情鼓勵的話。演職人員都很受感動。在場的還有湖南省委宣傳部一位部長。部長告訴吳老和新鳳霞女士：已由湖南籍老同志聯繫好了，要進中南海去演兩場。吳老高興地說：好得很！把老百姓受過的罪演給他們看，演給他們看。部長提出用車送他們回去，吳老說，不麻煩了，我們樓下街道上有個小伙子開小四輪卡車，自願幫我們的忙……果然不一會，那小伙子就來把新鳳霞大姐揹走，吳老則推著空輪椅跟在後面。

一九八七年的反自由化運動中，吳祖光先生不改面折廷爭、放言高論的本性，和劉賓雁先生等幾十名大右派，籌備一九五七年遇難者紀念會，而惹怒了共產黨中央的第二代掌舵者。說是原本要開除黨籍的，胡耀邦總書記從中做了些緩衝，由胡喬木親自出面，氣喘呼呼地爬了四層水泥樓梯，找到吳祖光先生家，勸其顧全大局，自動退黨。此事，一度在北京知識界傳為佳話、笑談：還是吳祖光面子大啊，明明是要除掉他的黨籍，卻還勞動中央首席理論掌門人、政治局委員胡喬木同志不辭辛勞爬樓梯，登門造訪！

吳祖光先生本人呢，一如既往，無所畏懼地將胡喬木如何態度誠懇、痛心，如何談到一九四五年在重慶由吳主編的《新民報晚刊》首發了毛澤東的那首後來十分轟動的〈沁園春·

雪〉，如何談到吳的話劇創作曾經鼓勵大後方青年人奔赴抗日前線，如何談到一九五七年錯劃他右派，直到一九七八年得到平反改正，恢復名譽……吳祖光先生說：胡喬木同志差不多總結了我的一生功過，其目的卻是為了勸我自動退黨，你說好笑不好笑？共產黨不要我了，好像怕我硬賴在裡面不走呢！

再一次見到吳祖光前輩，是一九八七年十月在美國愛荷華大學國際寫作計畫。那一年，我和汪曾祺先生應邀參加該計畫，與世界各國作家交流，並周遊美國。時值愛荷華國際寫作計畫創辦二十週年，又從中國請來吳祖光、張賢亮、劉心武、鍾阿城、張辛欣等參加為期一週的慶祝活動。臺灣方面去的則有李昂、陳映真、黃凡等名家。

吳祖光前輩見到我就開玩笑：古華，你個鄉土小說家，怎麼越走越遠了啊？我問候新鳳霞老大姐的近況。吳老說，她很想來一趟北美的，簽證也沒有問題，但行動實在不方便，只好放棄了。她現在每天仍堅持作畫、寫作，我們又辦了次書畫展，一些作品被人收藏。看得出來，吳老的精神狀況和身體狀況都很好。後來，我們一行人又一起訪問芝加哥大學和波士頓哈佛大學中文中心。在各種座談會上，吳老一直保持著慣有的直言無忌風格，很令我敬佩。

記得是在波士頓和吳老分手的。我和汪曾祺先生還要回愛荷華大學繼續那個國際寫作計畫的交流活動。吳老問我有什麼話捎回北京。我說請轉告楊憲益、戴乃迪兩位老前輩，少喝點酒、少抽點煙啊！吳老說此話一定帶到，他們夫婦對你也是夠關愛的，戴乃迪把你的《芙蓉鎮》和《古華小說選》譯成英文出版，是個很特殊的例子呢。臨了，吳老又說：你不是問要一幅字畫嗎？鳳霞還記著這事，等你回北京，到家裡來吧。

和吳祖光前輩的最後一次見面，是一九九六年在臺北，參加中央日報舉辦的百來年中國文學研討會那次中國大陸派出吳老和賈植芳、張賢亮等十六人與會。還有旅居巴黎的高行健、旅居美國的北島參加。我已於一九九三年入籍加拿大。和吳老前輩見面，各人都有很多感嘆。他已蒼老許多，頭髮差不多掉光了，但仍精神健旺，笑談清朗如故。我問候新鳳霞老大姐。吳老說：身體差了，心臟、血壓都有毛病了。

我們一起拍下許多張合影。他始終沒有問過我為什麼留居加拿大、「苦不思蜀」之類。以他的開闊、豁朗，當能理解晚輩的生活選擇。他知道我一直筆耕不輟，煮字療飢時，便讚許地點頭。他送我一本四川文藝出版社剛出版的厚厚的《吳祖光隨筆》，裡面寫到的丁聰、黃苗子、華君武、楊憲益、范用等，都是曾經關愛過我的老前輩啊。

一天會議休息時，吳老忽然把我拉到一處安靜的過道上，問：古華，你認識《毛澤東和他的女人們》這本書的作者嗎？他問罷哈哈大笑，我也哈哈大笑。他接著解釋說：在北京家裡，曾經借到一本，是一位退休中將的，每家只能讀一星期，一些人家候著，我讀完了、新鳳霞只讀了一半，就輪到下一家去了。你和臺北的編輯熟，能不能幫我弄到一本？我笑說：書的作者不是很熟悉，但編輯我認識，弄本書沒問題，過海關可要當心啊！吳老說：他們發現了，就收走好了，沒准他們比我們更有興趣呢！

兩天後，我把一冊書交給吳老。他說：這下好了，完成鳳霞交辦的一項任務了。又說，有的王八蛋，生平好話說盡，壞事做絕，至今不公開他的真相，仍在當圖騰！

我知道，他指的是毛澤東，蓋棺未定論。

之後，我和吳祖光老前輩再沒有見過面。一九九九年某日，香港報載，吳祖光先生在全國政協分組討論會上嚴正質詢：天安門城樓上那個王八蛋的畫像，為什麼還不摘下來？還讓他繼續在那裡欺騙、愚弄全國人民？

真正的空谷足音，林中響箭，暗夜閃電。在中國當代知識分子中，敢於大無畏地在北京廟堂上，發出此一震聾發聵吼聲者，吳祖光先生是第一人。

畢竟是二十世紀與二十一世紀相交的新年頭了，新中國雖然仍在堅持其「百代都行秦政法」，倒也不便對名重中外的吳祖光老人怎麼樣了。

二〇〇一年秋天，華文報載新鳳霞女士在吳祖光先生江蘇老家出席吳祖光戲劇生涯六十年研討會期間，心臟病發辭世。

當時讀到這則消息，我就擔心，新鳳霞老大姐帶著對吳祖光先生的人間至情至愛走了，吳前輩成了失伴的孤雁，他承受得起這次致命的打擊嗎？果然數月之後，就傳出吳祖光前輩在北京家中病癱、失語的消息。失去新鳳霞，他彷彿失去再活下去的意義了。

現在吳祖光先生隨夫人新鳳霞去了。他們的生死不渝的至情至愛，將永遠是世人的楷模、表率。我想，將來的某一天，應當有人把他們的傳奇故事搬上舞臺、銀幕，那將是一齣中國版的《羅密歐與朱莉葉》，一齣更偉大的現代版的《梁山伯與祝英台》！

我們期盼著。

二〇〇三年五月

詩酒風流遺憾事

——前朝遺事：汪曾祺前輩

為文清麗、詩酒風流的汪曾祺先生過世了。北京方面的朋友說，汪老謝世，實與瀘州老窖有關，終是誤在了陳年佳釀。生命的油燈枯盡之際，他活得並不瀟灑，被一樁樣板京劇《沙家浜》的原著版權官司所纏。結果是官司尚未了結，「酒仙」撒手西去，他一向息事寧人式的庭外和解，大約也就不了了之。

我和汪曾祺先生有過一段可稱為朝夕相處的交往。那是一九八七年九至十一月，我們同受美國愛荷華大學國際寫作計畫的邀請，參與該項一年一度、聞名遐邇的各國作家的交流盛會。且國際寫作計畫的主持人美國著名詩人安格爾先生和他的華裔小說家夫人聶華苓老大姐，對我們幾位來自海峽兩岸三地的中國同人，情有獨鍾，多數晚上都要在他們家的樓上歡聚，吃大餐，喝洋酒，聊大天，乃至引吭高歌抗戰名曲或是民歌小調。我更多次受慫恿表演「語錄操」、「忠字舞」，把大家逗得捧腹哎喲，前仰後合。汪曾祺先生則煙酒不離手，談詩說文，上下古今，詞語詼諧，偶帶腥葷，另是一番風趣學問。

我們這群來自五大洲二十幾國的四十來位作家、詩人，被安排住在一棟臨河的大學生公寓裡。雖說是人家的學生公寓，但對於我們這些第三世界的「名家」來說，卻也盡夠舒適的了。我和汪老共住一個單位，中間隔著廚房、小餐室和洗手間，兩邊各是臥室和小書房，並各有房門通向走廊，因之又是相對獨立的。汪老是位美食家、烹飪高手，任是一條白蘿蔔、一棵西芹也能擺弄出各式花樣，自然日常由他操作紅、白案，我則包攬洗洗涮涮等善後事務。他是酒量大，食量小。我則滴酒不沾，食慾卻健。我曾調侃過他「案德不彰」，每次炒作時都要撒下些菜末肉末糖粉醬醋之類。他則笑笑說：你算有口福的了，張潔慕名，一直想請我做一頓請她，我還沒有償她的願呢。

相處日久，他慢慢對我憶及當年以一名摘帽右派帶罪之身，受毛夫人江青青睞，在江青的領導下，參與革命樣板戲《沙家浜》、《紅燈記》、《杜鵑山》、《智取威虎山》的改編創作情形。說實在話，當年百花凋謝一花獨放的八個革命現代京劇，也就上述四劇藝術上還頗為獨到，堪稱左派精品，其餘什麼《海港》、《龍江頌》之類，就恐怕連三流、四流劇目都排不上了。

汪老說，他是一九五七年在北京市文聯打成右派，下放勞動改造五年，一九六二年初調入北京京劇院，有幸成了京劇大師馬連良、袁世海、趙燕俠等人的同事的。他在西南聯大時學的是中文，沈從文先生的學生。調入北京京劇院之前，他只是一名票友、愛好者。他窮三年時間研讀了傳統京劇曲目，並參加了將華北戲劇會演優秀劇目《蘆蕩火種》改編為現代京劇的創作小組。那時，他尚不知道指揮改編這齣京劇的「上頭」竟是毛澤東主席的夫人江青。他更不可能知道，江青正奉了其夫的密詔，要將京劇革命導演成一幕驚天地、泣鬼神的曠古未有的歷史大劇的序曲。

汪老說，一九六六年春末夏初，毛主席的無產階級司令部率先下手，對北京市實行軍事管制，揪出了北京市委的「三家村」——吳晗、鄧拓、廖沫沙，緊接著又揪出了共產黨中央內部的「彭、羅、陸、楊反革命修正主義集團」。一時間全國上下遍地烽火，他自然也成了北京京劇院的「黑鬼」、「小鄧拓」、「黑爪牙」，跟馬連良、袁世海、趙燕俠等大師級的「反動權威」、「戲霸」一起在單位挨批鬥，被押上街頭遊街示眾。批鬥之餘，他奉命每天拉一輛板車去煤店運煤球，送往劇院裡革命幹部、群眾各家各戶。京劇院那些學武生出身的造反小將，打人好兇喲，變換著各種刑法整人，出手又快又狠，院長馬連良幾次被打得口冒鮮血，暈死過去，直到在廣和劇場「站豬籠」活活被折磨死去。他則因為本來就是個摘帽右派，在劇院內一向謹小慎微，被揪出來以後只是名陪鬥角色，挨過幾回拳腳，也不十分生猛。但他被剃了「陰陽頭」——劇院的小學員紅衛兵們抓住他，以理髮推子從他的腦門前到腦後跟，推出了一條「飛機跑道」。見天頂著頭上的「飛機跑道」，他無論走到哪兒都顯現出牛鬼蛇神身分，大街小胡同，孩子們一見到就吐口水，擲石子，投土塊，可每天又要拉板車上街送煤球，躲都沒處躲。終日跟煤球、煤塊打交道，他從頭到腳渾身漆黑，倒是地地道道的「黑鬼」了。活著不如牲口，牲口還不至成天提心吊膽，挨打挨鬥。不久傳出他所尊敬的、周恩來的密友老舍先生跳了太平湖（什剎後海），他也想到過了結。但就這麼輕生？又有些猶猶豫豫。就在死神日夜迫近他的時刻，命運忽然出現了轉機。

汪老說，大約是七月裡的一天中午，他正頂著頭上的飛機跑道在胡同裡送煤球，劇院裡一名革命闖將走來通知他：不用送煤球了，去理個髮，洗個澡，換身乾淨衣服，下午四時到劇院軍代表辦公室，聽訓話！當時，他腦子裡懵懵的，木木的，也不知是凶是吉。他作了最壞的心理準備，可能要被宣布逮捕，戴上手銬，關進德勝門外的功德林監獄去。也好，這日月，或許監獄裡比監獄外還講理些，起碼少挨些拳打腳踢。他都沒敢告訴家裡人，老婆孩子都在跟著自己受罪。中午啃了兩個饅頭，就去附近的澡堂子泡了個澡。身上那叫髒喲，池子裡的水都被黑汙了一大片。澡堂子附設有理髮室，老師傅也是熟人，相了相他的陰陽頭，嘆了口氣：推平了吧？這世事，都不把人當人了囉！讓你來理髮，沒準就過了卡子……理髮師傳一句頂普通的同情話語，他聽了卻想大哭一場，可又哭都不敢哭，哭都怕被人聽到、看到，叫人報告了上去，說你心懷不滿，發洩仇恨，舊罪又添新罪。理過髮，回到家裡換上一身乾淨樸素的衣服，胸前也別上一枚金光閃閃的偉大領袖像章，口袋裡裝著紅寶書、筆記本，還有一個小布袋，裡面裝著準備進功德林的裡衣裡褲、牙膏牙刷。準時到達劇院軍代表辦公室，先說上一聲「報告」，背上一句放諸四海而皆準的「最高指示」——「為人民服務，要鬥私批修」，之後立正站好，做低頭認罪狀。

軍代表表情嚴肅，身旁還有另一名面帶微笑、長得很帥氣的青年軍人。軍代表並沒有讓他坐下，而宣布說：汪曾祺！現在，黨和人民給你一個戴罪立功、重新做人的機會，你立即跟這位同志走，外面有車子等著。說罷，竟上前來跟他握了握手：好好幹去吧！不要辜負了無產階級司令部對你的寬大！一時間，他如同掉進了五里霧中，又如同在做夢，做白日夢，真不敢相信，眼下戲劇性的發生的事情，會是真的？也不知道自己會去哪裡，去幹什麼。他懵懵懂懂地跟著那長相帥氣的青年軍人上了候在劇院門口的黑色轎車，一路風馳電閃，長驅直入，到了甘家口外釣魚臺國賓館，駛進了第十七號樓中央文革第一副組長江青同志的辦公重地！

一日之中，從階下囚變為座上賓，從地獄升上天堂。不久還身著軍裝，跟著旗手江青登上天安門城樓，侍從偉大領袖毛澤東檢閱天安門廣場上歡呼萬歲萬萬歲的首都百萬軍民！其時，幾乎所有新中國的作家都被打入牛棚，被實施群眾專政，汪曾祺真是鬼使神差，獨享殊榮了。世事如棋，人生如戲。汪曾祺和最高領導層並無瓜葛淵源。是誰向江青同志舉薦了他？在首都劇壇眾多諳熟京劇藝術的詞章高手中，貴為后妃的江青同志又為什麼單單選中了他？

愛荷華大學城相處的日子，我曾經多次請教過汪老。汪老卻一直回說不知道，或許是真不知道。或許是知道卻不能說。他肯侃肯聊的，倒是那一幕幕在前門打磨廠胡同廣和劇場——馬連良「站豬籠」致死之地，他隨一班文武大員側坐在江青身邊，隨時聽從旗手吩咐，即席改編唱詞的情景。

他說，後來說江青有這罪那罪，但當初領導京劇革命，卻是真下了工夫、花了心血的。江青在釣魚臺第十七號樓召見之後，他腦子裡還是空空的。當了小半年黑鬼，拉了小半年煤球，早把京劇曲目連同唐詩宋詞元曲之類丟生了。回到家裡，只好日夜惡補。好在本子都是過去熟讀過的，有的還能整段整段地背誦，一時丟生了，重拾回來也就不是什麼難事。江青抓現代京劇，第一齣抓的就是《沙家浜》。每回排練，都親自坐鎮廣和劇場，看劇組演員在臺上一段一段地唱、做、唸、打。隨侍在江青兩側的，是中央文革組長陳伯達、中央文革顧問康生、公安部長謝富治、解放軍代總參謀長楊成武、總政治部主任蕭華、北京衛戍司令傅崇碧、北京市委書記李雪峰，後來是吳德，以及中央文革成員王力、關鋒、戚本禹等等。周恩來總理也來陪過兩次，倒是江青把他勸走了。那時江青每講一句話，重要的不重要的，上述大人物們懂戲的不懂戲的，都會掏出筆記來恭恭敬敬地作記錄，不敢有半點差池的。有時排戲需要從軍事博物館之類的地方調換軍裝、槍枝道具，謝富治、楊成武、蕭華、傅崇碧等人就會競相起立，爭著親自去執行命令。有時事情辦得不如人意，江青會當眾訓斥這些大人物，問他們是幹什麼吃的！江青倒是很少訓斥演員。演員在臺上一段一段地排演，江青會不時指著臺上叫停：郭勁光！這段唱詞怎麼這麼彆扭？文采也不足！隨即吩咐坐在側後的汪曾祺：老汪，你現在就重寫一段！或者：沙奶奶！你那道白也太白了，要改成韻白！老汪，你現在就改成韻白……也真虧了汪曾祺這位高郵才子有急才，當場就給修飾出一段情文並茂的唱詞或道白來，雙手呈上。江青一看，的確比原來的強許多：拿去，按新改的詞唱一遍！於是臺上改唱新詞，改唸道白。臺下江青滿意了，就會說：可以了，這一段就這麼定下了！接下去……《沙家浜》的唱詞和道白，還有稍後的《紅燈記》、《智取威虎山》、《杜鵑山》的唱詞和道白，就都是這麼著，在江青的逐段逐句的指點下，一折一折、一段一段、一句一句敲定下來的。

每聽到此，我便會驚叫起來：汪老，太珍貴、太珍貴了！你一定要寫回憶錄，把你的這段不凡經歷詳詳細細寫下來！留給歷史，傳諸後世。

汪老卻總是苦笑笑，搖搖頭，並以一種「你少不經事」的目光看著我。

我不服氣：你為什麼不寫？這段歷史，恕我直言，比你現在寫的小尼姑、小和尚之類的小說、散文更有意義，無論在思想上、藝術上都更有價值。

我只是想刺激他一下。也知道他為人超脫，淡泊，平日寫作不多，小說、散文只出過兩集，且從不接觸重大題材。寫作於他，大約也只是玩票性質，並不十分看重的。

汪老卻不直接回答我。有時只會忽然冒出一句：古華，你比我年少二十幾歲吧？

有時，我也會突然冒出一句：汪老，你還有什麼顧忌呢？是不是什麼人要求你塵封這段經歷，還是你本人向誰作出過承諾？你可以寫下來，先不發表，留給孩子嘛……或是：汪老，江青這人，好好歹歹，到底怎麼樣啊？

他就會眼睛直愣愣地看著我，彷彿有點醉，又有點醒似的，好一會才說：世上許多事，大約從來不是惡者所說的那麼不堪，也不是好者所說的那麼完好吧？你還記得《三國演義》開卷上的那首詞嗎？

滾滾長江東逝水，浪花淘盡英雄。是非成敗轉頭空，青山依舊在，幾度夕陽紅。白髮漁樵江渚上，慣看秋月春風。一壺濁酒喜相逢，古今多少事，都付笑談中……

古華，你個做小說的，卻是滴酒不沾，煙也不抽，太衛生了。你大約只是心存風月罷了。

汪老自身，何嘗又不是心存風月？我猜想他心中一定隱伏著大堆大堆的祕密。我只是無意中見到了冰山一角，或者說是寶山中的些許珠玉。他是隻他老家江蘇高郵湖上見慣了風雨的老麻雀，所謂二三十年政治運動煎熬存活下來的老運動員，城府之深，自非我庸常之輩所能管窺蠡測的了。

汪老也有顯山露水時。他的能喝能侃，在愛荷華大學城華裔作家圈子裡，是眾所公認的。幾次在聶華苓老大姐家裡喝酒神聊，幾杯洋酒伴著幾粒香噴噴的開心果下肚，要醉不醉的，他就會不時冒出一兩句：他們說我和江青有關係！我能和那娘娘有什麼關係？工作關係，改詞改道白的關係……或是：八個樣板戲，其中的四個，《沙家浜》、《紅燈記》、《智取威虎山》、《杜鵑山》，都是經我的手創、創、創作出來的……

他和娘娘不可能有工作之外的關係，這我相信。便是毛死江囚之後，甚囂塵上的劉慶棠、浩亮、莊則棟等人做過娘娘的什麼「面首」，亦屬牆倒眾人推式的荒謬之論。江青作為一名新女性，跟毛偉人結合之前曾有過放蕩的年月，之後則在男女性事上是相當克己復禮、恪守婦道了的。更何況汪先生有才無貌，膽子又小，誠惶誠恐力求自保尚來不及，只怕連那念頭都未曾動過呢。就拿汪先生入黨一事來說，他是遲至一九八三年清汙運動之後才一了平生大願的。當年娘娘若肯政治組織上略施恩典，放下一句半句話來，不就多出十幾年黨齡來了？

也有華裔作家對革命現代京劇方面的情況較為熟悉，曾悄悄問過我：怎麼回事？《沙家浜》的原著為《蘆蕩火種》，《紅燈記》的原著為《革命自有後來人》，《智取威虎山》取材長篇小說《林海雪原》，《杜鵑山》的執筆者明明是王樹元，且後兩齣戲都是上海京劇院創作演出的，他怎麼能說都是出自他手呢？

我則解釋說：喝了酒瞎聊嘛，況且也恐怕是我們這些當聽眾的誤解了他的意思，八個樣板戲都是集體創作，非出自一人之力。他的意思可能是只是說，他在文字加工方面奉獻良多……最重要的，汪老對自己的那段不平凡經歷，不要光在嘴頭上練，似個天橋把式，而應當以文字記述下來，留給歷史，革命現代京劇、八個樣板戲本身，並不能簡單地等同於毛澤東及其四人幫的陰謀文藝。以汪老的文字功力，若肯寫出來，定會滿紙珠玉、美不勝收的。

我與汪曾祺先生愛荷華一別，再無謀面。倒是不時地在臺北的《聯合文學》和香港的《明報月刊》上，讀到過一些他的短篇和散文。一如既往，內容和文字，都保持著難得的質樸清新，縱是寫蘿蔔、白菜，也是有滋有味，清香撲面，卻未見他有寫當年在江青指揮下參加革命現代京劇創作演出方面的文字問世。

不久前友人從北京來，告下汪老謝世前後的情狀。汪老是六月赴四川瀘州酒廠筆會喝多了老窖大麴傷了肝脾，回到北京家中做蘿蔔絲榨醬麵吃，被一根蘿蔔絲嗆入喉道血管，引致大出血救治無效。一生美食，也就了在了食上。生命之脆弱，真乃難以承受之輕啊。至於他生前的那樁官司，是在編輯出版他的個人文集時，收入了京劇本《沙家浜》忘了注明原著出處而被原著者遺孀告上法庭的。汪老一生息事寧人，力行和為貴，已向原告要求庭外和解，承認自己疏忽，願將文集樣書和稿費奉送原告，只求免了官司。

如今斯人已去，官司未結，不能不說是一件遺憾事。

我卻以為，汪曾祺先生大半生詩酒風流，文字嚴謹，惜墨如金，著作欠豐，卻佳品迭出，終未將他參加革命樣板戲創作的奇特經歷寫出，於京劇界，乃至於整個中國戲劇界，乃至於他自身在文化史上的地位、影響，都是一大遺憾，一項不可追回的損失。

一九九七年八月七日，溫哥華南郊

丹書鐵券存青史

——我認識的劉賓雁先生

丹書鐵券，原是古時官家賜予功臣世族的免死牌，表示永久的不可更改的皇權威嚴。劉賓雁先生作為一名共產黨的「罪臣」，至死都未獲他為之奮鬥大半生的黨的赦免。這個黨可以赦免偽滿洲國皇帝，赦免中統、軍統頭子，赦免日本戰犯，對它自己的忠貞人物如陳獨秀、王明、李立三、高崗、饒漱石、林彪、張浩、王實味、王若望、劉賓雁等等，無分左派右派，卻死都不肯放過，死了還要踏上一隻腳的。本文借用「丹書鐵券」一詞為題，則是喻意劉賓雁先生的那一系列拍案而起、驚黨駭官、每每引至全社會關注的報告文學，既已名之當世，亦會傳諸久遠的。

劉賓雁先生一九四八年加入中共，一九五〇年初即到團中央機關《中國青年報》工作，是著名的記者、作家，一九五七年因兩篇針砭時政的報告文學作品《在橋樑工地上》、《本報內部消息》被打成右派分子，那年他才三十二歲。戴著大右派帽子煎熬了二十二年之久，耗去了他一生中最寶貴的年華。一九七九年初，時任中央祕書長的胡耀邦主持全國冤獄的平反昭雪工作，親自替昔日團中央的老部下劉賓雁、劉紹棠、叢維熙等人平反，並一一談話道歉，他這位團中央的老書記沒能保護好自己的部屬，於心有愧啊，鼓勵他們重新拿起筆來，學習魯迅，披荊斬棘，為黨為人民寫出更多更好的作品。

劉賓雁重拾寫作生涯的一九七九年，已經五十四歲。可他出手不凡，當年即在《人民日報》上發表了長篇報告文學《人妖之間》，通過哈爾濱市賓縣煤炭公司女貪汙犯王守信案件，剝開黨政商一體、權財色三重交易的層層畫皮，揭示出制度、主義掩飾下的深層腐敗，血腥恐怖。此作中更有一句警世讖言：共產黨管一切，唯獨不管共產黨自己！

黑龍江省委，省革委曾使出渾身解數，也未能阻撓《人妖之間》的發表，那種對新聞記者劉賓雁的切齒之恨，可想而知了。《人妖之間》全國上下幾近家喻戶曉，如同爆出一顆衝擊波極強的新聞核彈，刺痛了共產黨內毛派徒眾的生命神經。「共產黨管一切，唯獨不管共產黨自己」，一時傳為名人格言，醒世通言，喻世明言，道出了人民大眾積怨已久的憤怒心聲。

《人妖之間》實為中國新時期反腐文學的開山之作，亦是迄今為止內涵最豐富、思想最深刻、形象最鮮明的反腐文學的典範之作。二十世紀九十年代以來出現的大量反腐倡廉的小說電視電影，什麼《抉擇》、《省委書記》、《國家公訴》、《大雪無痕》等等，沒有一部達到或接近《人妖之間》的水平。上述作品都是什麼市長腐敗、市委書記反腐，省長腐敗、省委書記養病、中紀委大員破案之類；都是國家、人民蒙受巨大損害之後，由於有「偉光正」黨領導出面破案，而又文過飾非地歌功頌德一番：共產黨是英明的，社會主義制度是優越的，鑽進黨內的少數壞人是被資產階級思想所腐蝕，云云。怎奈貪官越抓越多，直至一撥又一撥的國有銀行的黨委書記兼行長、總經理席捲數億數十億的行庫美金跑到外國去坐享富貴。人說非洲、拉丁美洲也有許多一黨專政、軍人獨裁的國家，但沒有一個國家像社會主義新中國這樣，那麼多的銀行黨委書記兼行長能把行庫裡的巨額美金搬運到外國去據為私有。天下奇觀只此一家了。根源在哪兒？劉賓雁先生早在改革開放的頭一年就指出來了：共產黨管一切，唯獨不管共產黨自己！

制度腐敗，主義潰爛，此乃當今中國萬惡之源。《人妖之間》，至今獨樹一幟，空谷足音，成為絕響。

緊接《人妖之間》的強衝擊波，劉賓雁沉積了二十多年的創作激情，來了次總爆發似的，一發不可收拾，又連續發表了以陝西、河南、遼寧某些大案、冤案為素材的報告文學拳頭作品：《在犯罪的背後》、《一個人和他的影子》、《第二種忠誠》等。人說劉賓雁的每一部作品都刺痛了共產黨內某些毛派元老的敏感神經，致使這些元老老羞成怒；也有人說劉賓雁好捅大馬蜂窩，每發表一部作品就得罪一個省的省委、省政府。還有人替他擔憂了：新中國只有二十九個省市自治區（中華民國治下的臺灣除外），以後哪個省都不會歡迎他這位大記者的到訪！更有人說，好傢伙，劉賓雁並未像大多數右派同行那樣，被改造得點頭哈腰，唯唯諾諾，感恩戴德；而是文筆更潑辣，觀點更犀利，謀篇更大氣，能言人之不敢言，能寫人之不敢寫。

應當說，在上世紀八十年代上半葉，胡耀邦、趙紫陽主持中共黨政工作期間，整個國家社會尚有一種劫後重生、奮發向上的氣象。劉賓雁以他那些幾近家喻戶曉的報告文學作品，在全國相當多數的讀者中樹立起了「為民請命，敢為天下先」的崇高形象。每天都有成捆的讀者來信寄到他供職的人民日報社宿舍，更有不少的各種冤案的受害者從全國各地來到北京，打聽到劉賓雁的住處，找活包公、活海瑞訴冤屈。他熱情接待，詳細筆錄下來訪者的血淚控訴……人說他劉賓雁憂國憂民，以平反天下冤獄為己任。可他說到底也只是一名記者、作家，就像《唐吉．訶德》裡的那位單槍匹馬戰風車的騎士，面對極權制度專政機器龐然大物……他的作品和名字傳到境外去，西方國家的新聞傳媒稱他為「中國良心」，「中國人權鬥士」，「中共持不同政見者」，「中國的薩哈洛夫」。

木秀於林，風必折之。隨著劉賓雁在廣大讀者心目中的「劉青天」形象越來越清晰，在中共老一輩保守勢力眼中，他卻成了烏鴉嘴，不祥之物。也是下邊的省委書記、省長們紛紛進京向老領導、老帥老將軍告狀的結果，形成另一種高層輿論。

劉賓雁改造好了嗎？是不是在搞反攻倒算啊？已有好些個省委、省政府被他弄的灰頭土臉，顏面盡失……劉賓雁說我們共產黨管一切，唯獨不管共產黨自己！罵人罵到家了，罵到黨的一元化領導，社會主義制度這個根本了！他是要挖咱共產黨的祖墳了……比一九五七年任何右派反黨言論還要惡毒。

於是好些位能左右中國政局走向的共產黨元老忍耐了些許時日，開始傳話給劉賓雁的保護者、思想開放作風開明的共產黨總書記胡耀邦：

劉賓雁是劉青天，共產黨是昏君了？新中國是昏天黑地了？

劉賓雁是中國良心，我們共產黨就沒有良心了？

為什麼要給劉賓雁的報告文學發獎？他不是得到西方資產階級的喝采嗎？他應該去英國、美國領賞！

劉賓雁的能量那麼大，全國各地都有人到北京來找他訴冤，請他幫忙打官司，那還要我們各級黨委、政府，各級公檢法做什麼？他是不是想取而代之？他取代得了嗎？社會主義新中國這麼大，問題這麼多，他吞得下嗎？

我是一九八〇年春參加中國作家協會文學講習所第五期學習期間，第一次見到劉賓雁先生的。其時，包括劉賓雁在內的一位位劫後餘生的大家、長者，輪番著給我們授課，傳語言之經、佈寫作之道。每逢他們講座，還會有社科院、團中央及各大報社的人員來旁聽。

劉賓雁先生來講的自然是報告文學創作，具體內容已記不太清了。我最初的印象他身胚魁梧，腦袋也很大，鷹勾鼻，似有老毛子血統，祖籍哈爾濱嘛。他額頭甚寬甚高，折皺深迭，層次分明，誠如女同學張抗抗所說：賓雁額頭上的每一道皺紋都深藏著思想智慧。他的講座話語幽默，視野開闊，例證生動，很具吸引力。劉賓雁的講座魅力來自哪兒？我後來和幾位同學分析：他笑笑微微，不動聲色，以普通、平和的語調，講出種種令人悚目驚心，甚至是鮮血淋漓的社會現象，這就形成巨大的反差，或者叫做落差，而使聽眾凝神靜氣，聽獃聽傻……

這就是我第一次見到的劉賓雁。也止於他在臺上講，我在臺下聽，我認得他，他不認得我。

文學講習所結業後，我轉至人民文學出版社修改稿子，期間和幾位外地作家同住一層樓。有個小伙子好拜碼頭，不時地嚴家進，韋家出，聆聽教誨，廣有路子。承他相告，他常去劉賓雁家做客，問我是否同去走走？我呢卻是個鄉下人習性，一怕見官，二怕見名人，還是認真修改自己的稿子吧；晚飯後則順著朝內大街、五四大街，去繞北海公園，或是繞中南海紅牆，或是走得更遠些，到天安門廣場繞一周，直繞到星斗滿天。後那小伙子的書稿未能出版。確是這樣，我把改稿的空餘時間統統用於走步了，邊看市井風景，邊思索這千年古都的種種祕辛。

一九八二年春節剛過，我接到習作《爬滿青藤的木屋》獲一九八一年度全國優秀短篇小說獎的通知。我又一次來到北京，仍住人民文學出版社，應約修改另一部長篇習作《浮屠嶺》，並編輯一本中短篇小說集。在西長安街民族文化宮的授獎會上，我再次見到劉賓雁。他是評委之一，後來聽人說他在評委會議上曾為我的習作據理力爭。這次我和他握了手，說了話。他說你還發表了一部長篇吧？看不出來，你個老實溫和模樣的鄉下人，文筆卻辛辣。我們這個大起大落、大悲大喜的時代，應該催生大作品才是。還告訴我，他已經把《爬滿青藤的木屋》推薦給上海芭蕾舞學校，建議她們改編成芭蕾舞獨幕劇。

劉賓雁古道熱腸，總是給那些他認識的或不認識的年輕輩以鞭策、提攜。

人說我這人只有拿起筆來賊大膽，日常處事與世無爭，對政治權力避之如鬼神。本人亦自知，以我的膽怯脾性，頂多在作品裡打打擦邊球，決計成不了士卒，去振臂一呼，搖旗吶喊的。但內心裡卻是十分景仰著劉賓雁那樣的高擎旗幟、衝鋒陷陣的勇者。期間我多次拜讀過劉賓雁的那些磚頭般沉甸甸的報告文學作品。除了重溫《在橋樑工地上》、《本報內部消息》，更有他重出文壇後的《人妖之間》、《在犯罪的背後》、《一個人和他的影子》等。每篇都長達五、六萬字，七、八萬字。真人真事報導寫到這麼長的篇幅，對一般作家、記者來講是很犯忌，很難吸引住讀者的。劉賓雁的報告文學卻篇篇出彩，熱辣辣，火刺刺，筆底風雷，動人心魄，時時使讀者透不過氣來。不是他的文字如何風格獨具，而是他以平實的新聞體語言，敘述善良、忠貞者如何被扭曲冤屈，遭至妻離子喪家破人亡；那些毛式左將、風派打手，卻個個如沐春風，官場得意，大權在握。二者之間形成強烈的反諷，強烈的控訴，強烈的批判。劉賓雁並不是要踩共產黨的痛腳，揭共產黨的傷疤，以發洩什麼私憤私怨。他只是站在弱者、受害者一邊，向執政者發出痛苦的也是憤怒的吶喊：共產黨，你再不能這樣統治下去了，再不能胡作非為，製造災難，草菅民命！

我倒是覺得，劉賓雁向他的黨進諫陳言，是在替共產黨書寫罪己詔。他是盼自己的黨能面對罪責，痛定思痛，痛改前非；而不是一味地對自己的政治痼疾——封建法西斯主義諱疾忌醫，輕描淡寫，文過飾非，瞞天過海，繼續為非作歹，魚肉人民。

劉賓雁實實在在是一名共產黨的忠貞之徒，馬克思主義的忠貞之徒，對共產黨和共產主義，本著難以割捨的「第二種忠誠」。

我相信當時的共產黨總書記胡耀邦是理解和看重劉賓雁的這種魏徵式的赤膽忠心的，因而在許多年裡頂住來自黨內元老們的壓力，力排眾議，給他以種種保護。說是胡耀邦總書記甚至一度有過由劉賓雁出掌中宣部之意。我也相信，劉賓雁亦是把胡耀邦當作唐太宗那樣的明君來寄以大望，儘管他的率真脾性未必就適合去做什麼大官。若生活在民主自由的社會裡，他倒真可成就為一名叱咤風雲的無冕之王呢。可惜的是胡耀邦這位共產黨的明君的上面有著不止一、兩位的老佛爺，本身也頂著「包庇、縱容資產階級自由化」的石磨跳舞來的。

一九八三年十月初的中共十二屆二中全會上，鄧小平點了劉賓雁、王若望、吳祖光等資產階級自由化知識分子的名字，指示把這些人從共產黨組織中清除出去。幸而接下來的「清除精神汙染運動」鬧騰了二十來天，彷彿又爆發了新的文化大革命運動，國內國外一派驚呼，而被主持一線工作的胡耀邦總書記和趙紫陽總理聯手頂住，雷大雨小，走了過場。劉賓雁的工作單位人民日報社領會黨總書記的意圖，沒有對劉賓雁展開「批評幫助」，沒有遵照鄧大人的旨意拿掉他的黨籍。

一九八四年，算是改革開放以來政治較為清明、氣氛較為寬鬆的一年。鄧小平放話萌生退意，他允諾過的「黨和國家的政治體制改革」似乎也要擺上議事日程。在這年年底召開的中國作家協會第四次代表大會上，傳達中央書記處領導集體的指示：今後不再提「資產階級自由化」這個名詞，要創造出寬鬆和諧的政治氣氛，真正貫徹百花齊放、百家爭鳴方針，保證作家的創作自由，等等。作家代表大會因此開得生動活潑，作家們廣開言路，要求中央放棄「文藝為工農兵服務、為無產階級政治服務」此一左傾文化方針，從法律、政策上保障作家的寫作自由、出版自由。

接下來的新一屆作協領導人選舉，劉賓雁以僅次於巴金老人的第二高票，當選為第四屆理事、副主席。這雖然只是個名譽性質的虛位，亦可看出劉賓雁在全國作家們心目中受到推崇的程度。而丁玲、臧克家、林默涵、劉白羽等老前輩則因堅持左腔左調，險些在作協主席團成員的選舉中名落孫山。選舉之後的當日晚上，我們幾位中青年作家被找去和作協黨組副書記、《文藝報》主編馮牧同志聊天，馮老說：好險！若是丁玲幾位前輩落選，我們這次大會就開分裂了，不好結束了。

一九八五年，劉賓雁又因他的報告文學新作《第二種忠誠》受到中央某幾位元老的責難，甚至胡耀邦總書記都要他離開人民日報社，到中國作家協會任專職副主席或是專業作家。還傳出他今後出國訪問也會受到限制。

這年十月，中國作協第四屆理事會第二次會議在京西賓館舉行。我又一次見到劉賓雁，他仍是那麼雄糾糾、笑微微，一點沒有退縮的樣子。一天，胡耀邦總書記率萬里、習仲勳、胡啟立等領導人在人民大會堂北大廳接見作協理事們，並照像留念。劉賓雁作為副主席之一坐在第一排得以和胡耀邦等領導人握手致候自不消說，像李準等幾位有照集體像經驗者，則站在第二排緊靠入口處，胡耀邦一出現即撈到了握手機會，並被記者攝入鏡頭，讓大家笑他們是老天真了。胡耀邦確是中國共產黨有史以來，最為關心、愛護作家並願和作家交朋友的一位領袖。說是上一年作家代表大會，他率領中央一線工作班子出席了開幕式，但沒有和作家們照像，這次算補照一次。

倒也應當提及，劉賓雁老兄在這次理事會上發言時，有過一句極富刺激性的言詞：上海市是一座政治陽痿城市，河南省是一個政治陽痿的省分……我留意到上海作家茹志鵑、王安憶母女，河南作家張一弓、葉文玲等，都臉色難看，神情尷尬。至今想來，這類言詞，應屬賓雁老兄之白璧瑕疵吧。

一九八五年十一月，經由西德駐北京大使斐德爾博士安排，我和劉賓雁兄一道訪問聯邦德國。斐德爾是位中國通，能說一口流利的普通話。他是讀了外文局著名漢學家楊憲益、代乃迪（英籍）夫婦英譯的《芙蓉鎮》和《古華小說選》二書，認識了我，並專程去湖南訪問過。那兩年我幾乎成了西德駐華使館的常客，每有文化外交方面的酒會、招待會，就請我參加。經常出席的還有艾青、蕭乾、王蒙、劉賓雁等大家。西德政府由外交部兼管文化，我們一行三人乘坐漢莎航班的頭等艙位。此時北京的左風又起，我們難得到國外去透透氣。說實在的，對國家政治的左傾頑症不時顛狂，我和文藝界、知識界多數朋友一樣感到深惡痛絕。

那時從北京往西歐的所有國際航班都不能飛越蘇聯領空，而要繞道巴基斯坦的卡拉奇，經停沙特阿拉伯的利雅德，再北上到歐洲各地，全程需要十六個小時。記得飛行途中，賓雁兄憂心忡忡地對我說：這次恐怕是我最後一次被允許出訪了，你小子小我十幾歲，沒有當過右派，比我幸運。我告訴他，我當過狗崽子、小黑鬼，在農場勞動十幾年，除了《毛選》四卷，就看一部《紅樓夢》，不知翻過多少遍。賓雁兄說：在他當右派勞動改造的漫長日子裡，他堅持和一部辭書為伍，後來又弄到一部中英文對照辭書，有空就翻翻看看，讀那一組組詞條，許多詞條都讀到能背誦……古華你知道是為什麼嗎？我害怕自己失去文字分辨能力，事物分析能力，被改造成一名頭腦簡單的大老粗。許多人都被改造成功了，奴顏卑膝，迎合媚上，市儈勢利。看樣子，你、我是未被改造好囉。

由於他和我都難於在航機上入睡，頭等艙內又空空蕩蕩，倒便於我們說了些各自身世的話，直到被瞌睡蟲所俘獲。

西德的行程為兩星期，活動安排相當緊湊。記得在法蘭克福下了飛機就被接去參觀歌德故居。歌德故居前，我們合影留念。晚上與當地的作家、漢學家座談，聚餐。此行使我有了隨時向賓雁兄討教、學習的機會。我漸次注意到，每次和西德文化界人士會面、座談，他總是先讓我介紹一通中國現在有多少文學期刊，多少出版社、每年出版多少文學書籍，中國有多少作家協會會員以及有多少文學獎項之類的概況，替共產黨的文藝政策做義務宣傳；而他自己則著重了解西德的社會結構、經濟成分、政黨運作、勞工福利、地方選舉、聯邦選舉等等，而且勤於筆記。我想他是老記者，應當是慣於速記的。私下裡還笑話過他：賓雁兄你是到國外搞社會調查來了。他說，光談文學能有多大意思？離開了大社會，文學就是無本之木，無源之水，屁都不值。現在國內小說家熱中於搞現代派，寫些誰都看不懂的東西。我說，那些朋友的作品是留給下一代讀者的，下一代人能懂。他說，同代人都讀不懂，下一代能懂？我看是逃避現實，逃避責任，走邪路。

賓雁兄身上確有一種政治家氣質，一時一刻也不忘憂國憂民，憤世嫉俗。

在西德首都波恩，因我們三人算是他們外交部的訪客，所以外交部為之辦了個二十來人出席的小宴會。著名漢學家馬漢茂教授不請自到，外交部負責人表示歡迎。德方翻譯小姐說：

我們這裡的教授、學者是可以自由出席政府的招待會的。這種民主國家的風範，令我們這些來自社會主義等級森嚴國度的訪問者感嘆不已。他們外交部的一位負責人致簡短歡迎詞後，賓雁兄以餐叉敲了敲高腳杯酒杯的杯沿致答，馬漢茂教授即席口譯。想不到賓雁兄也說了中德人民的友誼源遠流長，中共老一輩領導人周恩來總理、朱德總司令都曾經留學德國，以及德國是國際共產主義運動的發祥地，是革命導師馬克思、恩格斯的故鄉……中德兩國之間世代友好，在中國實行改革開放方針的今天，和德國的經濟文化日漸頻繁等等官話套話一大通。原來他在國內已被自己的黨視作「黨內政治異見分子」，到了國外，卻仍然自覺地擔負起「黨和政府的喉舌」，以國家大局為重了。

由於西德外交部的盛情，兩星期的訪問，我們一行三人還訪問了司圖加特、慕尼黑、科隆、漢堡，最後抵達西柏林，可以說基本上把他們的重要城市走馬觀花遊一圈。在西柏林，我們走訪了著名的《明鏡》週刊編輯部。那是一棟二十幾層的巍峨大廈。賓雁兄向週刊負責人詳細詢問了刊物獨立編輯、自主發行、西德政府不得干涉任何編輯事務、刊物有權批評政府的任何施政……我們聽得直如天方夜譚。我留意到賓雁兄一邊作速記一邊嘆息，因為在自己的國家，即使是到了改革開放的新時期，新聞傳媒仍被定位為黨的宣傳喉舌，記者、作家都是黨的方針政府的遵從者、詮釋者。人家聯邦德國早就摒棄了納粹文化專制主義那套歷史垃圾，而我們新中國的執政者卻依然視為珍寶。

座談結束後，《明鏡》週刊的負責人領著我們乘電梯升上大廈的頂層平臺。原來這座大廈的東側緊靠著東德建造的那道臭名昭著的柏林牆！週刊負責人引我們憑欄眺望東柏林，那邊是大片鐵灰色的建築物煙囪林立，並指著下邊的柏林牆對我們三位來自共產黨中國的作家說：這裡是民主自由世界和共產獨裁世界的分界線，我們是站在對抗共產主義的最前哨，我和我的同事都很慶幸自己是生活在自由民主的天地裡！

幾乎所有訪問聯邦德國的中國作家、學者到了西柏林，都會來這聞名國際社會的《明鏡》週刊編輯部做客，大約也都會聽到週刊負責人的這句錐心之言。也從未聽說誰提出抗議、反駁過。無論左派、右派，如果可以選擇的話，大約誰都願意生活、工作在民主自由的天空之下。因為稍具人性良知的知識分子，都不能不承認一個國際上的奇特現象：年年月月，生活在共產制度裡的人們，一直前仆後繼、捨生忘死地投奔自由，從廣東沿海逃往香港，從福建沿海偷渡臺灣，從北韓逃往南韓，從越南投奔怒海，從古巴逃往美國，從東德逃往西德……成為一種世界性逃亡規律。

柏林牆就是鐵證。四米高的鋼筋水泥牆體加一米五高的鐵絲電網，仍然堵不住社會主義制度下的東德居民逃往資本主義制度下的西德求生存的強烈願望，多少人被射殺在柏林牆下？有的人身子已經越過了牆頂，仍被東方來的子彈射中，屍體掉進了西柏林一邊。因而在那些東德同胞死難的牆根下，常有西柏林同胞冒險擺放下的一束束鮮花……聯想到深圳經濟特區建立之前蛇口海邊被射殺的中國逃亡者，朝鮮三八線北側被射殺的北韓逃亡者，古巴加勒比海海灘上被射殺的古巴逃亡者，柬泰邊境上被射殺的紅色高棉逃亡者，如此眾多無分種族、國籍的東西方死難者的生命，說明了什麼問題，難道還用回答？

從《明鏡》週刊大樓出來，翻譯小姐領我們去參觀柏林牆，但尚有一百來米就停下來，告訴我們不可再走近，因為東德那邊的崗樓上常會放冷槍到西邊來。賓雁兄卻沒有聽從勸告，竟獨自一人大步走到那大牆的牆根下，去面對那一排排血紅色鮮花，佇立、冥想了好一刻鐘。

柏林圍牆終於在一九九一年倒塌，成為國際共運在世界範圍內土崩瓦解的象徵。當時五大洲有數十萬人去砸柏林牆，被攝進歷史鏡頭，成為人類共同的美好記憶。我的畫家朋友溫煇老先生把他從柏林牆上敲下來的一小塊紀念品給我欣賞過，那是後話。

結束了對西德的訪問，我沒有隨賓雁兄回北京，而受邀去瑞士洛桑韓素音老大姐家裡做客。這之後，我有三、四年時間沒有見到劉賓雁，直到我移居加拿大。一九八九年北京學運、民運大潮風起雲湧之時，我從報紙新聞知道他到了美國普林斯頓大學，也就放了心。以他的名望和影響力，加上他急於改造社會國家的熾熱感情，再加上他視為恩主的胡耀邦冤死的憤怒不平，若留在北京，肯定投身進民主大潮中去，就難避血光之災，至少被關到秦城，難見天日了。

是柏林圍牆倒塌的一九九一年某日吧，我突然接到賓雁兄的電話：古華，我到溫哥華來了！聽說你只顧寫作謀生，不肯拋頭露面，還是那個鄉下人習性，拿起筆來有些膽子，日常做人卻收縮得緊……

別的學運、民運名人到訪溫哥華，被前呼後擁的風光了得，我卻是一位也沒去拜見過。但賓雁兄來了，我能不去嗎？他受香港支聯會溫哥華分部邀請到訪，三天日程安排得滿滿，請他來家裡作客是沒有可能了，只能去陪他飲一頓早茶。在那廣式茶樓，他握住我的手，很感嘆地說：想不到我們在這裡重逢啊，但是我相信，不久就可以回到中國去，回到北京去！朱洪老大姐也仍是紅光滿面，慈祥可親。她一直是賓雁兄生活、事業上最忠實的伴侶，得力助手。

賓雁兄依然那麼樂觀，信心滿滿，一次次預言李鵬哪天哪天就會下臺，好像只要李鵬下了臺，一切問題就迎刃而解。我不拂他的興，沒有告訴他，我對故國前景比較悲觀，不是更換幾個領導人就萬事大吉的。我沒有參加過共產黨，自認對國內政局是個較為清醒的旁觀者，很認同余英時教授的一句平實之言：共產黨不是那麼簡單的。

我尊重賓雁兄急欲看到中國步上民主坦途的那分焦灼之情，赤子之心。我也知道，他對我這名小老弟的某些避世厭世心態，是很看不上，持批判態度。

一九九二年春、夏之交吧，賓雁兄從他普林斯頓的家中來電話，告訴一個好消息：古華，我考過車牌了！今後可以自己開車上路了。

我真的替他高興。他年近七旬仍堅持學會開車這項北美最普通的生活技能，其堅韌的生命毅力，令人感佩。我知道這幾年來，一直靠朱洪大姐開一輛二手車載著他，奔波於美國的各個大學城，去演講中國的改革開放，浴火重生。聽說有時朱洪大姐要連續開車十多個小時，把他送往某個大學講堂。那次，賓雁兄道過了自己的喜訊，還問：古華，你考過車牌了嗎？當時我很是汗顏，比賓雁兄小十七歲，車牌還未到手。我告訴他：正在學，敢上街了，就是倒車比較困難，怕碰撞。他立即向我傳授經驗：你在你的車尾的左右兩側，都掛上一塊顏色鮮豔的布料，塑膠袋也可以，倒車時，很容易就從後視鏡及左右兩邊的側視鏡裡，看到車屁股的準確位置。我就是這麼幹的！

賓雁兄，真是個古道熱腸的兄長啊。

幾個月後，我一次過順利考取駕照，趕忙撥電話過去向賓雁兄報告。連撥數天，都沒人接，又外出了？還是搬家了？我知道他很忙，美洲、歐洲、澳洲、東南亞、日本的滿世界跑（就是不准他回祖國），做了民主、人權的政治遊方僧了。

後來再沒有通過電話，只是不時地從電視上看到他滿頭華髮的影像，老得好快啊。我這人呢則是清靜慣了，平日少與人往來，家裡的每個房間都安有電話機，除了報紙副刊、出版社的朋友來談書稿事宜，平日就總是那麼安靜，如同它們的主人一樣。我的人生信條很簡單：沒有清貧寂寞，沒有文學；作品，唯有作品，才是作家的鄉土、祖國。

今年十二月六日清晨，我依習慣擰開床頭定時匣子聽粵語新聞，即聽到賓雁兄病逝消息！就像被擊了一拳，頭暈一會，流下眼淚。當日，我委託友人就近代為送去花圈，並讓妻子發去電子郵件：良心放逐，正義不歸，亡命北美，舉世同悲……

賓雁已矣！雖萬人何贖。我相信，劉賓雁的丹書鐵券，是由人民頒予，有功無罪，永存青史。

二〇〇五年十二月二十八日於加州旅次

愛荷華的「中國家園」

——懷念美國詩人安格爾

保羅·安格爾，我的師長。

還記得嗎？一九八七年秋天，我飛抵愛荷華時，是你的愛女薇薇領著你的小孫子去機場接著。書帶的重了些，行李包都破了。薇薇說：參加國際寫作計畫的各國作家都到了，爸爸媽媽最惦記也最高興的，是海峽三岸中國作家的到來。

我知道，安格爾，這是你的中國情結。

在五月花公寓放下行李，我們第一件事就是去拜望你和華苓老大姐。你們家在離五月花公寓不遠的山坡上，面朝秀麗的愛荷華河。陽光下，河水泛著金波萬點，歡跳著，向著你們房子下邊的那片樹林湧流，真是少見的好風水。

哈囉！米斯特古，你好嗎？

你還是像八年前，我第一次在北京魯迅文學院的座談會上見到的那樣，滿頭華髮，滿面紅光，滿面笑容。那次華苓大姐說了句很幽默的話：我帶著洋姑爺回來了！請原諒，也就是那次，我這孤陋寡聞的鄉巴佬才知道，你是美國當代著名詩人，是享有世界性盛譽的美國愛荷華國際寫作計畫的創始人，你還曾經受聘為甘迺迪總統的文學顧問。

保羅，的爾，賽當，賽當，甫里時！請坐，請坐，大家坐下來嘛！安格爾就是這樣，歡迎客人，光站著說上好半天，常常忘了請客人坐。他知道每年都請中國作家來愛荷華，真是不容易。好幾位都是連著邀請了兩年，三年，才來成了。古華，你也是……

華苓大姐一半英文，一半中文，笑嗬嗬地說著。安格爾卻一把摟住華苓大姐的雙肩，高與地向我們宣示了一句什麼話。華苓大姐輕輕推開了他，把他的話翻譯給我們聽：他說，華苓就是他的中國……

我知道，安格爾，這是你在詩集《中國印象》裡，寫下的最深情的詩句。華苓大姐是你的東方愛神，是你所傾心的中華文化的一個象徵。難怪大姐後來常對我們說，你是個理想主義的詩人，在你，詩就是生活，生活也就是詩，像詩那樣熱情，坦率，真誠，也像詩那樣浪漫天真。

此後，只要是國際寫作計畫沒有集體活動的那些下午，晚上，你和華苓大姐就會邀上大陸作家，臺灣作家，香港作家，還有大學裡的華裔朋友，到你們家裡歡聚。一群中國人啊，談藝術，談文學，談歷史，東扯葫蘆西扯瓢，海闊天空，吵吵嚷嚷，笑笑鬧鬧。你聽不懂我們在笑嚷些什麼，但你默默坐在一旁，笑笑微微，饒有興味地觀察著我們哩。偶爾，朋友們之間不免因地域、因海峽隔離而小有齟齬。這時你就會笑嗬嗬地插進來一句：猜尼時，女士、先生們，都是猜尼時，哈哈哈……

在絕大部分的聚會裡，海峽三岸的作家們，相處得親密、融洽。尤其是在你們家裡，我們常常會情不自禁地引吭高歌，合唱阿里山情歌，雲南民歌，陝北信天游。可惜優美甜亮的情歌民謠，都被我們唱成進行曲了。我甚至替大家表演過「忠字舞」、「語錄操」，把大家笑的喲，直要把你們家大客廳的天花板都震塌！

唱過笑過之後，就必定留在你們家吃豐盛的中國餐。作家們一面對席間國粹，就斯文掃地，就原形畢露。安格爾，每回你都坐在席首，笑瞇瞇地看著我們，你心裡好高興啊。你不吃中國餐。你面前總是擺著兩片烤全麥麵包，一小坨黃油，再加上一碟煮紅蘿蔔，煮小玉米。你吃得比我們健康。你年近八旬仍自己開車，身手健旺。你喝酒，頻頻地跟我們每一位碰杯，用中文說「乾杯」，我們則回敬你一聲「豈耳時」！有時你喝得高興了，豪爽地連著乾杯。華苓大姐就會走過去，摟住你的肩頭輕輕提醒你：保羅，的爾，夠了，你不能像他們年輕人一樣。你就會將頭靠在華苓大姐胸前，孩子般聽話，對我們說：這個中國人保護我，這個「中國家」管著我，哈哈哈……

安格爾，你的笑聲洪亮，很有感染力。

記得有兩回，大家正吃著，你忽然拍拍我的肩頭：古，卡曼！

於是我跟著你，來到那通向後園的過道裡，隔著玻璃門，看一群毛絨絨、肥胖胖的浣熊，在吃著你投在簷下的麵包片。你家的後園沒有籬笆，跟大樹林子連成一片。在這裡，人和大自然達成了質樸的和諧，真正的田園詩的境界。不知什麼時候，華苓大姐和同道們都來到這過道裡，擠看著門外邊那些可愛的小傢伙。華苓大姐輕輕說：自買下了這棟房子，保羅就開始餵養山上的浣熊，牠們大約都祖孫三代了……夏天時候，還會有鹿來吃食，鹿很高大，卻跟浣熊相安無事。

此情此景，我們這些炎黃子孫們內心裡，一定都有各自的羞愧和歉疚。因為國人太好吃、太會吃了，凡看到野生動物，就會饞慾大動，去聯想起席上珍饌，露出我們吃文化的貪婪本性。

安格爾，從九月初到十二月初，因為有了一群中國作家的吵吵鬧鬧，唱唱笑笑，你們家真是「雞犬不寧」了。然而，這是在美國的心臟地帶，一個令人傾慕的「中國之家」。我想，凡是到過愛荷華城的中國作家，都會長久地想念著這個熱騰騰、親密密的「家」。

安格爾，你愛中國，是愛中國悠久璀璨的文化，是愛中國遼闊壯麗的大自然。你愛華苓大姐，是因為大姐就是你心靈裡的中國。你說，有偉大的人民，就有偉大的文學。可是，你知道嗎，我們的人民是在以苦難、以血淚澆灌著文學。對於人民，作家總是欠債累累。中國有過唐詩宋詞，有過《金瓶梅》、《紅樓夢》等等偉大小說，你焦急期待的，是中國當代文學出現枝葉擎天的大樹。是我們共同的期待。

安格爾，離開愛荷華城已近四個春秋，我還沒有來得及向您呈達我的三部新作小說，還沒有來得及回「家」，給你唱山歌，跟你一起餵浣熊，卻傳來你謝世的噩耗！含著熱淚，我給華苓老大姐寫去一封追念的信：

老大姐，我因住在溫哥華遠郊區，所訂閱的中文報紙十天八天才集中送來一捆，因之遲至昨日才讀到消息，簡直是一個難以置信的事實：安格爾那樣一個充滿生命活力、充滿幽默智慧和慈祥愛心的詩人，會在芝加哥國際機場辭世。大姐，此刻我的心情跟您一樣沉痛，淚水模糊了我的眼睛。您說，安格爾是你永遠的家園；我則要說，安格爾家園門口那盞徹夜不熄的燈，將永遠照耀參加過愛荷華國際寫作計畫的世界各國作家們的文學路程……恭此，我向愛荷華的驕傲、國際文學的良心——保羅．安格爾的遺像三鞠躬！

風翻白浪花千片，雁點青天字一行。

安息吧！安格爾，我的師長。

一九九一年四月十一日寫於溫哥華郊外

儒俠溫煇印象

武有武俠，儒有儒俠。

韓非子有言：儒以文亂法，俠以武犯禁。可見自古以來，武俠儒俠，皆是敢於挑戰極權統治者賴以安身立命、蠅營狗苟的「法」與「禁」的。蓋因俠者品性，見義勇為，渾身是膽，獨來獨往，路遇不平，揮戈（筆也是戈）直上，赴湯蹈火，敢為天下先。

我以為，在華文媒體界單槍匹馬、獨樹一幟、歷二十年暢銷不衰的香港《爭鳴》雜誌的創辦人兼總編輯溫煇先生，便是這樣一位儒林勇士，文章俠客。其人其事，撲朔迷離，極富傳奇色彩。倘若有說部高手，將他風風雨雨、光怪陸離的命運故事掇擷成一部拍案驚奇——「儒俠傳」，必不容藏之名山，便要傳諸當世。

毋庸諱言，數年前，我跟溫煒先生接觸之初，對他的印象相當模糊，甚至有些奇奇怪怪，不知其門派底蘊，不悉為何方神聖。風傳他出身中醫世家，十歲能詩，十二歲能畫，十八歲初讀《資本論》，二十歲熟知馬列經典，認定了「馬列主義救中國」。風傳他本為六、七十年代香江左營刀筆，共產黨報每有宏論，歪理強詞，要言妙道，說紅說黑，部分出自他手。風傳他七十年代末自某部門領得旨意，脫離左營，獨闢蹊徑，創辦報刊，以對中共當局明批暗捧，輕貶重褒，小罵大幫忙……種種傳言，無中生有乎？空穴來風乎？

問題像銀鍊，一扯一長串。青尼羅河白尼羅河，流進埃及清濁不分了。那麼，我們這些局外人還可以問：《爭鳴》雜誌為什麼期期都有中國大陸駭人聽聞的內幕消息，以致中共的官員們也多從內部控制購進的《爭鳴》月刊上了解黨、政高層的權爭動向？這些爆炸性消息果真是「出口轉內銷」嗎？都那麼可信嗎？當年胡耀邦總書記為什麼經常將家裡的《爭鳴》借給他身邊的青年人看，廖承志甚至拿《爭鳴》雜誌上刊登的文章——〈我們為什麼離開祖國〉到僑務工作會議上去宣讀？王光美女士於一九七八年底出獄後，到處打聽劉少奇之死的情況及其骨灰的下落，頗長的一段時間不得要領，反而是從《爭鳴》雜誌赴京記者那兒得到了「小道消息」？楊尚昆主席則於一九八九年春在京接見香港記者採訪團時仍說：《爭鳴》雜誌他幾乎每期都翻翻，其中的消息，有百分之五十的可信度吧？再者，既然中共黨內早已指認《爭鳴》雜誌為海外頭號反動刊物，為什麼會有那麼多黨政領導人要「批判性閱讀」？又再者，別人辦刊物，大多有財團或大公司作後盾，或者靠少數發燒友典屋當產支撐拚搏，為何獨《爭鳴》雜誌能靠自身的印數——訂戶及於一百多個國家和地區，一枝獨秀，且致「小康」？

還有一個奇特的現象，海峽兩岸，「紅區」視溫煇先生為叛逆，甚至是蛻化變質的敵對分子，「白區」有的報刊則更是曾經言之鑿鑿地譽溫煇先生為「溫匪」！妙哉斯言，「溫匪」與有榮焉！真叫作紅白不是人，左右不落好。這倒也成全了溫煇先生的人格及其《爭鳴》和《動向》兩份月刊的刊格。無求於誰，也就無懼於誰，自有稜稜風骨。《爭鳴》、《動向》兩份甚受海內外讀者歡迎的政論雜誌，至今難於插足讀者眾多的臺灣報刊市場，也是不爭的事實。一個刊物如同一個人，如果什麼奶都吮，唯獨自身不出奶，大約也就離刀俎厄運不遠了。有道是：看五星紅旗五心不定，觀青天白日星月無光，娘希匹！

凡此種種，本人不學福爾摩斯，無須去尋根到底，弄個什麼水落石出。世道學問，我認定模糊數學還是不錯的，不想淌渾水，也無意攪渾水。倒是常贈「十六字箴言」給那些動輒小病大治、小驚大嚇的友人：清清楚楚，太多痛苦；糊糊塗塗，反而舒服。鄭板橋氏「難得糊塗」的名言墨寶，流芳至今。我以直白十六字勝他含蓄四大字，不亦阿Q乎？

還是來說溫煇先生其人的儒俠品性。他是位老香港，在香港出版雜誌《爭鳴》，刊期準確，二十年如一日，並每期親為撰述一篇卷首專論，從無貽誤的。近年來，他自身卻如遊方僧，常年環球飄泊，雲遊在外的時日幾乎多過留掌香港編輯部的時日。我曾笑稱他是遙控多於掌控，放手而不撒手，實在比那些錙銖必較、事必親躬、小權不分散、大權更獨攬的政客們要來得瀟灑高明。一年四季，我們且聽聽他的行蹤吧：一會說到了巴黎，到了阿姆斯特丹；一會說到了柏林，到了斯德哥爾摩；一會說到了莫斯科，到了布拉格；一會說到了坎培拉，到了雪梨；一會說到了舊金山，到了紐約……也就是西歐、北歐、東歐、亞洲、澳洲、北美洲，忽悠悠地轉。只是尚未聽說他到過非洲、拉丁美洲罷了。

柏林圍牆倒塌、蘇聯共產政權解體、東歐社會主義兄弟國家風雲變色前後，他先後十一次周遊蘇聯俄羅斯及東歐諸國，實地考察，親身體驗了共產主義神話的破產。貌似強大的極權政體於一個晚上土崩瓦解，這對於他這個青少年時代即追尋此一世界革命、人類大同理想的人來說，毋庸置疑是又一次心靈的大洗禮。悲乎？喜乎？如夢初醒乎？大徹大悟乎？據此，他寫成了《東歐探索》、《東歐革命》、《列寧主義批判》三書。

我曾捧讀過他的上述著作，認同並激賞他的一系列獨到的見地：馬克思主義所提出的人類理想社會構想及其哲學體系——歷史唯物主義和辨證唯物主義的認識論，馬克思、恩格斯所肯定的巴黎公社原則，給實行社會主義所設置的經濟基礎、對革命暴力所劃定的嚴格限制等等，原無大錯。真正篡改、歪曲、修正了馬克思主義的，不是考茨基和伯恩斯坦，而是列寧及其徒子徒孫們。是列寧把馬克思主義的認識論曲解成為方法論；是列寧刪掉了馬克思為社會主義所設置的經濟前提，提倡在貧窮落後的國家裡推行共產革命；是列寧否定了馬克思主義為革命暴力所劃定的「助產士」作用，而演變為革命暴力萬能論，以暴力代替巴黎公社原則，作為革命及統治的主要方式。為此，列寧還效法德國黑社會組織，首創了共產黨組織。自本世紀初葉起，列寧主義取代了馬克思主義，共產黨的暴力革命幾乎風靡了全球。所謂的社會主義革命首先在經濟落後的俄國取得勝利。第二次世界大戰後，更形成以蘇聯、中國為老大老二的十餘國家的社會主義陣營。後又有非洲若干國家的共產黨取得了政權。可是，無論歐洲、亞洲、非洲的所有共產黨執政國家，都有一個共通的奇特狀況：經濟落後，民生痛苦，政治專制，領袖獨裁，共產黨對人民實施全面專政，人民失去了起碼的自由、民主和人權。共產黨打著共產主義、社會主義的旗號，行封建主義乃至奴隸主義的復辟。這實為人類歷史的大倒退。在所有這些倒行逆施中，又以中國毛澤東的人民公社化制度推行得最為徹底：土地生產資料公有，將農民每天賴以活命的口糧掌握在黨的基層幹部手中，動輒以扣工分、扣口糧為其專政手段，並規定農民外出要請假，來客須登記，隨時要無償地為國家、為集體乃至為幹部私人出義務工。而婦女生育必須申請指標、農民不得進城工作、農村戶口不准遷入城鎮，乃至捆綁吊打、私刑審訊、遊街示眾，成為家常便飯……人民公社化，實為一次最徹底的農奴化運動。

溫輝先生是雲遊世界，胸懷全球。他於著書立說之餘，也不忘到處結善緣，存情誼，朋友滿天下。我曾笑他遊方不托缽，不時有布施，飲茶、吃海鮮，多是他請人，少見人請他。彷彿他無論到了哪裡，都是做主人，都要盡盡「地主之誼」。就以本人為例，一年半載的，也能接到他的一兩次電話，廣式國語略帶沙啞：我是老溫……我則不待他說第二句，就會搶先問過去：你人在哪裡？他就會電話裡笑：離你不太遠，剛到溫哥華……

真正的天馬行空，出入六合，來去無定。人，修煉到了這一功，已非我輩凡夫俗子了。為此，我一直想送他一聯：

一管鐵筆三千毫兵批點龍潭虎穴
兩袖清風百萬文字笑傲獨夫公卿

實在的，溫輝先生長我二十餘歲，年齡學問，道德文章，都是長輩，卻從未見他對人「拿大」，乃是「真人」不露相、露相不「真人」。倒是我多次有眼不相識，被他小小「捉弄」過的。被他友好「作弄」者，大約也不只我一個。比如大家都熟悉他是位著名的政論作家、老報人，卻在相當長的年月裡，說是連《爭鳴》編輯部的工作人員，都不知道他們的老總還是位傑出的水彩畫家。也難怪，他早於一九四六年已在廣州舉辦過個人畫展，許多人還沒有哇哇墜地。看過他當年這次個展的，現在尚存世上的人不多，我所知的僅旅美名畫家汪澄、吳烈而已。這且不論。一九九四年六月，法國駐港領事館文化部為他在館內展覽廳，主辦了他「沉寂」畫壇多年（其間僅與一名或數名畫家聯展）之後的首次個人畫展，展出四系列數十畫作：一組「生命之旅系列」，一組「歷史站上系列」，一組「荒誕系列」，一組「意象系列」，一舉轟動了港、澳畫壇。以水彩畫表現重大的政治歷史內容，為五百年來只畫花卉庭園、自然風光的水彩畫，拓展了言史、論政、談哲的新疆域。真是想人之不敢想，畫人之不敢畫了。尤其是那幅先震撼香江、後驚奇歐美的水彩巨構「地下歡迎會」——曾在香港文化中心大廳單幅展出。十二呎乘三點五呎的畫面上，麇集了五千年人類文明史上八十多位不同種族、不同國度的大獨裁者，從中國的秦始皇到羅馬的凱撒，到法國的路易十四，到德國的希特勒，到義大利的墨索里尼，到蘇聯的斯大林……眾魔王於公元一九七六年九月九日，濟濟一堂於地獄之門，引頸翹望一位比他們更形功彪史冊的人口死亡紀錄的突破者、創造者、兼刷新者——毛澤東同志的到來。

此畫，後來被旅居法國的大陸名作家祖慰先生評介為：

溫煇沒有像戈雅、大衛及畢加索那樣直接描繪罪惡，而是以輝煌的幽默和詩意去論述這位最殘暴的紅色君王的政治屬性……

然而，也正是這位祖慰，與溫煇相識數年，卻是未盡識廬山真面目。一九九四年三月某日，祖慰按原先電話約定的時間，到巴黎戴高樂國際機場迎候溫煇前輩。有道是「天不怕，地不怕，最怕廣東人說官話」，不知是溫煇先生的廣式國語在越洋電話裡語意含混還是有意含混，總之祖慰的理解是：這次溫總編是陪同一位名畫家，攜帶畫作，來開個人畫展。然而在機場迎客大廳，祖慰卻只等到了溫總編一人，肩負一隻長形大炮彈似的大紙筒，隨著人流魚貫而至。便問：畫家呢？沒和您一起來？溫煇先生莞爾而答，我們走吧？祖慰說：等齊了一起走，還有畫作行李呢！他心裡犯嘀咕：今天這趟輕鬆不了，那些大鏡框、小鏡框連同包裝，不知道自己的肩膀和雙手幫得了多少忙！

溫煇見祖慰站著不動，眼睛直盯住仍在出關的人流，便又說：放心，畫已經帶上了，都捲進這紙筒裡。祖慰心眼實，仍然未能明白，執意要等到畫家之後再一起去旅館。溫煇無奈，只好說：祖慰啊，你還要等誰？畫家和畫，都到了你面前，喃喃喃……作家祖慰眼睛直瞪得像銅鈴一般：您？溫煇經過長途飛行，仍然不疲不累：我，我是老溫……您是畫家溫煇？溫煇還是畫家？

溫煇先生此類幽默，我前不久又領教了一回。那是我得知他在美國有了自己的院子之後，便竭力主張他老驥伏櫪學開車。因為在北美洲生活，沒有車等於人沒有腿。我津津樂道地向他介紹了六年前自己學車考牌的經驗：有位他在香港個展時也認識的漂亮人兒、原溫哥華中文電視臺新聞主播張小姐，想學車又膽子小，問古大哥是怎麼學會開車的？我說：每天晚飯後上街散步，見到一些鬚眉皆白的老頭老太都駕了車飛跑，我比他們年輕多了，為什麼不能？後來果然學會，並一次路試及格取得駕照。張小姐呀，你以後學車，就想一句話：連古華那樣笨的人都學會開車了，我為什麼不能？果不其然，「名言」一出，交遊甚廣的張小姐逢人便講：連古華那樣笨的人都會了，我為什麼不能？數月間，她以此激勵自己，並廣為傳播。引為欣慰的是，張小姐也是一次路試及格，取得了駕照。

再有一例，我對溫煇先生說，劉再復兄客居溫哥華一年，欲學車，全家老小齊反對，指他除了運筆靈活，手腳皆笨，反應遲鈍，絕對不行。也是我力排眾議，現身說法，詳釋中年人特別是常年伏案的腦力勞動者學車，能鍛練手腳頭腦的快速反應，能開掘身體內部沉睡已久的筋絡潛能，有利調節心理節奏、排除鬱積之氣，於身心康健有極大好處。你想想，駕車匯入汽車洪流，感受現代生活的恢宏與速度，那真是一種人生的新體驗、新享受……後來再復兄從美國來電話說：考過啦！上高速路啦，果然感覺很好啦！

溫煇先生聽了我的「汽車佈道」，喃喃笑著說：開車要先考筆試路試，要懂交通規則，不容易呢。我立即說，在美國和加拿大，都可以用英文或中文考筆試，並不太難。那天又是他賞飯，吃海鮮。飯後我開車送他。尚未上車，他忽然提出：請把車匙給我，我現在就試試！如何？沒想到他的積極性來得如此之快，說學就要學。但飯店的停車坪是窄長條，全無轉寰餘地，又前臨車水馬龍的繁華大街，怎麼讓他試？拿性命開玩笑嗎？我大約臉都紅了，跟他商量說：我先帶你去一個學校的停車坪，現在是週末，地方大，你可以練練啟動、轉圈圈，進位、倒車等等。他卻堅定地伸著手，不縮回：我現在就試，現在就試！看著他一把年紀了，學車如此心切，我於是心一橫，暗叫一聲「陪上了，讓他學」，就把車匙交給了他。於是他坐進了駕駛位，發動了車子。我坐在邊位上，緊張地拉上安全帶，緊張地看他把手閘放下，把自動波放到「R」上，再緊張地朝後張望：倒車要慢，腳下帶剎，要慢，要慢，千萬不要碰了人家的車尾……好！停，自動波推到「D」上，向右打方向盤……

可我一看他打方向盤的動作，立馬傻了眼：其熟練程度絕不在我之下，心裡一塊石頭也落了地。天啊，原來他是位熟手，老司機了！他問我開車幾年了？我說六年了，安全紀錄好，每年的保險費有百分之四十的折扣；他說他學車已十年，紀錄也還好。不過，老兄，你今天表現算可以，夠義氣、勇氣，你不摸我的底，卻敢把車匙交給我，嗬嗬嗬。

薑是老的辣。小聰明遇上大智慧，能有啥辦法？

今年五月中旬的一個晚上，溫煇先生離開普林斯頓大學他的個人畫展場所，開車回住處。路上大約要走一小時。住處在遠郊一座田園小鎮，附近有大片湖泊和樹林，真個是世外桃源，避秦佳境。他的幾位摯友先後來此購屋，正好相互關照、守望相助。實則，北美大地上的這類田園小鎮比比皆是，仍保持著夜不閉戶、路不拾遺、居民友善、助人為樂的民風民俗。可是老馬也有失蹄時，那晚上他一上高速公路就迷失了方向。半小時後他才發現自己闖進了燈火輝煌、八線行車、六橋高疊、車流滾滾、相互穿梭的現代八卦陣。這不到了新澤西州和紐約之間的交通密集地帶來了？何處是出口？該從哪道高架橋繞出去？他隨著車流繞大圈，左一圈，右一圈，不停地繞，結果他在高速公路網上無分東西南北地繞了三個多小時……

就在他開車離開一小時之後，普林斯頓的朋友不放心，打電話到他的田園小鎮家中，卻沒人接電話。溫煇沒回家？路上出了什麼事？過了一會再打，還是沒人接電話。朋友急了，於是打電話到新澤西其他地區，到紐約法拉盛，到哥倫比亞大學。朋友們都說，沒有見到溫先生啊。紐約法拉盛的朋友更急，立即電話通知離溫煇住處最近的朋友去探視。果然沒人應門。朋友於是在他住庭門外，寫上一幅中、英文大字報：溫燀先生，我們認為你失蹤了！你若回來，請立即致電×××、×××、×××……

兩小時過去。從田園小鎮到普林斯頓，到新澤西州其他地區，到紐約法拉盛，到哥倫比亞大學宿舍，一時間十多部電話自動聯成網絡，追蹤溫燀的下落。最遠的電話打到了舊金山和香港。香港是清晨，《爭鳴》編輯部還沒人上班。兩小時三十分後，朋友向當地警察局報了警。本來按美國警察局的慣例，失蹤者須在失蹤二十四小時之後，警察局才予受理找尋事宜。但當地警察十分認真負責，當即受理，十幾分鐘後警察就驅車趕到了報警的朋友家。大家正忙碌問，溫燀先生在路上瞎轉了三、四個小時之後，奇蹟般轉回了住處！朋友都要哭了：溫大人你跑到哪去了？都報警了！溫燀先生笑笑說：迷路了，夜遊車河，大約快到耶魯大學才折回……

我聽了他的這則虛驚一場的「迷失記」，心裡自有許多感嘆，看來儒俠溫燀，得道多助，四處都有他的摯友。這次的事，就權當一回「演習」吧，不也可以向某些特殊關心他的人士，傳遞某種強烈信息嗎？

當然，「演習」也不能太多，否則也可能演成「狼來了」，不是？

溫煇先生說，香港回歸中國，是好事，也可能變成壞事；是喜慶，也有大的隱憂，甚至可能演變成歷史性災難。作為一個從青少年時代就執著地追尋國家富強、人民幸福、政治民主、平等自由的過來人，我久居香港，早就盼著主權回歸的這一天了。特別是一九七八年中共十一屆三中全會剛開過那陣子，我像海內外絕大多數知識分子那樣，熱切盼望著中共政權能夠痛定思痛，悔過自新，開放經濟，革新政治，立黨為公，言行一致，率領全中國人民走向現代化、民主化、法制化的坦途。這本是二十世紀末葉不可阻擋的世界大潮啊。但事隔不久，我們寄以厚望的鄧小平便祭起了「四個堅持」的舊幡，推出了他經濟反左、政治反右，經濟開放、政治收縮的「理論」。歷史又循列寧式「螺旋形原軌跡轉動」，不過是由鄧小平取代了毛澤東，仍然朕即天下，一言九鼎，乾綱獨斷，終於釀成一九八九年三十萬大兵北京屠城慘劇。

溫煇先生說，香港六百萬居民的大尷尬在於：正當世界共產主義運動土崩瓦解，共黨政權日漸式微，東歐與蘇聯解體，加上蒙古國等和平理性地、全方位地走向多黨政治、民主法制、人權自由之際，獨獨香港此一彈丸之地，卻要從民主、自由、法制的社會反趨，被籠罩在一黨獨裁的昏暗陰影之下。幸而總算還有一紙《基本法》，還有個「一國兩制」的神聖承諾。

溫煇先生說：七月一日之後，在香港，《爭鳴》雜誌將是一塊試金石。不是「一國兩制」

嗎？不是「香港的資本主義制度、生活方式五十年不變」嗎？白紙黑字、中文英文，普天存證。《爭鳴》雜誌已經在香港生存了二十週年，受到海內外廣大讀者的喜愛，訂戶及於全球一百多個國家和地區，現在就看香港還有沒有新聞自由了，亦即看中共中央履不履行自己的諾言，是守信於天下人，還是失信於天下人了。

滿世界的華人，包括關心中國未來前途命運的外國友人們，睜大眼睛，拭目以待罷！

溫煇先生說：當然，《爭鳴》雜誌的同仁們也已作好了某些準備，萬一邪惡勢力敢冒天下之大不韙，使出各種陽謀陰謀招數，不讓刊物在香港存活下去，刊物也一定會繼續辦下去，並會一期不誤、一天不誤地照常奉寄到訂戶手中。青年時代，我熱中於參加中共外圍組織的地下文化活動。那時，面對著國民黨統治的白色恐怖，我們流傳著一句豪言壯語以相互砥勵：此處不留爺，自有留爺處，處處不留爺，爺去投八路。還有魯迅先生的一句大白話：路是從沒路的地方開闢出來的，是從只有荊棘的地方踐踏出來的。

溫煇先生說：我和《爭鳴》、《動向》二刊的同仁們都是些位卑不敢忘憂國的窮書生，我們有一個心願，是誠心誠意地希望北大人有足夠的氣度與雅量，君子守信。七月一日後，《爭鳴》、《動向》長駐香港，心懷祖國，放眼世界，一直辦到中國政治清明、政通人和的那一天。

一九九七年七月十九日

第三輯

益友篇

生命原色

孟母三遷，千古美談。其子孟軻因此成長為與孔子齊名的孟子，儒家第二聖人。可見遷居實在是一件盛事。怪道俗話說，樹挪死，人挪活；此處不留爺，自有留爺處。人原是需要流動的，不同的只是我們比孟母遷徙得遠了些，越過了整座太平洋。

我在溫哥華搬屋三次，卻次次都是為著滿足自己的世俗之慾：總想住得安靜，住得舒適，當然還要住得廉宜。我也有個自詡又自嘲的說法，為的有利「小姑獨處，閉門造車」。造什麼「車」？煮字療飢，寫作中國現代社會傳奇歷史。怪不得女友笑罵道，看你表面上傻憨厚，骨子裡卻狂得天高地厚。我說，乖乖，在這世界上，誰說得準天有多高，地有多厚？偉大如愛因斯坦，也沒有講出個子丑寅卯。

至今不能忘懷的，是我來溫哥華所遇到的第一家房東鄭先生。鄭先生一家為香港移民，原在九龍任中學教員，現於菲沙河谷的鋸木廠做檢材員，太太則在唐人街的車衣廠上工，還有個妹妹為銀行職員。他們的獨立屋在溫哥華東區的山坡上，環境還不錯，晚上望得到海灣對面北溫哥華市的萬家燈火。房子本身卻很有年頭了，地庫剛請木工整修過，掉進地下大半截，涼颼颼的，光線也幽暗，地毯更是老舊。女友說，地毯原先才不乾淨呢，是她租下以後，花了整三天功夫，一寸一寸收拾出來的。我們暫且先住下吧，委屈委屈，知道你剛住過五星級旅館……

她指的我剛參加過在卡枝里市舉行的第十五屆冬季奧林匹克運動會藝術節，朗讀作品，簽名售書，掌聲笑聲，很風光了幾天的。我向女友表決心似地說：放心，一切重來，只要有地方爬格子寫字就行！本人是真正的能上能下，不會向中國大陸的那些只能上不能下的老幹部學習的！

說得女友哈哈笑：行啊，你沒白在農村勞動改造十四年。

房子雖差，房東一家的為人卻特別親善。他們提供了全套家具用品：書桌、書架、床墊、餐桌、沙發以及炊具。鄭先生和妻、妹每日早出晚歸，通往地庫的樓門及樓上的房門都從不上鎖。鄭先生並交代：羅先生你們新來，需要什麼，只要樓上有的，隨便用好了，住在一起，就是一家人樣的，用不到客氣……

原來他們家對租客不設防，真君子也。起初地庫裡沒有裝電話，凡有我的電話，都是她家小妹來叫我上樓去接。有時紐約、臺北報館的朋友沒有算好時差，大清早的掛了電話來，也是她家小妹下樓來輕輕叩響我的房門：羅先生，起來接電話，臺灣長途……

過了不久是春節，鄭太太更是送下來一大盤廣式油炸果品，是香港人迎春的禮節。我趕忙囑咐女友上街去買盒蛋糕送上去。我想，也是我們運氣好，客居海外，很難遇到鄭先生一家這種好房東的。人世溫暖，實足珍惜。

二月三月四月，溫哥華的天氣不是很冷，可陰雨綿綿，連月不開。我每天在地庫的臥室兼書房裡爬格子，那一字型窄窗卻高橫在接近天花板的地方，即使有和風麗日，綠樹鮮花，也全教鄰居的屋牆給擋住了。

一天我去唐人街中文書店買雜誌，裝書的塑膠袋正好是草綠顏色的。回來後我捨不得把那草綠色塑料袋扔掉，而是靈機一動將它剪開，端端正正貼在書桌前的白牆上，用以調理我的視線。看到這片草綠顏色，眼睛立時舒服許多，竟覺得神清氣爽，無光無限了呢。

女友下工回來，見我的書桌前新貼了張綠塑膠袋，很為奇怪：塑膠袋上牆，你這是什麼名堂呀？我說，這裡邊可有講究了，還符合眼科原理。女友說，就你的高論多，一塊塑膠袋還藏有玄機？生命之樹常青，綠色是生命的原色！我說，人的眼睛喜歡綠色，需要綠色。可我每天坐在這裡寫字，稿紙是白的，牆壁是白的，字跡又是黑的！白和黑，都是毫無生機的顏色。只是為了混飯，也叫做為了事業，我才不得不跟這兩種討厭的顏色同流合汙，狼狽為奸的！

那麼，你能通過這塊草綠色塑膠袋看到些什麼？調侃中，女友大約以為我又有點神經質了。

看到的可多了！我們五嶺山區的原始森林，南方的稻田，湖區的蘆葦蕩，華北平原的麥浪、青紗帳，內蒙古的大草原，大連、北戴河、連雲港的碧綠的海灣……

你是想家鄉，想中國了！女友的眼睛潮溼了。她過來摟住我，撫著我的腦袋，說：記住，大腦袋，這片綠色塑膠袋，是一個象徵，也是一個很好的生活細節，發生在你流落異鄉的日子裡。

白天寫作進入了境界，晚上照例睡不安穩。睡不安穩的另一個更為直接的原因，是這臥室的隔牆就是暖氣爐。那暖氣爐大約也有年頭了，每隔半小時啟動一次，發出轟轟的響動。對於這響動，白天可以被忽視，每到夜深人靜，難免把人一次次轟醒。

晚上睡眠不足，白天頭腦昏昏。一天女友下工回來，望著我的眼睛問：大腦袋，你哭鼻子了？出了什麼事？問的我莫名其妙。我這人的淚腺有個特點，看書看戲看電影，或是跟朋友扯閒篇，每逢激情處，常會熱淚盈眶；唯對自身所遭受的挫折、痛苦乃至災難，卻總顯得麻木不仁，有時就是想大哭一場，也擠不出露珠那麼一滴來的。

你的眼睛紅得厲害，像是剛哭過……

女友原來指的這個。我忍受了兩個月之久，這才如實招供：隔牆的暖氣爐太響，晚上總是半醒不睡，聽到你打小呼……你白天上工辛苦，我又不好起來看書……

傻瓜！你怎麼不早講？看把你熬成這副可憐相……也怪我，每天累得像散了架，沒顧上你……我們另外租個地方住吧，我要讓你安靜，眼睛能看到綠樹和草地，而不是那塊綠塑膠紙。

綠塑膠紙不准丟！我抓住了她的手。

不丟不丟，當紀念品，搬到哪都帶著，針在牆上，還不行？

女友是個急性子，當即去附近的雜貨店買來兩份中文報紙，翻看出租屋廣告。我們很快看到了這樣一則：平地土庫，光猛幽靜，近學校操坪，一房一廳，廚廁全，獨立門戶，歡迎無小孩寵物、無不良嗜好人士租住。

這不正是我們要租住的房屋嗎？且我們亦無小孩寵物，不吸煙不喝酒更不吸毒，絕對符合房主對租客的要求。我們打電話跟房主約好，明天是星期六，中午去看屋。

我們看了屋。果然平地土庫，一房一廳，廳頗大，開有一扇大窗戶，十分明亮，不但可以看到戶外的綠草地、綠樹，還可看到北溫哥華的山景。我說，我的書桌就擺在這窗下，再養它幾盆室內植物。看，那不是操坪嗎？還有跑道，我一早一晚都可以去跑步、散步。女友也滿意這房屋。不足之處是臥室窄小，光線不足，但遠離暖氣房，安靜。

房主是一對年老的華僑夫婦，一看我們滿意他這房屋，立即拿出一份手寫複印的長達二十多條「這不准」「那不准」的租約來，讓我們簽字，交押金。我看了那些條文，只覺得可笑，懷疑是從國內某派出所抄襲來。但還是簽了字，交了押金。房主拿著押金，才嚴肅地以臺山國語宣布：你們一星期內必須入住，如不入住，他有權將房子另租他人，押金不退，這是唐人的規矩。

我們仍然不知利害，點了頭。只覺得這臺山老僑不像鄭先生那樣親善，是個真正的出租屋主，對房客是絕無半點含糊的了。

直到坐上巴士往回走，我才省悟過來，事情辦糟了！我提醒女友，剛住進鄭先生家地庫時，鄭先生就客氣地要求過我們，若要另換住處，請提前一個月通知他。現在新屋主命我們一星期內入住，若鄭先生要求我們月底才走，豈不房子沒搬成，反而白白丟失了幾百元錢押金？怎麼就沒有想到這一層？

沒有辦法，我們只好硬著頭皮去跟鄭先生打商量，看看有無轉寰的餘地。沒想到鄭先生卻滿口答應：沒關係，沒關係，你們新來，生活不易。我原在香港也是個文化人，教中學，移民來這裡，也碰過好多困難……看得出來，羅先生是做學問的人，安安靜靜的。今後，你們若不嫌棄，還歡迎回來住……

我和女友都很感動，鄭先生真是一位少有的好房東。女友特意上樓去向鄭太表示歉意和謝意。沒想到鄭太卻說：我和我先生都很感謝你們呢！我們結婚八年沒懷上孩子，你們來租住房子不到三個月，就給我們帶來了喜氣，真是托了福哩！

原來鄭太有了喜，夫妻倆認定是我們做租客的帶來了子脈，這倒是喜出望外，怎麼也想不到的。女友回到樓下，跟我議論起這事時，不禁都心中大樂。我並深一步聯想說：鄭先生一家人好，可他家的樓上樓下沒有一棵綠色植物。缺綠意就缺生機。你知道嗎？我貼在牆上的這張草綠色塑膠紙，可顯了神功了……我現在決定，不把它揭走了。也要告訴鄭先生，讓它保留在牆上，就當它是個靈物哩！

神經病！你怕是又在胡思亂想編小說情節了，一點點小事都被渲染，被放大，被聯想，盡蒙人！女友笑罵道。

你愛信不信，反正我信。我仍帶點神祕的口吻說，這樣吧，搬家前，我們去花木店裡給鄭先生家買回一棵綠色植物，請他們適時適量澆水，以使生命之樹常綠。

搬家那天，我們送給鄭先生和鄭太一棵枝肥葉闊的橡皮樹。鄭先生則一定要把他地庫裡那我用過的小書桌和小書架相贈，怎麼推謝都不行。後來，這兩件「文房紀念品」一直陪伴著我。兩年後我們買了屋子自住，樓下一層也可以出租。搬入新居時，我一口氣從花木店裡買回了大小十幾盆綠色植物，把她們排列在客廳的大落地窗前，於是窗外綠樹蔥郁，窗內也一派綠茵。有時我在書房裡寫乏了，就出到客廳來，把那十幾棵植物當成一支綠色小樂隊，指揮她們演奏出一曲曲生命之歌呢，比如：

文學之樹常青，
理論之霧短命，
任其洶湧龐大，
都是過眼煙雲。

……

一九九四年七月卅一日

琵琶靚妹

自從捧讀過白樂天的〈琵琶行〉，觀賞過崑曲〈琵琶記〉、〈漢宮秋〉，後又在蘇州無錫的茶樓酒肆上聆聽過吳儂軟語的評彈，我不能不承認，琵琶曲最能挑動我的情懷，撩撥我的心弦。況且，這神奇的中國民樂之王，既善於傾訴古代美女們的哀怨，又精於描繪花前月下如詩如夢的田園風情，還擅長演繹王朝的盛衰，古戰場上鐵馬金戈的史詩畫卷……嗚呼！猶抱琵琶半遮面，更成為歷久不衰的中國古典美女圖像。

沒想到，我卻是在異國他鄉的溫哥華結識了一位年輕靈秀的琵琶演奏家。是一次文學座談會的中間休息，她微帶嬌羞地前來自報家門：我叫何秋霞，在西安上音樂學院時候，就讀過您的小說……我從小讀過很多小說……

我覺得這姑娘倒是坦率得可愛。很少有人頭回見面就說自己讀過很多書的。說著她遞上一張三摺式卡片：「絲綢之路」中國音樂團簡介，首頁上印有她懷抱琵琶的倩影，的確很靚。

妳是琵琶專門家了？我滿心喜歡地問。

她甜靜地笑了笑，不敢當啦！我十二歲進劇團學藝，二十歲考上西安音樂學院，主修的也是琵琶演奏專業……

「十三學得琵琶成，名屬教坊第一部；曲罷常教善才服，妝成每被秋娘妒……」對嗎？謝謝古老師。您背的是〈琵琶行〉裡的句子……真的，我喜歡文學。我是通過您們的小說，來認識社會人生的。我出生得太晚，中國的許多大運動都沒趕得上……

沒趕上毛澤東時代的大災難，實在是妳的幸運，不應當有什麼遺憾。我說。

是啦，只好到您們的小說裡去受影響。

妳受到的一定是不良影響，滋長反叛思想。

真逗。您的書是誤人子弟的啦？她朗聲笑了起來。

我也笑了：抱歉，是災難造就了文學，不是文學造就了災難，對不？

座談會的主持人在拍巴掌，招呼大家重新入座了。她連忙掏出筆來：給您我的電話。您喜歡聽琵琶演奏？

我冒昧地問：妳能演奏〈十面埋伏〉？

她笑看了我一眼：湊合吧。您也寫下電話。沒準哪天去看您，順便借幾本書來讀……

她的眼睛明亮，如兩汪清泉。

座談會回來，我才閱讀了那三摺式的「絲綢之路」中國音樂團簡介：

……本樂團之所有音樂家，均來自中國大陸，並全都接受過高等音樂院校教育與專門訓練。在多年的演出活動中，他們以其精湛的技藝和豐富多采的音樂語言，贏得眾多的好評……

讀著這段文字，我想起了一九九一年夏天，自己曾去華埠的中華文化中心禮堂，觀看過一場為賑濟華東水災災民的音樂義演。使我大為驚奇的，是那些參加演出的藝術家，竟然都是來自中國國家一級的著名文藝團體，如鋼琴演奏者原為上海音樂學院鋼琴研究所所長，二胡演奏者為總政文工團主胡，男中音歌唱家為中央樂團歌手，女高音歌唱家為空軍文工團主演，古箏演奏者則來自中國東方歌舞團……天爺，這一位位原都是中國音樂藝術的「國寶」，怎麼都流落到天涯海角的溫哥華來了？聽說他們為了謀生，平日都在打工，靠幹體力活餬口。每當有人組織演出，他們總是招之即來。舞臺，才是青春生命所在……

接下來是有關何秋霞小姐的一段：

何秋霞，一九六三年出生於陝西，青年琵琶演奏家。十二歲入歌舞團習琵琶演奏，十三歲開始專業演出。先後接受過十幾位名師傳藝，音樂風格獨特。一九八三年進入西安音樂學院深造，畢業後留任學院教授琵琶專業。一九八九年出席溫哥華國際民間藝術節，來到加拿大……

又一顆藝術明珠。是為音樂神童。且她身材窈窕，眉宇間透出種古典倩女的氣質。

一天晚飯後，我正在讀描寫西安風情的小說〈廢都〉，她來了電話：我是秋霞呀，剛下班，聽了您的電話留言。您總算沒把人給忘了啦？

對啦，年輕秀麗的藝術家，我總是過目不忘，一見如故。我也調侃了她一句。

您什麼時候有空？我來看您，借幾本書……

作家能不「坐家」？隨時恭候光臨。

是嗎？或者我來買您一套書吧。作家的書不好借，很珍貴和很吝嗇？

抱歉，本人從不這麼認為。妳身在加拿大，肯讀中文小說，應當嘉獎。買就沒有必要了吧？

看來她確是位喜歡讀書的人。我們約好了時間，她來我這裡做客。

帶上妳的琵琶。我提醒。

放心啦。在國內，您都聽過誰的演奏？

劉德華的〈十面埋伏〉，〈瀛州古調〉……

誰？劉德華？那是香港的大牌男星呀！他演過「西貢情人」，身上穿得太少啦……

她在電話裡咯咯笑。我臉上有些發臊，可一時又記不準那位琵琶大師的大名了。

您指的大概是劉德海教授吧？中國首席琵琶。以後我一定把您這番「張冠李戴」的盛意轉達。

她很調皮。我倒是喜歡起這性格：開朗幽默之中，帶著點友善的捉狹。

一個她沒有演出活動的週末，一個入冬以來少有的晴朗天氣，她來了。開車走了四、五十分鐘，換了許多條大路小路，竟然沒有迷路。她告訴我，是比較遠。她一到溫哥華，就住在一對西人老夫婦家裡，已經四年，從沒動過窩……

我幫她把琵琶盒提上樓。我心裡在說，能在一戶人家裡一住四年，一定是個懂禮貌、善於律己、脾性溫存的人兒了。當然也要房東好。

先給您彈一曲？剛落座，她就提議。我說不忙，大遠的來了，先喝茶，這是龍井。她卻坐不住似的，要去看看我的書房。只好領著她進到書房。一見到滿架上的書，她眼睛就放亮：都是您自己的？反動反動，這本也是的？反動……

返回客廳，我們談起了陝北民歌。談起黃土高原那麼貧瘠，卻出產那麼迷人的信天游，走西口……

你愛聽？我用陝北土話唱給你……她眼睛一閉，想了想，就唱開了……三哥哥今年一十九，四妹子今年一十六，人都說咱像小兩口，俺說三哥哥像頭大笨牛……

她一口氣連唱三曲，甘美清純，土味十足，我先醉了。我問起她來加拿大之後的情況。要查戶口了？我在路上就想過了，跟作家打交道要小心。可見了你，心裡戒備沒有了。大約是我土頭土腦，貌似忠厚。

你這自我評價不錯。陝北人叫蔫壞。

那年在北京，一位朋友的太太說我不太像個文人，而像個滿面紅光的出國廚子……

哈哈哈！媽呀……她笑得差點噴一口茶水。

記得當時本人好傷心，出國廚子？至少也該封我個出國廚師啊。

笑過之後，我向她請教有關琵琶的文化淵源。

你這是要考秀才呀？她神情嫻靜地捧著茶杯，充滿愛意地看了一眼那把斜靠在茶几上的琵琶。她說這把琵琶已經跟了她十幾年。我留意到她的雙手，十指尖長，猶如玉竹筍。正是這雙美麗的手，能撩撥出遠古的幽思，奏鳴出萬紫千紅，遍地風流。

她說，自古琵琶就跟詩歌、戲曲結下不解之緣。跟別的中國樂器不同，它自秦漢以來兩千多年，歲月滄桑，一直在不斷地革新變化，發展完善。它最初出於湖中，名叫「批把」、「弦發」，是一種騎在馬背上彈奏的樂器。史載秦末長城苦役、百姓弦發而鼓之。到了漢代，它定型為四弦十二品，稱為「秦琵琶」。西晉年間一位叫阮咸的士大夫最善於演奏秦琵琶，後世就又稱它為「阮咸」。公元四世紀南北朝時候，商旅通過絲綢之路，從西域帶進一種半梨形音箱的彈撥樂器。當時的樂工把它和秦琵琶相結合，製作出今日的形制：半梨形音箱，以薄桐木板蒙面，琴頸向後彎曲，琴杆與琴面上設四相十三品，演奏姿勢改橫抱為豎抱。後來琵琶的品位更增加到二十五品，可奏十二個半音，可轉十二個音調，使得音域寬廣，表現力豐富和諧，既可以演奏雄渾激越、氣勢磅礴的楚漢大戰一類的史詩武曲，如〈十面埋伏〉、〈霸王卸甲〉；又可以演奏明月清風、感情細膩的文曲，如〈月兒高〉、〈瀛州古調〉、〈潯陽月夜〉……在唐代詩歌中，琵琶成為人們寄託友情的表徵。如王翰的〈涼州詞〉：葡萄美酒夜光杯，欲飲琵琶馬上催。醉臥沙場君莫笑，古來征戰幾人回？……當然，寫琵琶寫得最好的要數白居易的〈琵琶行〉了，描述他潯陽江頭夜送客，月下巧遇琵琶女的故事……

忽聞水上琵琶聲，主人忘歸客不發。尋聲闇問彈者誰？琵琶聲停欲語遲。移船相近邀相見，添酒回鐙重開宴。千呼萬喚始出來，猶抱琵琶半遮面。轉軸撥弦三兩聲，未成曲調先有情……

在唐代，琵琶還出現在甘肅敦煌舉世聞名的莫高窟壁畫上：樂伎反彈琵琶，給後世留下了最優美珍貴的音樂舞蹈形象。到了元代，琵琶更是作為重要道具進入了戲曲，出現在〈琵琶記〉、〈昭君出塞〉中。我想，誰也忘不了王昭君懷抱琵琶騎在駿馬上出使匈奴的英姿。當然，觀眾們都會為王昭君的命運一掬同情之淚，而不會留意到她懷抱的不是一把漢代的橫抱式秦琵琶，而是一把南北朝之後中西合璧的豎抱式琵琶……

秋霞小姐輕言細語，如數家珍地侃侃而談。我邊聽邊想，她不僅是位演奏家，還是琵琶文化史專家。

哎呀，我這不是班門弄斧了；她忽然打住，我怎麼跟您談起什麼白居易、王昭君來了？

我告訴她，是聽了一堂琵琶文化課呢。

說著，她已經抱起琵琶，徐徐如沐春風地彈起了〈瀛州古調〉，從〈小月兒高〉，〈魚兒戲水〉，〈雀欲歸巢〉，〈蜻蜓點水〉，到〈頑童〉，到〈獅子滾繡球〉……一曲曲彈將下來，正是「間關鶯語花底滑，幽咽流泉水下灘」了。

聽她嫻熟地彈完整部〈瀛州古調〉，我仍沉醉在月朗風清、興味無窮的詩畫意境裡。看來我這小小客廳，真要餘音繞梁，三日不絕了。

她呷了口茶，歇了歇。下面你聽〈十面埋伏〉。

但見她手扶琴柱，略微低了低頭，閉目凝神，屏聲住息一會兒，之後深深吸上一口氣，頭一揚，就「四弦一聲如裂帛，銀瓶乍破水漿迸，鐵騎突出刀槍鳴」了起來……從〈列營〉，〈吹打〉，〈排陣〉，〈走隊〉，〈埋伏〉，到〈雞鳴山小仗〉，〈九宮山大仗〉，〈霸王敗陣〉，〈眾軍奏凱〉，〈諸將爭功〉，〈得勝回營〉……我只感到一種心靈的強烈震撼，恍若置身於萬騎奔馳、人嘶馬嘯、矢石如雨、天昏地暗的古戰場上了。

在整部〈十面埋伏〉的演奏過程中，秋霞俊秀的臉龐漲得緋紅，英姿逼人，氣勢奪人，彷彿投入了她全部的青春生命。尤其令我驚訝的，是她那雙十指修長柔若無骨的纖纖玉手，神妙地在琴柱琴鼓上飛速彈滑，挑輪撚抹拂扣攏，而播弄星月，而馳騁雷電，而叱咤風雲！

演奏完畢，她額頭上沁出一層細密的汗珠。她抱著琵琶歇了一會才放下。我心裡熱辣辣的，面對一個觀眾，她也這麼投入，被藝術之火熊熊燃燒。

秋霞，妳的音樂的國土，本應在神州大地……我的意思是，妳來到加拿大……

她卻想都沒想就頭一晃，回答我說：不！沒有什麼後悔的。這些年民族音樂在中國已經名存實亡，音樂文化也在大刮西風……我的大學同學，新一代的民樂演奏家們，不是改行從商從政，就是投奔了大大小小的歌舞廳、夜總會、酒廊，彈古箏的改吹小號，彈琵琶的改彈吉他，為卡拉OK服務……反而是我們這些出來了的，在堅持弘揚中華民族的音樂藝術。我們在北美的各種場合裡演出，受到歡迎，讓加拿大人和美國人認識我們的琵琶、古箏、二胡、三弦、嗩吶。我們雖然除了忙演出，還要讀英文，還要打工補充生活費用。但都快樂高興。你不知道，現在許多西人觀眾見到我，不叫我的名字，而叫「中國琵琶」！

一九九四年十一月十三日

魔幻仙子

我們湖南人到了海外，也向以「湘女多情，惟楚有才」自詡。

起初，我稱小同鄉陳智玲為「瀟湘妃子」。她抗議：什麼呀？成了弱不禁風的林妹妹？告訴你說，我十二歲進省歌舞團習芭蕾，後轉廣州雜技團表演魔術，再又來到加拿大……人都說我像個體操運動員呢。

她的確很健美，兩腿修長，身段婀娜，面目俊俏，一顰一笑，顧盼嫵媚，是湘女中的佼佼者。那些年，我在長沙做專業作家，她在省歌舞團當名角，同屬藝文界，卻彼此不相識。而是到了這地遠天高的溫哥華，才偶有一天於華文報紙上讀到她榮獲第六十四屆世界魔術大賽冠軍的專題報導，以及一幀亮麗的玉照：陳智玲，湖南長沙出生，首次為華人奪得世界魔術大賽殊榮。

惟楚有才，而且是位美女，是個新例證了。記得當時讀過報紙，作為湖南老鄉，很替這位小同鄉高興了一回。一晃兩年過去。還是去年夏天，國泰電視的新聞節目主持人張姍丹小姐週末發了郊遊之興，約了陳智玲同行，來我的「避秦木屋」稍作休息才相識的。因屋前有一道清溪縈迴，大片秀林耀目，引兩位倩女都來笑話，一位說，跑到外國來了，還要當「鄉下人」？一位說，不對，他是找了個幽靜地方出家，帶髮修行，可莫要當花和尚啊！

聽聽，頭次見面，就這麼瘋。

第一次觀看陳智玲的舞臺演出，是在新西敏市米臣劇院，適逢北美國際魔術觀摩賽，她受邀作嘉賓演出，且是賽後的壓軸節目。參賽的魔術師來自美國、加拿大、墨西哥、日本、阿根廷、俄羅斯等國，正是名家薈萃，高手雲集。表演的節目更是奇巧百出，各呈異彩，美不勝收。我和許多華裔觀眾一樣，最高的期待仍是陳智玲的演出：變花、變牌。當晚會主持人介紹最後一個節目，由一九九一年度世界魔術大賽冠軍獲得者——朱麗安娜・陳表演時，觀眾大廳裡立時爆發出熱烈的掌聲和歡呼聲，可見人們對「朱麗安娜・陳」的大名是耳熟能詳了，只有我們華人仍稱她為陳智玲，智慧之玲。

劇場燈光暗了下來，舞臺上更是一片昏暗，且煙霧濛濛。音樂起處，但見一束明亮的追光，銀盆一般打在天幕上，映出來一隻五指修長的玉手，作出孔雀啄頭狀；合著音樂節拍，

「孔雀」每啄一下頭，即啄出來一朵絹花，一朵連著一朵，赤橙黃綠青藍紫，七彩紛呈，落英滿地。追光漸次擴大，音樂漸次增強，映襯出來陳智玲俏麗臉龐，繼而是她頎長的身段，宛若幻境中仙女……對於她的這一構圖獨特的「亮相」，觀察席上立時歡聲如雷，掌聲如雷，經久不息。

接下來，陳智玲由變花而變牌，由變小牌而變大牌。隨著音樂的強烈節奏，她舞姿優美的輕轉蓮步，慢舒玉臂，讓一張連著一張的撲克牌，從她的手掌中飛彈而出，飛向舞臺的各個方位，真如天女散花，紛紛揚揚，滿臺繽紛，無有窮盡……更有那一片片直有十六開書頁那麼大的撲克牌，魔幻一般從她的看似空無一物的手掌中彈射而出，飛出舞臺，飄落到觀眾席上，引起一陣陣的驚叫和歡笑。她每次表演，都可以從手中飛彈出七百餘張大大小小的撲克牌，大大打破了前日本魔術師保持了二十幾年之久的、一次變牌五百張的世界紀錄。

我至今不能明白的是，她在整個表演中，始終保持著她的苗條身段，輕盈舞步，而她的服飾也頗為性感，現代派。她的大大小小七百餘張撲克牌張張不假，落起來超過一英尺厚，少說也有六、七磅重，從何而來？藏於何處？後來我追問過她多次，她始終不肯透底。有時我追問得緊了些，她就會似惱非惱的嗔上一句：古大哥，你是小說家，凡事愛打破砂鍋問到底；愚妹身為魔術師，能不守住自己節目的奧祕？

除了舞臺演出，傾倒眾生，陳智玲的生活還有淡掃蛾眉、樸實無華的另一面。她在華埠開有一家中英文電腦植字設計公司，替人設計印製名片、餐牌、廣告、小報、雜誌，業務甚為忙碌。她手下有三位全職的技工和一位祕書，清一色的年輕女子。我去她的公司採訪時，陳老闆說：古大哥，我這裡是個女兒國，從不聘用男士。我們五位，來自大陸、香港、臺灣，早就祖國統一了，是不是？

我跟著她們笑了。在她公司裡工作的女孩子，不稱她為經理，而喊她做「姐姐」。有的人離開公司另覓新職了，也常打電話回來姐姐長、姐姐短的，有一分依戀。她公司祕書、來自香港的卡門告訴我：姐姐總是跟大家有講有笑，有事也總是跟大家商量，輕言細語的，從不紅臉，一點不像老闆。有時接的活太多，她就自己加班。我們都在這裡工作多年了，有次聽講有人想來買下她的公司，把我們急的，一齊跑到她家裡去，求她別賣別賣。因為我們怕換老闆。

聽到了吧？我的妹妹們對我不錯的吧？進到她的經理室，帶上門，她才頗為自得的側起腦袋來問。不待我回答，又說：有時我是想賣掉公司，一心一意去做舞臺演出。為了這公司，我不得不推掉許多演出的邀請。你知道，對於演員來說，只有舞臺才能使她的生命大放光彩……古大哥，你怎麼看？

我說，舞臺是給了妳生命的燦爛與輝煌，但這電腦植字公司卻給了妳生命的樸實和沉穩。兩者之間，妳可以在時間上作出調整……人常說狡兔三窟，妳才兩窟，為什麼還要丟掉一窟？

她好一會沒有出聲。我以兄長的目光看著她，忽然心有所感，就又問：看妳這樣子，已經習慣了做單身貴族，當女獨行俠？

什麼呀？她眉頭揚了揚，埋下了眼皮：你算說對了一半。我有男朋友啦，他在西班牙。

她是很認真的回答。後來，她果然給我講了她的西班牙故事。故事裡的西班牙，是一塊洋溢著浪漫激情的詩的國土，燃燒著她的歡樂，也燃燒著她的痛苦。一個感情純真的少女，經歷過那樣一番死去活來的初戀，是很難再看得上別的多情騎士了。

她卻不許我寫她的西班牙故事，哪怕是僅僅稍帶一筆她的西班牙白馬王子。

一天，我在陳府喝了陳媽媽泡的長沙芝麻鹽薑茶，請陳智玲傳授一個小魔術，以長點見識。她竟爽快的答應：好咧，這個世界上又多了個想搶飯碗的。我趕緊聲明，我除了爬格子，煮字療飢，做其他的任何事都笨得出奇，絕對上不了檯面的。

她問：那你想學變什麼？我說，我想學學變鈔票。聽講妳能把十元變成百元，百元變成千元，變得又快又好！

她大笑：古大哥，你真會選節目，變鈔票！不想寫書啦？你以為真的可以把小額鈔票直接變為大額鈔票？皇家騎警該把你抓走啦，哈哈哈……我也笑了：知道，知道，學變鈔票，只是為了精神上富裕一下嘛。對了，聽講妳去年在N.D.P遊樂場表演，五十元變一千元，把觀眾都看傻了，事後卻丟掉了自己的好幾百塊錢。

鬼打起，是媽媽告訴你的？她看了一眼廚房門。我搖搖頭：陳媽媽對自己的寶貝女兒護短還來不及呢。她說：也沒有什麼，就告訴你吧，我這人記性不好，每次演出之前，一定要一個人在後臺化妝室靜靜的坐上半小時，記住自己該帶哪幾樣道具上場，之後要帶下場……可是在N.D.P，遊人多如過江之鯽，哪來的小化妝室供我靜坐？那天，我依約去上場，演出之後就忘了把裝滿道具的鐵盒子拿回來。到了第二天又快要去演出了，在家裡怎麼也找不著道具盒，連忙打電話到N.D.P辦公室去問，人家說，鐵盒是妳的呀？有人拾物不昧送到辦公室的……可我趕到N.D.P一看，鐵盒裡其他的道具都在，就是十張五十元鈔票遍尋不著，我能去找誰？怪誰？只有自認倒楣。

我心裡一沉。停了會才問：那妳當天怎麼演出？

好在一張千元大鈔留在了口袋裡，再用一張二十元的來配套唄。還是我媽媽好，事後一個勁的勸我：丟財免災，丟財免災，有去有來……

說著，她進她的閨房去了一會，回來客廳時，雙手藏在後面，神祕兮兮的問：古大哥，你是想兩塊變二十塊，還是十塊變一百塊，還是五十塊變一千塊？我想了想，回答：兩塊變二十塊，出手太小氣；五十元變一千元，又像是不義之財；我行中庸之道吧，十元變百元吧！她撇了撇嘴：看看你，真會說話，難怪你的書賺不到大錢，到底氣魄不足。

說笑間，她的雙手飛快的從身後晃到了我的眼前，將一張十元鈔票拉直了，彈了兩彈：看清白了，這是不是十塊錢？我說沒錯，千元大鈔少見，十元二十元常用，假不了。好，假不了，假不了，你仔細看，仔細看……但見她兩手將十元鈔票一折二折三折四折，折成原鈔票的十六分之一那麼大，才又一開兩開三開四開的依次翻展開來，我不能相信自己的眼睛，出現在她手裡的，果真成了一張百元鈔票！

看清楚了？她笑問。

沒有，請再來一次。我說。

好，再來一次，就再大一次……看我把它變回去，物質不滅……她把百元鈔票一折兩折三折四折的，折到十六分之一那麼小……在這過程中，我睜大眼睛，探過腦袋，湊近她的雙手，左邊看了，右邊也看了，甚至轉到她身後去看，力圖看出奧妙，看出究竟。

她抗議了：媽媽！妳快來看看古大哥，哪有他這樣看人家表演的？前、後、左、右，三百六十度的仔細觀察，又離得這麼近！

陳媽媽站在廚房門口，打著長沙土談，問我：古大哥沒戴眼鏡，看清楚了沒有？

陳智玲又把那張變回來了的十元鈔票亮到我面前拉了拉，彈了兩彈，嘩嘩響。實在汗顏，儘管我三百六十度的轉著圈兒的近距離觀察，仍未能看出其中的奧妙。她的雙手真的是太靈活神妙了。我不服氣的一把從她手中取過鈔票，正面看了反面看，是薄薄一張十元鈔票，沒有夾層。我把票子還回去：智玲，妳再變回一百元去，好不好？

傻大哥，我大約再變十回，你也看不明白的……還是把謎底告訴了你吧！只此一招，下不為例……看到沒有？百元鈔票在這裡。

我恍然大悟。看來的確只有回去爬格子才能混飯了。而且我的手腳又這麼笨，就算學會了，也鐵定的一變就露破綻。

陳媽媽從廚房端了一大盤水果出來，也笑著說：變錢變錢，莫把自己的錢變沒了，就阿彌陀佛！

媽！古大哥剛才還說妳護我的短，妳就來揭短啦！

人們常說，一個成功的男人的後面，總是站著他沒沒無聞的女人。我卻要說，一個成功的女人的後面，映襯著的往往是她自己飽含辛酸淚水的暗影。特別是那些長相秀麗的女子，要奮鬥，要自立，要在事業上成就自己，首先得學會穿戴好精神上和情感上的「防彈衣」。

陳智玲一九八八年秋天來到溫哥華，讀了一年英文後，開始邊打工邊上學。她的第一份工作是在市中心的一家英國人開設的文具家私公司做簿記員。老闆和同事們都很熱情。街對面是一家郵局。郵局經理是位年輕人，不知怎樣的就迷上了她，每天下了班之後手持一朵玫瑰花，站在公司門外，等著她也下了班，送上花，才離開。起初她不懂這些西人的禮節，以為人家只是喜歡奉承「街對面的鄰居」而已，她就每天收下玫瑰花，並帶回自己租住著的公寓裡用隻玻璃瓶養著。後來她還跟那位郵局經理交換了電話，每天都見面的「熟人」嘛。可是一天下半夜，她被電話鈴聲鬧醒了，以為是中國或是香港的親友來了長途，一接，竟是那位郵局經理，問她是不是一個人住？可不可以來拜訪，這些日子他睡不著覺……她一聽氣壞了，一句長沙話衝口而出：碰你娘的鬼啊！也不管人家懂不懂，就咔嚓一聲掛斷了。掛斷了還不解氣，起身去到客廳，把那每天養著的玫瑰花從花瓶裡拔出來，再倒插進去泡了水。

人長得亮麗些，有時反而添了累贅，易招是非。不久又有人來送玫瑰花。這回當事人先不露面，而是每天讓花店的人來送上一大束，使得她欲拒還休。人家慷慨大方的送，她只好糊糊塗塗的收。看樣子不是位大亨，也是位闊少。為避免浪費，她把這一束束鮮花插在公司同事們的辦公桌上。同事們都很高興，因為有了「朱麗安娜．陳」，公司每天都獲得玫瑰花免費供應。半個月之後，她終於在上班時接到一個神祕的電話，她仔細分辨了對方的聲音，英語有口音，年紀約莫五十上下，一派養尊處優者常有的自以為是的口氣，在「客套」了一通廢話之後，竟開出了價目：埃迪爾密斯陳，只要妳每月的消費不超過四萬美金，我就可以供得起……

媽的！要金屋藏嬌了？混晃，你找錯了人！你的鬼玫瑰花我立即倒插進水裡去！

陳智玲的國語、粵語、英語都甚為悅耳，可是每逢一生氣，一性急，國罵省罵，長沙話就總是優先而出，犀利無比。長沙話罵人，自然是對牛彈琴，人家只能從她激昂的音調裡，領教她淩厲的反擊。

除了受邀演出，她的第二份工作，是跟人合夥，在華埠開辦了那家中英文電腦植字設計公司，自我僱用，她當經理。廣結善緣，優質服務，生意慢慢做了起來。有時業務忙，她常常獨自加班到深夜十一、二點。很可奇怪的是，一年功夫，她的公司被盜兩次。也就是說，五萬元一臺的電腦植字機，數千元一臺的雷射複印機等貴重設備，被人搬空了兩回。報了案，皇家騎警也無能為力。雖說買了保險，但所獲賠償買不回新機器，只得再向銀行借貸。尤其是公司第二次被盜時，合夥人提出撤股，真是雪上加霜，禍不單行。她差點就要精神崩潰了，從不哭鼻子的人，也哭了兩晚，紅腫了眼睛：老天爺，一個弱女子在這裡單打獨鬥，要闖出一條路子，竟是寸步難移！

困難當頭，陳智玲的「湖南騾子」秉性起作用了。她外表溫柔，內裡剛強，把自己當成了過河卒子，沒有退路，只能前行。她讓合夥人撤了股，退掉了公司原租用的鋪面，改租了銀行樓上的一套屋子，重新添置了設備。更好在手下的三員女將鐵定的跟了她這「姐姐」走。公司興亡，姐妹有責，同心同德，又慢慢的把生意做了起來。

又有人來她的公司新址送玫瑰花了，一天一朵。送來就收，四位小姐，人人沾光，與有榮焉。後經送花的華裔青年指名是「送給陳智玲小姐」的，陳智玲小姐才態度友愛的告訴人家：小弟弟，你把心事花到學業上去吧！看我這樣忙，還顧得了你？

大約後來人們發覺陳智玲本人也像一朵玫瑰，帶刺，送玫瑰花的騎士們漸次卻步了。不是的，古大哥！我怎麼帶刺了？不信你下回到我家時留神看看，那牆上掛著好些把乾玫瑰，捨不得扔掉，紀念品，很珍惜的！她說。

說句不怕見怪的話，陳智玲和她媽媽在一起，笑笑鬧鬧，沒大沒小，無分老少，不像母女，倒像是老姐姐和小妹妹似的。實在是，陳智玲的父親過世早，她是母親的命根子，她對母親特孝順。在廣州那些年，她把母親接去住。到了溫哥華，她也把母親接來住。她還故意逗母親說：媽媽！我這麼大了還跟您住在一起，越發嫁不出啦！陳媽媽卻很有信念：既有鳳凰鳥，就會有菩提樹的！

陳媽媽原是長沙的湘繡女工，退了休。如今女兒的所有演出服裝，都是她一針一線縫製起來的。魔術師的各種特殊服飾，本身就是機關密布的道具，一般服裝店不會有，就是找專人訂做，也難達到那高難度的要求。正是慈母手中線，女兒臺上裝。陳智玲說，我今後若能在魔術表演上有新突破，一半功勞要歸於媽媽……

許多日子沒有見到陳智玲和陳媽媽了。一天晚飯後，我打電話去問候，是陳智玲接著，一聲「古大哥……」之後，就沒有聲音了。她平日在電話裡總是妙語連珠，風趣十足，還說我笑多了應當繳費。

妳怎麼啦？不說話？我問。我在生氣！我坐在地毯上……她回答。我想像得出她坐在地毯上的樣子，笑了：什麼大事？生誰的氣？媽媽唄！她又害我一回……我倒是放心了，一定是陳媽媽替她做道具服裝，把什麼機關弄丟了，復原不起了。人家急死了，你還笑！你知道上回媽媽在長沙是怎麼害我的嗎？

「湖南騾子」脾氣輕易不上來，一上來可就不饒人了。我卻更要忍俊不住。那是一九九二年，陳智玲回到湖南老家長沙市，應邀在省電視臺演出。「世界冠軍」不住邀請單位安排好的賓館，而跟媽媽擠住在那間她出生的街道小屋裡。媽媽心疼女兒，也是愛屋及烏，見女兒的幾副道具撲克牌，張張有些髒，就用溼布去擦。汗跡擦不掉，就乾脆放到肥皂水裡去洗，再取出來晾乾。等到電視臺來車子接陳智玲去表演並錄影時，每張撲克牌的四個角都是翹翹的！陳智玲這才發覺道具被好心的媽媽「加了工」，沒法用了！請人去買新牌也來不及，更何況自己用熟練了的牌，都各有記號、機關在上頭呢！陳智玲急得跳腳，大喊媽媽妳何苦、何苦要動我的道具……還是陳媽媽急中生智，找出來電熨斗，決定親自出馬上陣：去吧，去吧，我陪了妳去，我用電熨斗把妳的牌一張一張熨平，還不行？結果自然是女兒在前臺表演，媽媽在臺後熨牌，忙出一腦門的露水。「出綠，出綠……」「出綠」是長沙方言，可以解釋成捅簍子，露馬腳。

這回，肯定又是陳媽媽愛女心切，出了什麼毛病。我只曉得陳智玲正在自創一套新節目，還是受了國內地方戲的啟發，專門跑了一趟雲貴高原，花了大筆錢從一位老藝人那兒「取了經」來的。新節目名曰「變臉」，表現人生的七種情狀：喜、怒、哀、樂、驚、憂、苦。

陳智玲在電話裡說：媽媽把我的一套綢臉譜上的機關剪掉了！我怎麼也復原不回去了

……我只好勸道：不急不急，妳反反覆覆試下去，總會試出眉目來的……古大哥，我不跟你多談了，反正今天晚上不把訣竅找到，我不睡覺！

放下電話，我倒是直替陳媽媽擔心，老人家還不知急成什麼樣子了。第二天上午，陳媽媽來了電話，仍是那口好聽的長沙鄉音：古大哥，你好。昨晚上對你不起，我沒有出聲，鬼妹子平常脾氣好得很……後來她一個人在客廳裡忙到下半夜。她今天一早起來，就端了牛奶點心來我床邊講好話，賠不是，並且告訴我，昨晚上她到底把臉譜上的訣竅找出來了，要我莫生她的氣……我哪裡會生她的氣？這個聰明鬼！

我釋了懷，是的，有孝順的女兒，必定有慈愛的母親。

陳媽媽說女兒是「聰明鬼」。陳智玲的「從師」經歷，倒真正是「鬼」得出奇。因為她從的是一位外國大師，不要說見面，連信都沒有寫過。

那是一九八二年在廣州雜技團，她的腿第二次受傷，經過手術治療雖未落下殘疾，但醫生說她不宜再回舞臺。她才二十出頭，就成了團裡的傷病號，承受著藝術生涯的嚴重挫折。自十二歲那年被千裡挑一進劇團學芭蕾，後來芭蕾不吃香了，又改行學雜技，舞臺表演是她青春生命的光焰所在。光焰已被掐滅？就此告別舞臺？人都說她有一雙修長的美腿，如今美腿變成傷腿，不能再跳芭蕾。她痛苦消沉，徬徨無依，懷疑起生命的價值……一天晚上，人家都演出去了，她冷冷清清的躲在宿舍裡，被生活遺棄了似的。電視機開著。忽然，屏幕上出現了國際著名的日籍魔術大師西達姆和他美麗的妻子的節目：「鴿子與牌」。配合著大和民族情調的樂曲韻律，西達姆看上去兩手空空，只有一條紫色薄綢巾，可從那綢巾裡一忽兒鑽出來一隻小白鴿，一忽兒變出來無數張撲克牌，一忽兒變出來一根火苗直竄的金屬棒。她盯住這電視節目，感覺到一種從未有過的強烈震撼，神祕的吸引。看完節目，很少哭鼻子的她，竟淚水洗面。第二天她就去找劇團領導，要求改學魔術：變牌。劇團領導認她是異想天開，團裡從無人表演過，誰來教？無師自通？她卻一口咬定：事在人為！她的執著，感動了團裡一位擅長表演「變花」的老藝人。老藝人偷偷提示她：「變花」和「變牌」的祕訣應該很接近，只是掌功、指功不相同……

命運的黑色巷道冒出了新的曙色。陳智玲從老藝人那兒學得「變花」之後，便著魔一般開始自習「變牌」。也是憋了一肚子氣，要爭一口氣。一定要重回舞臺，而且要去追尋藝術生命的燦爛與輝煌。無分晝夜，無分寒暑，她每天都躲在宿舍裡練上十幾個小時，每天都累得趴在地板上，汗水浸淫了衣衫。她有時甚至問自己：我還活著嗎？有時，卻真的出現了幻覺，冥冥中魔術大師西達姆無聲的出現了，用他奇妙無比的變鴿子、變牌在示範，在引導……幸而她是劇團裡的「傷病號」，醫生開了一年的工傷假，不用上班。大半年之後，她卻在劇團裡爆出了冷門，她不但一次可以「變」出數百張撲克牌，而且有了自己的絕招：彈牌，能夠把數百張大小不同的撲克牌，一張一張從手中「彈」出十幾米遠，飛滿整個舞臺。她又成了團裡的名角，隨團出訪過二十幾個國家和地區。她用的背景音樂是貝多芬那雄渾有力的《命運交響曲》，她同時也譜寫出了自己的命運交響曲。一九八八年她來溫哥華留學時，已經可以一次「變」出七百多張撲克牌，她用的最大一副牌直有十六開雜誌那麼大。一九九一年三月，她在友人的鼓勵下，有幸參加了在美國鹽湖城舉行的第六十四屆世界魔術大賽，沒想到竟能戰勝來自四十多個國家的魔術高手而一舉奪魁。

陳智玲成了國際魔術界的大明星。她卻忘不了自己的「啟蒙導師」西達姆。她知道西達姆夫婦一直在美國賭城拉斯維加斯演出。她去過兩次賭城，又都跟西達姆夫婦失之交臂。一九九三年九月，她從一份美國雜誌上讀到，魔術大師西達姆即將結束在賭城長達十五年的演出生涯，正在舉行最後一月的告別演出。陳智玲不能失去這拜望師傅的機會，立即從溫哥華飛洛杉磯轉拉斯維加斯。在洛杉磯街頭，她卻被西達姆的女兒認了出來：哈囉！朱麗安娜・陳？原來西達姆全家人都看過她在日本演出的錄影帶，西達姆對家人說：她在哪裡？這個又年輕又美麗的中國天才……

是星期日，陳智玲隨西達姆的女兒飛抵賭城。西達姆請她出席觀摩當晚的演出。她花了整整一個下午找了十多家花店去買玫瑰花。過去都是人家在各個不同的場合送她玫瑰花。她生平第一次買玫瑰花卻遍尋不著。城裡的花店星期日歇業。她坐了出租車遠赴郊區花店才買到三朵紅玫瑰。晚上九時半，她穿上晚禮服，進入水晶世界一般的大旅館劇場，帶位員把她引領到大廳的第一排中央座位上，座前的茶几上竟擺滿了鮮花和飲料。她成了當晚最受矚目的嘉賓。她知道，這都只是西達姆夫婦的盛情安排。這天晚上，她宛若進入了幻境，都沒大看清楚臺上的精彩演出，腦子裡重重疊疊的都只是一句話：西達姆，我的老師！我從中國來，走了好長好長的路，才來跟您見面……

陳智玲常出遠門。陳媽媽不時掛個電話來告下女兒的行蹤：到東部去了；到南邊去了；到日本、香港去了；回廣州、上海去了。陳媽媽講的東部，是指加拿大的多倫多和滿地可；她講的南邊，則多半是指美國的洛杉磯和賭城拉斯維加斯。

陳智玲的確是個忙人，除了接受各地的演出邀請，自去年起還忙上了魔術演出經紀人的新業務。我說她狡兔有了第三窟。她說不是為了賺錢，而是想搭搭橋，向世界介紹中國的魔術文化。她說，兩千多年前的春秋戰國時期就有了魔術表演，稱為「雜技」。在漢代，趙飛燕可以在人的手掌上跳舞，她練的就是雜技的「輕功」。到了唐代，雜技跟音樂舞蹈融為一體，敦煌壁畫中造型優美的「飛天」，表現的就是雜技的「空中飛人」。中國的傳統戲劇所吸收的雜技藝術就更多了，從各式空手翻，到鵝掌步，貼地圈……會七十二變的孫悟空就是中國最權威、最傑出的魔術大師，魔術豐富了中國的武功和神話傳說。

陳智玲說，當代中國也有許許多多身懷絕技的優秀魔術師，可惜他們很少有機會出國表演。她計畫把這些魔術師陸續邀請出來作短期訪問演出，也是宏揚中華文化的一種。她也準備把國外的優秀魔術師介紹進中國去，跟國內的同行聯合演出。她說，魔術藝術是非政治的，表現的是人的各式各樣的奇奇怪怪的智慧才華，特異技能，對於啟迪青少年的想像力，創造力，培養人的堅毅品德，豐富社會大眾的精神文化生活，都有著其他藝術形式無可替代的功能。一九九三年夏天，她邀請了中國雜技藝術家協會主席一行來加拿大魁北克市觀摩了第六十五屆世界魔術大賽；今年七月，她還將安排中國上海、杭州兩地的八名魔術師赴日本橫濱市，參加「國際魔術奧林匹克大賽」，她本人則作為大賽的特邀嘉賓赴會演出……

智玲，到日本橫濱，妳會演出妳的新節目「變臉」嗎？

會的，我已經排練好了表現人生情狀的七種臉譜，也可以說是眾生世相吧：喜、怒、悲、懼、驚、憂、苦，以「苦臉」來做收尾。我覺得人生就是一張苦臉……古大哥，你覺得怎樣？

她年紀輕輕，卻有了這種沉重的人生感嘆。說實話，我喜歡她的幽默活潑，笑語如珠。喜歡聽她在電話裡說，讓你笑了這麼多，應當繳費，請吃麥當勞，哈哈……不過我還是想了想，說，建議妳在節目的結尾，將「苦」和「樂」反覆轉換，最後定格在「苦臉」上，或許更能引發觀眾的共鳴和聯想。

我可以試試。她答應。

一九九四年五月十五、十六日

她來自孔雀的家鄉

朋友來電話，約去觀賞「楊小花民族舞蹈團」的演出。

楊小花？好熟悉的名字……瑤池王母娘娘膝下的第幾代重孫女兒？人家是電影《阿詩瑪》裡的小詩瑪，《五朵金花》裡的小金花，你不是六次去過雲南？五百里滇池，四百里洱海，大理三月好風光，蝴蝶泉邊好梳妝，蝴蝶飛來採花蜜，阿妹梳妝為哪般……還能不知道她？

是嗎？楊小花，這隻曾經在中國影劇界，舞蹈界大放異彩的雲南金孔雀，也飛越太平洋，棲落到了溫哥華。溫哥華真是溫柔富貴之域，招賢儲材之地，藏龍臥虎之邦了。

楊小花又名楊桂珍，出生於雲南省大理縣洱海之濱一個富有的白族人家。說是一九五〇年雲南土地改革前夕，她的祖父母因恐懼遭到「共產」、「清算」，而著人將祖傳的金磚，乘星高月黑之夜沉落進了煙波茫茫的洱海水底。後來的人不能忘情於楊家的這筆財富，年復一年地在四百里洱海水域中尋覓打撈，真個是海裡撈針，難有收穫。倒是這洱海之濱楊家的後代小花，自十四歲被選入大理自治州民族歌舞團，不久轉入雲南省歌舞團，轉入長春電影製片廠，上海電影製片廠，北京舞蹈學院，中央民族學院……憑著先天秉賦和後天努力，二、三十年來奔波藝海，撈起了一塊塊瑰麗奪目的藝術金磚。其精神財富的價值，自然是很難以物質財富的金磚來衡量了。

我知道，藝術家的舞臺生涯，孜孜以求的是生命的燦爛與輝煌。楊小花藝術上最燦爛的時日不是年輕時候參加拍攝那幾部至今十分有名的電影，不是隨周恩來出訪東南亞國家為外國元首政要演出，更不是曾經進入北京中南海表演民族歌舞；而是她步入人生成熟的中年，從跳舞而編舞，從演員而導演，所創作的傣族舞蹈《水》、白族舞蹈《囍》、漢族舞蹈《吻》、藏族舞蹈《雪蓮》、彝族舞蹈《雨絲》、哈尼族舞蹈《歡樂的銀鈴》、景頗族舞蹈《娃娃樂》等三十幾個民族的六十多部單人舞、雙人舞、群舞作品之後。

一九八七年九月，她作為藝術總策劃，總指導人，執導了雲南省首屆藝術節開幕式——萬人歡舞的巨型歌舞表演，正是千軍萬馬，龍騰虎躍，全景式展現出雲南境內二十五個民族的藝術豐姿和民俗文化異彩。緊接著，她又構思，設計和總導演了更為壯麗耀目的大型民俗歌舞——《東方彩霞》，將全中國五十六個民族的傳統服飾穿戴藝術——載歌載舞表演展示，作為中國大陸第二屆藝術節在北京的開幕式演出，那滿臺珠玉、美不勝收的盛況，至今令人嘆而觀止，不是絕後，也是空前了。《東方彩霞》，為推動中華民族民俗藝術表演走向成熟，走向世界，立下了一塊豐碑。

可是這樣一位民族舞蹈的將帥之才，藝術功臣，卻於一九八九年隻身來到了溫哥華，一九九〇創辦起「楊小花民族舞蹈團」和民族舞蹈學院來了。她要從峰巔回歸平地。她要從輝煌回歸樸實。她要一切從「零」開始。拿得起，放得下。榮譽地位本都是身外之物，過眼煙雲。唯藝術創作無有止境，永遠是下一個，再下一個。

我跟楊小花第一次通電話，彼此問候的頭句話，竟然都是：

楊老師，你個民族、民俗舞蹈家，怎麼到溫哥華來了？

古華，你個中國鄉土小說家，怎麼到溫哥華來了？

一起在電話裡哈哈大笑，有苦澀，有欣慰：金碗銀碗，不如自己的瓦罐。瓦罐在手，雖然易碎，但不用時時恐懼端了人的碗，得受人的管。在極權制度裡，你藝名再高，成績再大，也只是政治的奴僕，權力的花瓶。

我大約出於自己曾在地方歌舞團工作過的習慣，先不忙去欣賞「楊小花民族舞蹈團」的演出，而先去看「楊小花民族舞蹈學院」學員們的排練。排練廳設在溫哥華東區 P.N.E. 遊樂場對面的一座社區中心裡。學員分為大班、中班和小班，清一色的天使般可愛的女孩們。大班為十四歲以上的中學生，中、小班為八至十三歲的小學生，共有一百多人，分別不同的時間授課。

楊老師每週工作七天，奔波於四個教學點，工作之辛勞，可想而知。因舞蹈教學是項體腦並重的勞作，天天出汗，也就容易著涼、感冒。她卻是個工作狂，一天不教舞、流汗就渾身都不舒坦。她說：

古華，你知道的，我開破車，租人家的地下室住，日子並不輕鬆。可我辦舞蹈學校，主要的是想把中國的民族舞蹈介紹到海外來，這是中華文化的重要組成。海外華人有五千萬，多大一個數目。文化藝術最富於民族精神凝聚力，而舞蹈和音樂這一對孿生姐妹，沒有地域界限，也沒有語言障礙，最富於親和力……

這天我觀看的是大班學員排練漢族《劍舞》。十五位小姑娘個個身材高䠷，英姿颯爽，身手不凡，是為她民族舞蹈團的骨幹。排練過程中，楊老師面含春風，眉橫冷黛，不時地厲聲叫喊：STOP！之後糾正、示範，命令重來，十足嚴格，一如中國大陸的那些舞蹈教練和體操教練。我真難以想像，在加拿大這種對兒童教育十足放任、寵愛的社會環境裡，怎麼能接受她的這套近乎嚴厲的教學方法。

課間休息時，學員們擦汗喝水去了，楊老師捏著罐可口可樂邊喝邊替我釋疑：對了，西式教學法或許比我高明，先把舞蹈當遊戲，讓孩子們在遊戲中學舞蹈。我教舞蹈是當作藝術事業。離開中國之前我曾在中央民族學院藝術系和北京舞蹈學院教授民族舞。那些學員是從全國各地精挑細選出來的藝術尖子，都已經有了很好的專業訓練基礎，明日的希望之星。其中有一些如今已是大名鼎鼎的年輕舞蹈家了；我在這裡教的，是小白丁，從啟蒙入手。孩子們剛進來時以為蹦蹦跳跳好玩，可以手舞足蹈，張牙舞爪。一般母親們也只當是送孩子們來做做遊戲，鍛練身體。一碰上我這樣嚴格的教授方式，自然是很不習慣，有的還哭鼻子。但我一開始就告訴了孩子們和她們的家長，跟我學舞蹈，是向美的境界進軍，達成美的體型，美的風儀，美的心態，是會很辛苦，會汗流浹背，腰酸背疼，但能學到真功夫，真藝術。所以儘管有的孩子開始時耍嬌氣，哭鼻子，但大部分都留下來了，每星期兩次，都練上了癮，一到時間就催家長開車送她們來，很少缺課請假的。

教授舞蹈，體腦並重，身體力行，你如今又是單打獨鬥的創造新天地，是不是工作得太過辛苦？我問。

可我高興呀，自找苦吃，樂在其中呀！她說，我的胃不好，肩也受過傷，這兩樣是舞蹈家們的常規病，但我真心喜愛我的這些小天使們，她們也喜愛我。三年來，我看著她們長高、進步、變美變俊。這是我的一個個活的作品、美的作品呀……你不知道，她們一位位剛來時是什麼樣子。有的孩子因老是呆在家裡做功課，看電視，玩電子遊戲，小小年紀就坐時端肩，站時佝胸，走路時低脖子加上內八字，個性靦腆；她們入學後，我總是從最基本的體型訓練開始，由易輕淺簡而難深精繁，先鬆弛她們的筋骨，活潑她們手足，再柔和她們的肢體，優化她們的動作。半年之後，她們一個個舉手投足有了美感，即抬頭、挺胸、收腹，走路步伐輕捷，不再有那難看的內八字。家長們也都悄悄跟我說：楊老師，孩子自進了舞蹈學校，看著看著就變好看了，站有站相，坐有坐相，身子都挺拔了、秀麗了。

這天的教學結束後，我隨楊老師去到她的住處，翻閱了她精心保存著的六大本相冊，幾乎清一色全是她的舞臺演出劇照，從少女時代的《五朵金花》劇照一路到今天的舞臺演出合影。六大本影集留下了她藝術生命曲折艱辛、也是多姿多彩的旅程足印。

楊老師以她家鄉的白族烤茶招待我，讓我邊流覽她的影集，邊聽她興致勃勃地談她的新「藝術宏圖」。她已經成立了一家「楊小花民族舞蹈民族服飾演藝公司」，融舞蹈教學、舞蹈團演出、民族服飾演出為一體，旨在海外全方位介紹中國五十六個民族的舞蹈藝術及服飾文化藝術。三年來，舞蹈教學方面較有成效，招收學生近兩百名，學生學成率達百分之九十以上，並連續三年獲得素里國際舞蹈比賽同齡組的總冠軍。舞蹈團演出也形成了骨幹學員隊伍，獲得過許多團體、商業公司的贊助。唯民族服飾表演十分艱難，她購買布料，自己設計剪裁，由學生家長們協助縫製，已經製作出了二十幾個民族的一百多套服飾，賠了許多錢，受了許多累。但她一定堅持做下去，直到全中國五十六個民族的服飾全部展示演出為止。

藝術是一種生命的拚搏，生命的奉獻，常常是廣種薄收，甚或是有種無收。楊小花不屈不撓，含莘茹苦，只管耕耘，少問收穫。

她曾對我說：古華你不也是一樣？為了你的小說創作，不也捨棄了許許多多嗎？為藝術生來苦命，就去苦吧！苦中有樂，有陶醉，有生命充實，精神滿足……

後來我們經常通電話，聊天。我則常常聽到她的鼻音，一定是又著涼了。她則說，家常便飯啦，一進舞蹈室就出汗，就減衣，出舞蹈室又常忘了加衣。好在我的感冒從來不傳染人。你不信？從昆明到北京，到溫哥華，一路都找得出人替我作證。

前些天，楊小花在電話裡告訴我，她的舞蹈團已定於六月廿六日在富貴門 (Richmond) 演出，七月去首都渥太華演出。秋天，還將赴國外演出。她總是一往無前，我很替她高興。我說，由於時代的變遷，你沒有得到祖上的那些物質金磚，卻以自己的雙手獲取了舞蹈藝術的塊塊金磚。

哈哈！古華，你還沒有忘記我祖父母沉到洱海裡去的那些寶貝？楊小花說。

給女明星劉曉慶

那年一月，我剛從瑞士訪問回來。消息靈通的導演就派人送來飛機票，請妳和我立即去劇組集合，討論劇本。導演是急了，演員都集中了，劇組的各個行當已經動作起來了，劇本卻遭到演員們的拒絕，寧願拿了原著小說在排戲。改編者太不負責任。我卻因為未介入此次的改編，樂得一身輕鬆。

在機場候機廳，妳戴上了大口罩。妳對我說的第一句話卻是：

老古，我已經認識你很久了。

我頗驚訝。跟妳還是第一次見面。

我一九八二年就讀了你的小說……你也一定聽說了，我一直在為這部小說搬上銀幕去找當權的人。我不管，拿了書去找他們，問他們看了沒有？為什麼不能拍電影。

啊，原來妳指的是這個。我知道，前後有七八家製片廠動過腦筋。電影界一位朋友甚至對我說，你這部小說沒有搬上銀幕，成了電影界、特別是導演們的一樁心事。

妳喜歡說話。原以為妳很高傲，跟妳的名氣成正比。

在辦登機手續時，服務臺的小姐認出了妳，普通票變成了頭等艙坐席。我跟著沾了光。

在登機的隊列裡，妳戴了大口罩，仍被一位影迷認了出來。那是個瀟灑的小伙子，立刻掏出小筆記本，請妳簽名。妳卻頭一扭，快步向前走去。真不給人面子。我都有些替那小伙子難堪。真是大明星的作派。

在機艙口，空中小姐認出了妳，高興地說：「請上樓，上樓。」我笑了，看看，妳有一張為數億人口所熟悉的臉蛋。

坐定之後，妳問：

這幾年，你常在電影圈子裡活動，為什麼不來找找我？

我說，有人笑話我是兩棲動物，時而小說，時而電影。其實我只改編了幾部自己的東西。卻有些害怕見女明星……

為什麼？

明星們太明亮了，我怕被晃了眼睛。

我現在晃了你的眼睛嗎？

妳現在很乖。

哼……你這人有意思……為什麼不留在國外住住？

如果有一天我認識到，作品即是作家的鄉土、祖國，那時，或許會的。

還是你們作家自由些。

大導演屈尊機場接我們。

劇組照顧妳，安排妳住了有洗漱室的單間。妳卻把那房子空著，硬跟另外兩位女演員擠住在一起，並發出命令：

老古，上街去買些水果、零食來嘛，你請請客嘛！

妳為什麼不自己上街？

哎呀，我能上街嗎？每到一地，我只能留在住處讀書，自我隔離。在瀋陽，在上海，有幾回上街時被觀眾圍住，一下子來了幾百人，要求簽名，要求照相，最後都是警察來解的圍。

這就是妳名聲的負面影響，怕見人。

妳說，妳最怕的是記者。還有那些當官的。特別是一些小報記者，常要捕風捉影，報導一些風流韻事，讓妳哭笑不得，告狀都沒有地方告，只好不去理會。

但當地一家大雜誌社的記者還是找到了妳。因為是妳的熟人。於是拉上我，讓那記者請客，上「紅房子」吃西餐。也是當今世界的時髦之一，洋人好吃中餐，中國人好吃西餐。邊吃邊採訪。記者問：

妳認為國內現在最優秀、最成功的女電影明星是誰？

是我。當然是我。

妳加重了語氣回答。

我吐了吐舌頭。記者問得直截了當，妳回答得更直截了當。

怎麼不是我？古代的、現代的、城市的、農村的、林區的，還有戰爭的，什麼戲沒拍過？你們說，演得像不像？當然，藝術是無止境的。

妳坦率得可愛，有點瘋，毫不隱瞞、掩飾自己的觀點。在一個充滿虛妄的政治說教的社會裡，難怪妳的談吐常會令人側目、咋舌。

記者又問：

妳覺得當今國內的女演員誰最有魅力？

人家講我的眼睛最有魅力，會勾人。我身上有一種成熟的美……其實我告訴你們吧！我是有點近視，隱形眼鏡還沒配好，看人時，要湊近些，定住神，才能看清楚……

妳倒是道出了一個祕密。這頓西餐真沒白吃。

記者又問：

妳對電影界近來遇上的政治寒潮有什麼看法？

他們再不讓人幹事業，這也不准拍，那也不能演，我就走，一定走！國外好幾家學院主動表示願意提供我獎學金……腐敗，就是腐敗！國計民生的大事他們管不好，官商官倒一團糟，卻人人都來管電影。好像個個是內行。狗屁！一個破電影，能亡黨亡國？

妳口無遮攔，真尖銳。像是跟誰賭著氣似的。可是喝完一杯冰鎮果露，妳又說：

我為什麼要走？我有十億觀眾！我離不開我的觀眾！他們太好了，太可愛了。

我覺得妳是一個矛盾的複合體。今天國內的許多作家、藝術家、知識分子，大都是矛盾的複合體。一接觸到政治話題就牢騷滿腹，對社會、對經濟、對文化，都是既絕望又仍寄託著某些希望。哀其不幸，怒其不爭，補天乏力。

因我不肯留在劇組裡參與劇本的改寫，大導演拗不過「鄉下人」，只好另交下一個任務，你先走。兩位主要演員，還要去你家鄉補充生活。你陪他們去一趟，總可以吧？

當然可以，乘便回去拜望我年高八旬的老母親，做一次「公費」探親。

國內支線上航班經常誤點。因為跟蘇聯老大哥論戰了二十多年，對罵二十多年——有幾年還動槍動砲，國內航線上飛著的，卻仍是蘇製「安二四」、「伊爾十八」，都老掉了牙。每坐一回都擔心它在雲天裡散了架。

我先走，頗順利。妳卻在機場苦候了一天一晚。機場的服務又是那樣死板，既不通知航班何時起飛，又不通知乘客離開。

一個多雲間陰有雨的天氣，妳終於到了。我們從機場直接坐汽車奔赴我家鄉。那是十幾個小時的汽車路程。在汽車裡，妳興致極高，說個不停。

老古，你有幾年沒回家看你老母親了？

三年前。那一次是陪另一個攝製組的人去下生活。

不孝順！你是你母親的么兒子？么兒子最嬌生慣養。嬌兒不孝，到處都一樣的。

妳孝順？二十四孝裡怎麼沒見妳的大名？

連開車的師傅都笑了起來。妳也笑了，接著說：

鬼騙你。我當然是最孝順的。不信，你去問問我們製片廠的人……我現在的父親是義父，醫生，文革中被紅五類打壞了雙腿。他們好狠心，打壞一位醫生的腿……

那年月，響應毛老頭的號召嚒，彈鋼琴的被打斷手指，跳芭蕾的被打壞雙腳，寫小說的被踢成腦震盪……妳生父呢？

我母親生下我幾個月，他就走了，走得無影無蹤。沒良心的！我從沒想過他，只恨他。有人說，妳現在出了大名了，要是妳生父忽然找上門來，咋辦？我說，轟出去！我才不要認他。我早有了自己的父親。

妳義父行動不便啊？

是呀！母親年紀大了，照顧不動他。我就把他們接了來，一起住。我住四樓，沒有電梯，樓道又窄又黑。有時義父要到樓下坐坐，或是上醫院看病，就都是我揹上揹下。一百多斤哪，我力氣不小吧？會出汗……

同車的人都不說話。我有些感動。實在難以想像妳嬌娜的身材，可以揹負一位男性老人，一步一級，上下四層樓。

也是鍛鍊身體呀！你這當么兒子的，不一定做得到吧？我最心疼的，還是我母親。上個月母親生病住進醫院。我從外地趕回來，跑到醫院去，母親正在急救室。我忽然覺得，我要見不著母親了，母親還沒有過上幾天好日子呀！我坐在護士值班室哭了起來。兩位小護士也陪著我掉淚。後來母親從急救室被推了出來，見了我，笑了笑。我不管，大聲喊著媽媽，撲了過去，被醫生擋住了……我在病房裡陪了三天三晚，不讓人來替換我。我自小跟母親相依為命。直到母親脫離了危險，我才離開。後來母親出院回到家裡，說整座醫院都傳遍了，說某某明星是大孝女……

我閉上了眼睛，做了一番短暫的自省。在我內心深處，原來存在著對女明星們的偏見：矯揉造作，逢場做戲，社會厚待她們，觀眾寵愛她們。跟極權政治下的官僚們一樣，處處搞特殊化，樂得受人吹，被人捧……

老古，你應該孝順你母親！你今天事業有成，去過世界上許多地方……可是你要明白，你是哪裡來的？你母親當初不生下你，就一切都無從談起，對不對？

啊，妳是先以妳自己做例子，對我來篇「勸孝表」！

你要看我說得有沒有道理嘛？

天黑了，道路泥濘，沿途都沒有路標，全憑了開車師傅的經驗判斷和一次一次的停車問路。又路過一座小縣城時，開車師傅對我說，今天到不了你老家了，我們去找這裡的縣招待所住下，明天一早開路，如何？

我看了看妳，妳蜷縮在後座上，一副聽天由命的樣子。

我們去敲那縣政府招待所的大門。招待所的職工都下班了，值班的人一聽是誰來了，十分熱情地接待著，並打電話把食堂炊事員、鍋爐工人都喊了回來。招待所所長也趕來了，握著妳的手說：

稀客！稀客！看過妳的好多電影。家家戶戶的年曆上，都有妳的大照片！

我們都笑了，又都沾上妳的光。

家鄉的小縣城早已轟動——某某大明星光臨。

中午是以縣政府的名義擺酒接風。越是窮苦地方，宴席越是豐盛。在世界上的任何一個角落，百姓的貧困跟官員的奢侈，似乎總是成正比例。

下午妳們去觀光小縣城，到處被人圍觀，受到歡迎。

晚上在我母親家裡做客。母親年高八十，也認出了妳。

認得，認得，比片子裡還好看！好女崽，還這面子年輕……

妳卻拉住老人家的手，擠坐在一起，又生怕老人家耳背似地稍稍抬高了嗓音，以一口好聽的西南官話說：

伯娘！恭喜你，養了個好崽娃，好有名氣。他很忙，不能經常回來看你。但他心裡總是記掛著，很有孝心。這回專門從上海帶了大白兔、米老鼠奶糖，來孝敬你……

說著，妳剝了一粒大白兔奶糖，塞進了老人家的嘴裡。

妳真是張巧嘴兒。一路上都批評我不孝，這會兒又向我母親誇我如何孝順了。

我們全家兄弟姐妹、侄兒侄女都笑著。我想，母親聽了妳的那些話，心裡的滋味，一定比奶糖甜多了。

母親請妳剝落花生，剝板栗，剝瓜子，橘子，吃。妳卻剝下一個橘子，先揀出一股，放進老人家的嘴裡，又把老人家樂得嘴巴都合不攏。大約從沒見到過妳這樣會討人喜歡的人兒。

雖說是家宴，還是來了好幾位陪客。喝的是家鄉米酒。陪客們向妳敬酒，妳不肯喝，拉我出來作證，我們一起參加過多次宴請，確是從來不喝的。

可是過了一會，妳卻向我母親大人敬起酒來，一敬就是三杯。

伯娘！你崽兒可以作證，我是不喝酒的。今天破例，只敬你老人家……

母親大人原是喝酒的。只是年上八旬之後，已不喝了。三杯之後，我把雙方勸住了。妳，已經是人面桃花了。

飯後，留下來拉家閒。同院子的鄰居們都來了，一個個都領著孩子，孩子手裡都拿著本子，要請妳簽名。小縣城的人也學會這個了。一下子聚集起三五十個本子。這卻是推脫不掉的。妳說：

來，老古，我們都簽名吧，為了你母親的鄰居們。

回到招待所，我說：

妳對我母親太熱情了，老人家會鬧誤會的。

妳卻說：才知道？我就是這麼個人嘛。

在小縣城裡到處走，到處看，到處照相。到居民家裡聊聊天，到農村集市觀光，看看那一長列飲食攤子……這就是明星式的體驗生活。

第三天，妳提出要走。要趕回北京去參加電視臺春節文藝大聯歡的節目製作。我認為妳太不嚴肅了。導演要求妳在這裡起碼住一星期。妳才住了兩天半。

妳笑著爭辯說：

他是擔心我演不好你小說裡的女主人公。這女主人公已在我心裡好幾年了，我有把握演好。不信，將來影片上見呀！

我耐心地勸妳：只有先熟悉生活，才能藝術地再現生活。妳卻執意讓人給地區電影公司通電話，代買回北京的特快列車票。

妳那樣固執，把性格中驕縱的一面暴露無遺，說走就要走。我忍不住說了重話：

妳就是這樣對待生活？迢迢數千里趕來，就是為的向大導演做個交代，表示妳下了生活？

妳才是個被嬌慣壞了的！被無知的影迷們捧壞了的……不要忘記導演對妳說過的話：從電影明星到電影藝術家，妳還有一段很長的路要走……

我知道妳高傲得像一隻孔雀。早習慣了周圍的人都依著妳、順著妳。我的指責，妳卻容忍了，只淡淡地回了一句：

好哇！好多年了，沒人敢對我這樣講話……

當天中午，妳倒是沒有忘記去向我母親辭行。老人家眼睛都紅了，拉住妳的手不放。這麼快就走？板凳都還沒坐熱。過年的時候，鄉下會有好多喜歌堂呢……

妳卻說：伯娘！保重身體，我們會再來的。不要掛牽你的么兒子，他在外邊，有好多人照顧。你看他紅光滿面的，正是神氣的年月。么兒子，是不是？

當天下午，到了州府。晚上，州電影公司招待妳們看地方戲。我則去拜望一位老朋友。都晚上十點半了，妳們看完戲回來，我拜望過老友回來，小招待所的大會客室裡卻濟濟一堂，坐著當地的大小老少父母官們。他們守候了一個小時了，為的一睹大明星的丰采。我生平最怕這種場面，只好硬了頭皮去陪著。妳也毫無熱情，只把此行淡淡地介紹了幾句。然後，妳輪流著跟人握了握手，才散了。

妳乘坐的特別列車淩晨三時經過此地。臨睡前，我對妳說：

這幾天太累了。明天淩晨，我就不去送行了，反正以後見的。

結果我一覺睡到大天光。第二天上午，我仍坐了原來的汽車上路。開車師傅說：

上火車前，她對你有句評估性質的話……

什麼好話？

她說哪，看來，老古這人，只會在自己的書裡風流！

第二年的五月中旬，我陪著幾位外國翻譯家、漢學家，到影片的外景地來做客，又見到了妳。

妳一身土布衣衫，曬黑了，成了個山區青年農婦。妳第一句話就問：

老古，像不像呀？你的作品害得我們一大班人馬住在這大山裡，好幾個月！

我只有連連向妳道歉。心裡卻在想，妳不是指望著得大獎嗎？不吃苦怎麼行？

變化最大的是另一個原本很俊的女演員，成了個小胖子。

老古，還認不認得咱呀？都怪導演，每天要咱多吃，多吃，增加體重。這不？幾個月下來，成了肥婆了，咱回北京咋辦？

我笑了：是哪，怎麼嫁得出去呀？

得到的回應是肩上挨了一掌。

晚上，在住處頂層的露天平臺上，月光下，導演安排我給攝製組全體成員講了一次話，班門弄斧地談一通藝術追求。

會後，我到妳的房間裡聊天。妳說：

她們幾個呀，還傻乎乎的，前幾天就在猜測，老古要來了，會給咱這些山裡人帶些啥零食來？五香花生米、怪味豆、糖炒栗子、雲片糕……我說，我了解老古那人，他什麼零食都不會帶來。她們還跟我打賭哪！我說對了吧？

我心裡十分愧疚，連忙道歉。我的確不會討這些可愛的姑娘們喜歡。只好說：

太匆忙了，又粗心。加上月底要去荷蘭、英國訪問。出訪手續至今還沒辦完。真不知道為什麼每次出訪，都要層層去蓋那樣一些大印，有什麼用？

你就滿世界飛吧。卻又寫些鄉土作品，好讓我們演員來躦大山溝，吃苦頭。

我不是早說過，下回我將以花園城市日內瓦做背景，大家好去看看世界最漂亮、最富庶的地方。

人家講我嘴巴不饒人。你表面上假憨厚，骨子裡最尖酸。

後來，我們談到了寫作。妳說妳年紀一年年大了，不能總演下去。若不出國讀書，就要坐下來寫書。寫自己的愛、恨，一定暢銷。

我說，妳不是寫過了？文筆很好，影響那麼大，也惹怒了一些大爺們。

妳說，不管。從來不會掩飾自己的愛，自己的恨。你以為我是喝糖水長大的，我是喝著人生的酸辣湯長大的……我早說過，你小說裡的女主人公，就像是我的命運一樣的。

我說，寫作不難，難的是要甘於寂寞。要能夠把自己關在一間冷清的小屋裡，半年、一年都不參加什麼活動，甚至不見人，而只是生活在自己創造的天地裡，人物裡。

你是說我的生活太過熱鬧？我這人，想做的事，總要去做到！

已經是子夜時分了，住在隔壁的導演來敲門，請我去喝酒，吃消夜。導演有在子夜喝酒、吃消夜的習慣，然後工作到凌晨三點。第二天一早，又隨大隊人馬出發，去發號施令，真是精力過人。

這回，是我在外景地只住三天，就離開了。

之後，我們再沒有見過面。其實我內心是熾熱的，只是仍然怕被明星的光亮晃了眼睛罷了。我喜歡妳外在的美，內在的美，喜歡妳的坦率、真誠、孝順老人、愛讀書、文筆優美；也喜歡妳的缺點，重名望、好熱鬧、說話不擇場合、高傲、驕縱，等等。

或許，妳認為我這人太內向，太防範社會輿論，太世俗。

記得，我對妳說過，關於我的傳說，也已經車載斗量了。今後我會寫一本關於自己的書——古華的傳說，也可能暢銷的。

如今，我常在海外的華文報紙上看到妳的各種消息，知妳已得過電影大獎。印象中，妳仍是那個敢說、敢笑、敢愛、敢恨的純真大明星。自然也沒有忘記妳的贈言：老古這人，只會在自己的書裡風流。

一九八九年四月三日至四日寫成

後 記

北美二十年，從北京到愛荷華，到多倫多，抵溫哥華，鍾情這裡的碧海藍天，群山聳峙，氣候清涼，而燕雀倦飛，再沒有遷徙過。回首往昔，大半輩子算經過些榮辱沉浮，領略過些異鄉風月，也捨棄過些身外之物的了。唯一不捨不棄的是爬格子，煮字果腹，視作品為自己的鄉土、祖國。

初略估算，二十年間計發表、出版七百餘萬字，多是些磚頭般的現代歷史系列小說，幸而頗獲長銷。散文短章，師友憶舊，時論雜記，亦有數百篇之眾。今從中選出《泰山唱月》一集，由臺北三民書局面世，敬奉讀者。

「文章自己的好」這個作家常發病，在下倒是少有感染。看世界因作者而不同，看作品因讀者而不同。發表了，出版了，就是「公眾消費品」，見仁見智，笑罵由人，你還能咋地？俯首甘為孺子牛吧，你。讀者和時間，才是最終的篩選、取捨者。在這個意義上，作家和作品都只能靜心俟審。

感謝三民書局發行人劉振強先生、策劃人林黛嫚小姐，以及編輯部同仁為本書出版所給予的關愛。

二〇〇七年八月五日於溫哥華南郊望晴居

【文學 003】

鏡中爹　　張至璋 著

五十年前的上海碼頭，本書作者的父親與他揮別；五十年後他從澳洲到江南尋父。一張舊照片是他的鏡中爹，一則尋人廣告燃起無窮希望，一通國際電話如同春雷乍驚，一封撕破的信透露幾許私密，五本手跡冊子蘊藏多少玄機。三線佈局，天南地北搜索一名老頭，卻追溯出兩岸五十年離亂史。

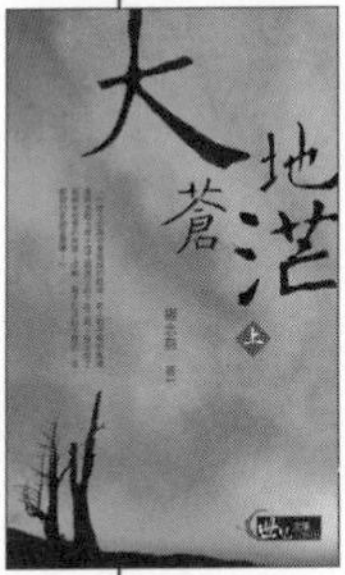

【文學 010】

大地蒼茫（二冊）　　楊念慈 著

睽違二十多年，資深作家楊念慈，繼《黑牛與白蛇》、《廢園舊事》等作品之後，又一部長篇鉅著──《大地蒼茫》終於問世！山東遼闊蒼鬱的故事背景、粗獷樸實的人物性格，在作家的妙筆下栩栩如生。凝神細讀，將不知不覺走入那段驚心動魄的烽火歲月。

【文學 014】

京都一年　　林文月 著

「三十年歷久彌新，京都書寫的經典。」本書收錄了作者 1970 年遊學日本京都十月間所創作的散文作品，自出版即成為國人深入認識京都不可錯過的選擇，迄今仍傳唱不歇。今新版經作者校訂，並增加多幅新照。書中各篇雖早已寫就，於今讀來，那些異國情調所帶來的感動，愈見深沉。

【傳記 002】

漂流的歲月（上）　　莊 因 著

●中國時報開卷周報書評推薦、聯合報讀書人書評推薦

●第 28 次新聞局中小學生優良課外讀物人文類推介

「千百萬人在同一個時期，跟我一樣，歷經了也接受了這樣巨大的動亂。」本書作者成長於中日戰爭、國共內戰之際，且因父親任職於故宮，他自孩童時期就隨著國寶文物的搬遷而遷徙。因此，本書不僅是個人的回憶，也是家國動盪、國寶文物遷徙的歷史。

國家圖書館出版品預行編目資料

泰山唱月／古華著.－－初版一刷.－－臺北市：三民，
2007
面；　公分
ISBN 978-957-14-4760-5 (平裝)

855　　96016484

© 泰 山 唱 月

著 作 人	古 華
總 策 劃	林黛嫚
責任編輯	郭美鈞
美術設計	郭雅萍
發 行 人	劉振強
著作財產權人	三民書局股份有限公司
發 行 所	三民書局股份有限公司
	地址　臺北市復興北路386號
	電話　(02)25006600
	郵撥帳號　0009998-5
門 市 部	（復北店）臺北市復興北路386號
	（重南店）臺北市重慶南路一段61號
出版日期	初版一刷　2007年9月
編 號	S 811400
定 價	新臺幣240元

行政院新聞局登記證局版臺業字第〇二〇〇號

ISBN 978-957-14-4760-5 (平裝)

http://www.sanmin.com.tw 三民網路書店